suhrkamp taschenbuch 5439

AF287076

Tasmanien ist ein Roman über unsere Gegenwart. Über unsere Sehnsüchte und Verwundbarkeiten. Er erinnert uns daran, dass wir alle auf der Suche sind: nach einem Ort, der Rettung verspricht, einem Ort, an dem eine Zukunft möglich scheint und wir weniger allein sind.

Es gibt Momente, in denen sich plötzlich alles ändert und unser Leben eine Wendung nimmt. Paolo ist Anfang vierzig, Journalist und Autor von Romanen. Er lebt mit seiner Frau und seinem Stiefsohn in Rom, alles scheint in Ordnung zu sein. Bis er erkennen muss, dass er nie selbst Vater werden wird. Von diesem Moment an entgleist ihm sein Leben: Sein Buchprojekt stagniert, sein bester Freund wendet sich von ihm ab, seine Frau scheint ihm fremd. Um seinen eigenen Dämonen zu entfliehen, beschäftigt sich Paolo immer eingehender mit der Welt, die ihn umgibt: dem Klimawandel, dem Terrorismus. Doch während er glaubt, die Kontrolle über sein Leben zu verlieren, findet er schließlich Trost, wo er ihn nicht vermutet hätte …

»Selten einen Roman gelesen, der vom Ich handelt und so uneitel ist. Dessen Verzweiflung so leise und doch stetig ist. Wirklich ein schönes und trauriges Buch. Belle Triste.« *Christian Petzold*

»Ganz am Puls unserer Zeit.« *Bayerischer Rundfunk*

Paolo Giordano, 1982 in Turin geboren, ist promovierter Physiker. Sein Debütroman, *Die Einsamkeit der Primzahlen*, wurde zum internationalen Bestseller. Er schreibt Drehbücher, Theaterstücke und Kolumnen für den *Corriere della Sera*. Sein jüngster Roman, *Tasmanien*, stand in Italien monatelang auf der Bestsellerliste. Giordano lebt mit seiner Familie in Rom.

Barbara Kleiner, promovierte Germanistin und Romanistin, wurde mit mehreren Preisen ausgezeichnet, darunter der Übersetzerpreis der Kulturstiftung NRW, der deutsch-italienische Übersetzerpreis des Auswärtigen Amtes und zuletzt der Johann-Heinrich-Voß-Preis.

PAOLO GIORDANO

TASMANIEN

ROMAN

Aus dem Italienischen
von Barbara Kleiner

SUHRKAMP

Die Originalausgabe erschien 2022 unter dem Titel
Tasmania bei Giulio Einaudi editore, Turin.

Die Übersetzung dieses Buches ist dank einer Förderung
des italienischen Ministeriums für Auswärtige Angelegenheiten
und Internationale Kooperation entstanden.
Questo libro è stato tradotto grazie ad un contributo del Ministero
degli Affari Esteri e della Cooperazione Internazionale Italiano.

Erste Auflage 2024
suhrkamp taschenbuch 5439
© der deutschsprachigen Ausgabe
Suhrkamp Verlag AG, Berlin, 2023
© 2022 Giulio Einaudi editore
This edition published in agreement with the Proprietor
through MalaTesta Literary Agency, Milan.
Umschlaggestaltung: Rothfos & Gabler, Hamburg, unter
Verwendung des Originalumschlags von Giulio Einaudi editore.
Umschlagillustration: Lorenzo Ceccotti
Druck: CPI books GmbH, Leck
Printed in Germany
ISBN 978-3-518-47439-6

www.suhrkamp.de

TASMANIEN

Would you agree times have changed?

Bright Eyes, *Claireaudients*
(Kill or Be Killed)

ERSTER TEIL

Im Fall der Apokalypse

Im November 2015 fand ich mich in Paris wieder, um an einer Konferenz der Vereinten Nationen über den Klimawandel teilzunehmen. Ich sage, ich fand mich wieder, nicht weil ich mir diese Situation nicht ausgesucht hätte: Im Gegenteil, die Umweltfrage beschäftigte mich seit Längerem im Kopf und in meinen Lektüren. Aber hätte da nicht eine Konferenz übers Klima in Aussicht gestanden, hätte ich vermutlich einen anderen Vorwand gefunden, um aufzubrechen, einen bewaffneten Konflikt, eine humanitäre Katastrophe, eine andere und größere Sorge als meine eigenen, von der ich mich vereinnahmen lassen konnte. Vielleicht beschäftigen sich daher einige von uns obsessiv mit drohenden Katastrophen, haben einen Hang zu Tragödien, den wir für edelmütig halten und der, glaube ich, in dieser Geschichte im Mittelpunkt stehen wird: das Bedürfnis, bei jedem schwierigen Schritt in unserem Leben etwas noch Schwierigeres zu finden, etwas noch Dringlicheres und Bedrohlicheres, worin wir unser persönliches Leiden aufgehen lassen können. Vermutlich hat das mit Edelmut wirklich überhaupt nichts zu tun.

Es war eine merkwürdige Zeit. Meine Frau und ich hatten etwa drei Jahre lang immer wieder versucht, ein Kind zu bekommen, und uns dabei immer demütigenderen ärztlichen

Prozeduren unterworfen. Auch wenn ich der Genauigkeit halber sagen müsste, dass vor allem sie sich diesen Prozeduren unterwarf, denn in meinem Fall war es ab einem bestimmten Punkt hauptsächlich darum gegangen, die Rolle des betroffenen Zuschauers einzunehmen. Trotz unserer blinden Entschlossenheit und einer nicht unbeträchtlichen Summe investierten Geldes ließ der Plan sich nicht verwirklichen. Nicht die Injektion von Gonadotropinen, nicht die künstliche Befruchtung und auch nicht die verzweifelten Reisen ins Ausland, von denen wir niemandem gegenüber ein Wort erwähnten. Die göttliche Botschaft in diesen wiederholten Fehlschlägen war klar: All das soll nicht euer Schicksal sein. Da ich mich weigerte, das anzuerkennen, hatte Lorenza auch für mich entschieden. Eines Nachts hatte sie mir mit schon getrockneten Tränen oder ganz ohne zu weinen (das werde ich nie wissen) mitgeteilt, dass sie nicht mehr die Absicht hätte. Sie hatte diese offene Formulierung gewählt, ich habe nicht mehr die Absicht, ich hatte mich auf die Seite gedreht und ihr meinerseits den Rücken zugekehrt, Wut stieg in mir auf über eine Entscheidung, die mir ungerecht und einseitig erschien.

In diesen Tagen lag mir meine kleine persönliche Katastrophe mehr am Herzen als die planetarische, von der Zunahme an Treibhausgasen, dem Schmelzen der Gletscher bis zum Anstieg des Meeresspiegels. Einzig aus dem Grund, um rauszukommen, bat ich den *Corriere della Sera* um eine Akkreditierung für die Konferenz in Paris, auch wenn die Bewerbungsfrist abgelaufen war. In der Tat musste ich sie beschwören, als ginge es für mich um ein unverzichtbares Ereignis. Sie würden mir nur den Flug und meine Beiträge bezahlen müssen. Unterkommen würde ich bei einem Freund.

Giulio wohnte zur Miete in einer düsteren Zweizimmerwohnung in der Rue de la Gaîté im 14. Arrondissement. Straße der Heiterkeit?, fragte ich beim Eintreten. Das passt ja nicht so zu dir.

Du hast recht. An deiner Stelle würde ich keine hohen Erwartungen haben.

Vor Jahren hatten wir uns in Turin eine Wohnung geteilt, Giulio als Student von außerhalb, ich als Privilegierter, der zum ersten Mal nicht zuhause wohnt, auch wenn die Eltern nur eine halbe Stunde Busfahrt entfernt waren. Im Gegensatz zu mir war Giulio nach dem Studienabschluss bei der Physik geblieben. Er hatte unzählige Male die Stelle gewechselt, immer in Europa, weil er eine unüberwindliche politische Aversion gegen die Vereinigten Staaten hegte. In der Zwischenzeit hatte er geheiratet und war geschieden worden, er hatte einen Sohn und war schließlich in Frankreich gelandet mit einem Forschungsauftrag an der École Polytechnique, wo er sich mit der Anwendung von Modellen der Chaostheorie auf den Finanzmarkt beschäftigte.

Abends aßen wir zwei Portionen Nudeln wie Zwanzigjährige, ohne den Tisch zu decken, und ich erzählte ihm vom Grund meines Besuchs in Paris, dem offiziellen Grund. Giulio holte ein Buch aus dem Regal. Hast du das gelesen?

Ich verneinte und ließ die Seiten unter dem Daumen durchlaufen. *Kollaps*, murmelte ich, das scheint mir passend.

Es gibt darin einen interessanten Punkt zur Vernichtung. Behalte es.

Das Wort Vernichtung ging mir eine Weile lang im Kopf herum, wie das Etikett zu einem persönlichen Schicksal. Ich räumte die Teller ab, während Giulio mir rasch das Neuste über Adriano erzählte, der schon vier Jahre alt war. Durch die Kohlehydrate war ich ein wenig schläfrig geworden, aber der Wein war alle, also gingen wir aus dem Haus, um weiter zu trinken.

Paris war militarisiert, düster. Wenige Tage zuvor waren während eines Auftritts der Eagles of Death Metal Attentäter in den Konzertsaal eingedrungen und hatten minutenlang in die Menge geschossen. Andere Terroristen hatten Bistrots angegriffen und zwei hatten sich vor dem Stade de France in die Luft gesprengt. An diesem Abend war ein befreundetes Paar zum Abendessen bei uns, und es war Lorenzas Mutter, die uns benachrichtigte. Beim ersten Anruf war sie nicht hingegangen, auch beim zweiten nicht, aber diese Beharrlichkeit war verdächtig, und am Ende hatte sie nachgegeben. Ihre Mutter hatte nichts weiter gesagt als Macht den Fernseher an, während sich auf unseren Handys die Nachrichten überschlugen. Wir hatten die Live-Berichterstattung über eine Stunde lang verfolgt, schweigend, dann waren die Freunde gegangen, getrieben von der völlig irrationalen Notwendigkeit, den Sohn zuhause zu überwachen. Lorenza und ich hatten den Fernseher noch lang angelassen, der rote Kriechtitel mit den neuesten Nachrichten am unteren Bildrand, die Meldungen begannen sich zyklisch zu wiederholen. Die Teller standen noch auf dem Tisch, kalt, als etwas anderes zu unserer Bestürzung hinzutrat: ein privater Schrecken. Ein Gefühl von Trauer ohne Verlust, das über der Wohnung hing, genau seit der Nacht, als sie Ich habe nicht mehr die Absicht gesagt hatte und ich mich auf die andere Seite gedreht hatte.

Giulio und ich gingen eine Weile dahin, vorbei an Massagesalons mit verdunkelten Fenstern, Geschäften mit Sex-Spielzeug und asiatischen Garküchen. Dann setzten wir uns irgendwohin, die Stühle zur Straße gekehrt, und bestellten zwei Bier. Er erzählte von den Büchern, die er gelesen hatte: Texte über die digitale Überwachung, über den arabischen Frühling und neue Populismen. Giulio las eine Unmenge Bücher. Er hatte eine wesentlich komplexere Weltsicht als ich, war viel engagierter, und das war er, seitdem ich ihn kannte. An der Universität hatte er zwei Jahre lang das Kollektiv der Aula B1 koordiniert, im Souterrain, wo No Nukes Poster hingen und ein Foto von Oriana Fallaci, den Namen zu URINA entstellt, während ich nur in der Mittagspause in die B1 hinunterging und auch nur, um mit ihm zusammen zu sein, als ob diese Nähe genügte, um ein wenig bewusster, ein wenig ethischer zu werden.

In der Rue de la Gaîté hörte ich ihm Bier trinkend zu. Ich ließ meinen Geist von seiner unfehlbaren Kompetenz läutern, vom Autolärm, von der Brown'schen Bewegung der Menschen. In den kurzen Gesprächspausen richteten wir beide unsere Blicke anderswohin, und in diesen Momenten schien es mir, als sähen wir dieselbe Szene vor uns: ein schwarzes Gespenst, das aus der Menge auftauchte und die Arme zum Himmel erhob, bevor es das Lokal mit Maschinengewehrsalven belegte. So wie ich mich tief im Inneren fühlte – steril, der Zukunft beraubt –, wünschte sich ein Teil von mir, dass das wirklich geschähe. Das war eine idiotische und schädliche Fantasie, voller Selbstmitleid, aber ich gestattete sie mir, auch wenn ich Giulio nichts davon sagte. Ich hatte nie mit ihm über die Kinderfrage gesprochen. Wir hatten stets eine Freundschaft gehabt, in der man über die äußere Welt sprach und so wenig wie möglich über sich selbst, und wahrscheinlich hat sie deshalb so lange gehalten.

Am nächsten Morgen nahm ich den RER B und dann einen Bus, um nach Le Bourget zu gelangen, wo die UN-Klimakonferenz COP 21 stattfand. Die Kontrollen am Eingang waren lästig, aber einmal drinnen, konnte man sich frei bewegen. Pavillons, kleine und mittelgroße Säle, Plenarsitzungen und parallele Meetings, nach Farben unterschieden. Eine Hostess zeigte mir den mit allem Nötigen ausgestatteten Arbeitsplatz samt Kabelanschlüssen im Pressesaal. Ich demonstrierte eine Vertrautheit mit diesen Dingen, die ich nicht hatte.

Nach einigen Tagen der Teilnahme an Panels jeder Art, die ich zufällig aus dem Programm auswählte, musste ich mir eingestehen, dass es nicht viel zu erzählen gab. In den Versammlungen wurden spezielle Absätze oder Paragrafen diskutiert, sogar einzelne Begriffe, die schließlich in dem Abkommen auftauchen würden, die Vorträge waren hölzern oder übertrieben allgemein. Umwelt war ein langweiliges Thema. Langsam, ohne Handlung oder Spannungsbogen, abgesehen von den eventuell auftretenden Zwischenfällen. Dafür überfrachtet mit guten Absichten. Das war das verborgene Problem der Klimakatastrophe: die grausame Langeweile. Der Aushandlung eines internationalen Abkommens beizuwohnen, war geradezu einschläfernd. Hätte ich über jedes millimeterweise Vorankommen berichten sollen, indem ich es als Revolution darstellte, aber wen sollte das interessieren? Wen, wenn ich der Erste war, der in den in Dämmerlicht getauchten Sälen einschlief, beschwert von den Sandwiches, die ich ständig aß, eingelullt von den eintönigen Beiträgen der senegalesischen oder kubanischen Delegierten oder jener in tibetischen Trachten?

Nach fünf Tagen hatte ich noch nicht einen Artikel zustande gebracht. Die Zeitungsredaktion begann mich zu fragen, was ich vorhätte. Ich denke darüber nach, versicherte ich, ich bin bald so weit.

Beim Abendessen sprach ich mit Giulio darüber. Das Interessanteste, das ich gefunden habe, ist diese Installation, ein Mini-Eiffelturm aus übereinandergestapelten Stühlen. Aber das scheint mir nicht ausreichend für einen Artikel.

Wie sehr mini?

So hoch.

Nein, das ist nicht ausreichend.

Ich hatte uns Steaks gebraten, die ich eingeschweißt in einem Bio-Supermarkt gekauft hatte. Als Zeichen der Erkenntlichkeit. Ich hatte beim Braten viel Qualm produziert, Giulio hatte aber beim Heimkommen nichts gesagt.

Ja, das Klima kann einem echt auf den Sack gehen, räumte er ein.

Ich dachte, die Unterhaltung wäre damit beendet. Aber nach einem Moment des Überlegens sagte er: Du könntest Novelli treffen. Vielleicht erzählt er dir was anderes.

Wer ist das?

Ein Physiker, wie wir.

Alter?

Unter fünfzig. In Rom hat er Übungen zur Methodik gehalten. Extrem sympathisch im Unterricht, aber ein Aas in den mündlichen Prüfungen. Damals war er ein fanatischer Kapitalismusgegner.

Wie du?

Giulio lächelte: Schlimmer. Ich habe ihn hier in Paris wieder getroffen. Jetzt beschäftigt er sich mit Klimamodellen, irgendwas mit Wolken. Wenn du willst, bringe ich euch in Kontakt.

Ich musste mit den Schultern gezuckt und so getan haben, als würde ich darüber nachdenken, aber ich klammerte mich schon an diese Aussicht. Alles, um einen weiteren Tag des Herumirrens zwischen den summenden Pavillons in Le Bourget zu vermeiden, mit vorgefertigten Sätzen zum besorgniserregenden Zustand des Planeten im Kopf.

Was ich nicht erwartet hätte, war, dass Novelli mich noch am selben Abend in eine Brasserie in der Rue Monge einladen würde. Ich ging zu Fuß hin, obwohl es fast drei Kilometer waren. Den ganzen Weg über hielt ich den Blick auf das Handy gerichtet, um möglichst viele Informationen über Dr. Jacopo Novelli zu sammeln. Im Netz gab es nicht viel, er war damals noch nicht bekannt (oder berüchtigt) genug für einen Wikipedia-Eintrag, aber er hatte seine eigene, etwas dilettantische WordPress-Seite. Er listete die jüngsten Papers auf und verwies auf seinen Kurs über komplexe Systeme. Es gab eine Fotogalerie mit bewölkten Himmeln, versehen mit kurzen Bildunterschriften, die den Typus von Wolkenbildung klassifizierten: Altostratus-, Cirrus-, Cumulonimbus-Wolken, eine Nomenklatur, die ich mich für die Prüfung in Meteorologie geweigert hatte zu lernen, weil das nur drei Punkte brachte.

Ich habe mit dem Bestellen nicht auf Sie gewartet, sagte Novelli, ohne sich im Geringsten schuldig zu fühlen. Ich hatte kalkuliert, dass Sie weniger Zeit brauchen würden.

Ich bin zu Fuß gekommen.

Vom Vierzehnten aus?

Er schien verwundert, sagte aber nichts weiter. Aber er folgte meinem Blick auf seinen Teller, auf den Berg Dinge, die darauf waren.

Beachtlich, hm? Ich komme absichtlich hierher. Auch

wenn man Hamburger dieser Größe nicht essen sollte. Wegen des CO_2-Ausstoßes natürlich. Aber vor allem wegen der Arterien. Nur dass die hier wirklich unwiderstehlich sind. Sehen Sie?

Er hob den Hamburger hoch, um ihn mir in Seitenansicht zu zeigen. Die einzelnen Schichten schön getrennt, Salat, Käse, Fleisch, Zwiebeln. Nicht der Matsch, den man sonst so vorgesetzt bekommt. Bestellen Sie sich einen.

Ich habe schon gegessen, danke.

Pech für Sie.

Er biss in den Hamburger, während ich mir die Zeit nahm, ihn zu studieren. Er hatte das etwas angespannte Aussehen gewisser Wissenschaftler auf dem Gipfel ihrer Karriere. Wenn er als junger Mann nachlässig in der Kleidung gewesen war, wie viele Physikstudenten (mich eingeschlossen), musste ihm dieses Thema jetzt ziemlich am Herzen liegen.

Kennen Sie das Kessler-Syndrom?, fragte er mich. Ich schüttelte den Kopf.

Giulio hat mir gesagt, Sie wollten vom Ende der Welt reden. Wie übrigens alle in diesen Tagen. Auch wenn man sich darüber im Klaren sein sollte, dass wir nicht vom Ende der Welt reden, höchstens vom Ende der menschlichen Zivilisation, was einen Unterschied macht. Während ich hier auf Sie wartete, ist mir jedenfalls das Kessler-Syndrom in den Sinn gekommen.

Er schleckte sich die Mayonnaise vom Zeigefinger, bevor er das Handy nahm und ein Bild suchte. Was sehen Sie hier?

Ufos, tippte ich, mehr zum Scherz.

Ufos, genau, das sagt ihr alle. Nur schade, dass es Ufos nicht gibt und das hier ein echtes Foto ist. Das sind Satelliten, die reihenweise von einem dieser neuen chinesischen Internetunternehmen hochgeschossen werden. Sie haben ja keine Vorstellung, welche Menge Metall da über unseren Köpfen herumfliegt, praktisch haben wir die niedrigen Umlaufbahnen schon damit angefüllt.

Er drehte den Hamburger um und nahm ihn vom anderen Rand her in Angriff. Vielleicht wollte er sich den mittleren Teil, den saftigeren, für zuletzt aufheben.

Stellen Sie sich vor, ein Bolzen löst sich von einem dieser Satelliten. Das kommt ständig vor, nicht wahr? Bolzen lösen sich. Gut, dieser Bolzen fliegt mit ungefähr dreißigtausend Stundenkilometern, er ist ein Projektil. Bei dieser Geschwindigkeit kann er ohne weiteres Stahl von einer gewissen Dicke durchschlagen. Jetzt stellen Sie sich vor, der Bolzen trifft einen anderen Satelliten, der zerschellt und schießt eine Menge anderer metallischer Projektile durch die Gegend, die wiederum andere Satelliten treffen.

Eine Kettenreaktion.

Genau, eine Kettenreaktion. Was geschieht am Ende mit all diesem herumfliegenden Metall? Das weiß niemand. Aber ein Teil davon könnte auch auf die Erde herabfallen, wie eine Art Asteroidenregen. Das heißt Kessler-Syndrom, und wissen Sie was? Das ist eine reale Bedrohung. Die Leute denken nicht daran, weil sie es nicht wissen. Das wissen nur diejenigen, die die Satelliten ins All schießen, und in der Tat bauen sie sich mit dem Geld, das sie verdienen, Atombunker. Aber die Leute hier an diesen Tischen nicht. Jetzt haben alle den Islamischen Staat und die Erderwärmung im Kopf, aber die Wahrheit ist, dass es eine Unmenge anderer, originellerer Bedrohungen gibt. Dürre, Wasserverseuchung, Pandemien – genau das sagte er –, Aufstand der Künstlichen Intelligenzen. Außer denen natürlich, die uns aus der Mode gekommen zu sein scheinen. Wie der gute alte nukleare Winter.

Während ich ihm zuhörte, musste ich einen Moment lang an meinen Vater denken. Daran, wie er an Sonntagen meiner Mutter in der Wohnung nachlief, sie verfolgte wie eine Drohne: in der Waschküche, auf dem Balkon, in der Küche, und dabei unaufhörlich von der Ölkrise erzählte, von der Luftverschmutzung und von der Lichtverschmutzung. Eine Katastrophe pro Monat. Ich fragte mich, ob auch Novelli ein solcher Ehemann war. Ob am Ende auch ich ein solcher Ehemann war.

Und die Wolken?, fragte ich.

Novelli verzog das Gesicht. Wolken sind kompliziert. Die hohen binden die Feuchtigkeit und tragen daher zur Überhitzung des Planeten bei. Die niedrigen reflektieren das Sonnenlicht, daher kühlen sie ihn ab. Sie sind zugleich gut und schlecht, das reinste Durcheinander also. Manche glauben, der Klimawandel würde uns eine Welt ohne Wolken bescheren, Tag und Nacht strahlend blauer Himmel, dreihundertfünfundsechzig Tage im Jahr. Ich nehme an, einigen würde das gefallen. Mir nicht.

Ich habe gesehen, dass Sie auf Ihrer Website Fotos sammeln.

Das ist ein Wettbewerb für die Studenten. Die interessanteste Wolke fotografieren. Aber er ist auch für andere offen. Sie können mitmachen, wenn Sie wollen.

Ich fotografiere nicht.

Wie Sie wollen.

Ich kann nicht rekonstruieren, worüber wir an diesem Abend geredet haben, auch weil wir lange zusammen waren, erst auf der Terrasse der Brasserie unter den übertrieben heißen Heizpilzen, dann auf der Straße entlang dem Jardin des Plantes. Sicher haben wir über die Konferenz der Vereinten Nationen gesprochen, in die Novelli laue Hoffnung setzte, und wir haben über die Nostalgie gesprochen, die wir beide für eine von der Welt abgelöste Physik empfanden. Und sicher hat er mich nach einer Weile gefragt, ob ich ihn gerade interviewte.

Ich glaube nicht, nicht wirklich.

Sie können mich interviewen, wenn Sie möchten, sagte er, und ich bemerkte dieses Moment naiver Eitelkeit in all dem Reden über das Ende der Welt.

An einem gewissen Punkt unseres Spaziergangs fragte er mich, ob ich Kinder hätte. Ich gab die Frage sofort zurück: Er? Zwei. Der Zweite war etwas später gekommen als die Erste, die schon sieben Jahre alt war. Ich fragte ihn, ob das nicht ein Widerspruch war, wenn man eine solche Zukunft vor sich sah wie er. Unwillkürlich war ich etwas steif geworden. Novelli sagte: Wie sollen wir daran glauben, alles zu überleben, wenn nicht, indem wir auf die Kinder vertrauen?

Als wir bei seinem Haustor ankamen, war die Unterhaltung verebbt, die letzten zehn Minuten waren wir einfach nur nebeneinander hergegangen. Auf den Straßen war niemand mehr. In der Stille hatte sich bei mir der Gedanke an die Attentate wieder eingestellt, und ich überlegte mir, die Metro auf dem Rückweg zu meiden, auch wenn das nicht viel Sinn hatte. Die Selbstmordattentate setzen eine Menschenmenge voraus, einen gewissen Showeffekt.

Womit beschäftigen Sie sich also?, fragte mich Novelli, als ob ihm diese Frage den ganzen Abend durch den Kopf gegangen wäre.

Ich bin Schriftsteller.

Giulio hat mir gesagt, Sie arbeiten für eine Zeitung.

Ich arbeite für eine Zeitung, bin aber Schriftsteller.

Aus irgendeinem Grund war ich enttäuscht. Als ob ich den Sinn und Zweck dieses Abends missverstanden hätte und Novelli mich mit einem Standardprogramm abgespeist hätte, angefangen beim Kessler-Syndrom, mit spektakulären Begriffen, die er einem Studierenden gegenüber genauso einsetzen würde.

Er begann mit dem Schlüssel zu hantieren, öffnete die Tür. Na dann. Gutes Gelingen für Ihren Artikel. Meine Nummer haben Sie, wenn Sie noch etwas brauchen.

Auf die Idee, Urlaub auf der Insel zu machen, war Lorenza gekommen, während ich in Paris war, sie sah es als eine sehr zeitgemäße Form der Paartherapie an. Es gab keinen Schmerz, so die westliche Weisheit, den eine Woche in den Tropen nicht beheben konnte. Nach einem Gipfeltreffen über den Klimawandel war ein Flug mitten im Winter in die Karibik vielleicht nicht ganz der kohärenteste Schritt: Rechnete man tausend Kilogramm Kohlenstoffdioxid pro Kopf und Strecke, würden wir insgesamt ungefähr vier Tonnen CO_2 in die Atmosphäre emittieren, um die Traurigkeit zu überwinden, die sich in unserer Ehe eingenistet hatte. Es war den Versuch wert. Mein Umweltbewusstsein müsste für diesen Moment eben kurz aussetzen.

Man sagt, Guadeloupe habe die Form eines Schmetterlings. Wenn das stimmt, dann befand sich unser Resort auf dem rechten Flügel im Zentrum einer kleinen Schleife. Bei der Ankunft gab man uns zwei zusammengerollte Mikrohandtücher, getränkt mit parfümiertem Wasser, um das Gesicht zu erfrischen. Die großen, in den Boden eingelassenen Becken in der Lobby waren bevölkert von Langusten, die träge ihre Antennen bewegten. Bequem auf den weißen Sofas sitzend und noch benommen von der Reise, ließen wir uns von den zahllosen Relax-Gelegenheiten und den dazugehörigen Modalitäten der Bezahlung berichten. Da wir das Upgrade gewählt hatten, logierten wir im Ocean Room, das würde uns bestimmt gefallen, und so war es auch.

Nachdem wir die Koffer ausgepackt hatten, gingen wir, um das letzte Licht auszunutzen, an den Strand hinunter. Lorenza hatte ein neues Strandkleid mit geometrischem Muster, sie ließ es auf einem Baumstamm liegen, der in seine Umgebung viel zu gut zu passen schien, als dass er dort hätte angespült werden können. Wir gingen ins Wasser, und in zwei Metern Entfernung von unseren Beinen schwamm ein Rochen vorbei, wie ein gutes Omen. Die Wellen waren flach, kaum angedeutet. Lorenza umschlang mit den Beinen meine Taille, und ich bewegte mich mit kleinen Sprüngen im seichten Wasser vorwärts und zog sie mit. Es sei nicht schlecht, einfach wieder ein Paar zu sein, nichts weiter, sagte sie mir ins Ohr. Zuhause wurden wir permanent unterbrochen: von der Arbeit, von Eugenio, von Telefonaten. Sie presste mich mit aller Kraft, die sie in den Oberschenkeln hatte, ich fühlte sie jünger, und zum ersten Mal seit Wochen geriet mein Unmut ins Wanken, das leise Ressentiment, das ich ihr gegenüber hegte. Lorenza strich mir mit der feuchten Hand durchs Gesicht, wie um meinen inneren Monolog zu beenden, wovon auch immer er handelte. Wir küssten uns und lösten uns voneinander, aber auch so wiederholten wir uns ein ums andere Mal, was für ein großartiger Ort die Insel in Form eines Schmetterlings war und dass wir am liebsten nie wieder fortgehen würden.

Diese Harmonie hielt nur bis zum Abendessen vor, als ich Lorenza durch den Buffetraum folgte und auf die Absurdität von drei verschiedenen Menüs schimpfte, einschließlich eines mit japanischem Fleisch, und waren frische Erdbeeren in den Tropen wirklich notwendig? Das San Pellegrino in Plastikflaschen? Möglich, dass es Mineralwasser, ich sage ja nicht in der unmittelbaren Umgebung, aber wenigstens in sechstausend Kilometern Entfernung gab? Plötzlich drehte Lorenza sich mit dem Teller in der Hand um, und wie unschlüssig, ob sie ihn fallen lassen oder mir ins Gesicht schleudern sollte, sagte sie: Du bist gegen Verschwendung, das verstehe und respektiere ich. Aber ich bin gegen das Unglücklichsein. Also.

Also Relax: die Devise des Hotels. Relax, Relax, Relax, Relax.

Die Behandlung auf der Grundlage von Bädern in lauwarmem Wasser und Piña Colada um vier Uhr nachmittags hatte Effekt. Der Sex zwischen uns lebte wieder auf, der wahre Grund, weshalb wir hierhergekommen waren. Danach las Lorenza auf dem Bauch auf dem Bett liegend, noch ohne Slip, und schien ruhig. Ich konnte mich entweder ihr wieder nähern oder neben ihr sitzen und die überzeugendsten Absätze in dem Buch, das Giulio mir gehliehen hatte, unterstreichen, das Begehren hinauszögern. So sollte das Eheleben immer sein, dachte ich: erfüllt von dieser Sinnlichkeit. Vielleicht hatte Lorenza recht, meine Erwartungen im Hinblick auf das Vaterwerden waren übertrieben, ich war Opfer einer Idealisierung geworden. Es gab zahllos viele Paare, die ohne Kinder lebten, und nichts ließ vermuten, dass sie sich weniger verwirklicht fühlten als andere, oder weniger glücklich. Doch auch im Ocean Room blieb ein Gefühl von Erschöpfung zwischen uns, vor allem in den Gesprächen, als ob sich im Kern des Genusses ein Riss aufgetan hätte. Unser privates Ozonloch.

In *Kollaps* schildert Jared Diamond eine Art Paradox. Er legt dar, wie die Zivilisationen, von denen wir als sicher annehmen, dass sie zu wachsendem Wohlstand fortschreiten, sich manchmal in entgegengesetztem Sinn entwickeln, indem sie unbewusst die Voraussetzungen für ihr Ende schaffen. Das eklatanteste Beispiel sind die Osterinseln: Lange Zeit ist man davon ausgegangen, dass die dort ansässigen Indigenen durch von den Europäern eingeschleppte Seuchen, vor allem Syphilis und Pocken, dezimiert worden seien, doch eine jüngere Theorie legt nahe, dass dieser Bevölkerungsrückgang mit den Riesenskulpturen zusammenhänge, die sie als Vermächtnis hinterließen, diese rätselhaften quaderförmigen Figuren, die dem Meer den Rücken zukehren. Um die Steinquader zu transportieren, mussten die Einwohner sie über Baumstämme rollen lassen, und um die Baumstämme zu gewinnen, mussten sie die Insel roden. Ohne Bäume geriet das Ökosystem aus den Fugen, es kam zu Erdrutschen, Hungersnöten und Bürgerkriegen. In der letzten Phase gingen die Inselbewohner zum Kannibalismus über. Zum Kannibalismus, verstehst du, sagte ich zu Lorenza.

Sie streichelte mir mit dem Zeigefinger über den Schenkel, ohne den Blick von ihrem Buch zu heben. Sie bewegte die angewinkelten Beine scherenförmig in der Luft, auf eine verblüffende Weise den Langusten in der Lobby ähnlich. Hast du nichts anderes zum Lesen mitgebracht?

Gegen Mitte der Woche buchten wir einen Ausflug ins Landesinnere. Wir hatten nicht wirklich Lust, aber es war eine Gelegenheit, das Schuldgefühl zu beschwichtigen, das uns beschlich, weil wir uns nie vom Hotelstrand wegbewegt hatten.

Wir brachen um neun Uhr morgens auf, in einem Van, zusammen mit einem niederländischen Paar. Wir folgten einem Pfad mit sanftem Auf und Ab inmitten des tropischen Regenwalds, umgeben von Vogelrufen. In diesen Breiten war alles üppiger, feuchter, erregender. Nach den Tagen in der Sonne spendete mir der Schatten eine unverhoffte Erleichterung.

Mich begeisterte die Erklärung des Führers über einen Baum, der ursprünglich aus Westafrika stammte und in raschem Tempo die autochthone Vegetation verdrängte. *Dichrostachys cinerea* war sein wissenschaftlicher Name, aber in Afrika wurde er »Weihnachtsbaum« genannt. Im April bekam er hübsche gelbe und violette Blüten, die einen Moment lang vergessen ließen, wie schädlich er war. Ich muss es mit dem Fragen übertrieben haben, denn die Niederländer gaben Zeichen von Ungeduld und Lorenza seufzte wie manchmal, wenn ich mich wie der Klassenstreber aufführte.

Wir kehrten zurück an die Küste. Das Mittagessen war im Schatten von Mangroven angerichtet. Es kamen dort auch andere Gruppen zusammen, aus anderen Hotels oder von anderen Tourenanbietern, und das Gedränge verdarb die Atmosphäre von Exklusivität, die uns im Übrigen bei der Buchung zugesichert worden war. Zusammen mit den Niederländern besetzten wir einen der Holztische und machten uns breiter als nötig, damit niemand auf die Idee kam, sich zu uns zu gesellen.

Ich begann mit Otto ein Gespräch über die Qualität des Resorts und darüber, wie das Reisen nach den Attentaten von Paris noch nervenaufreibender geworden war. Er war Ingenieur und arbeitete in der Automobilindustrie, beschäftigte sich aber vorwiegend mit Marketing. Das Thema Nachhaltigkeit lag ihm am Herzen.

Wir tranken jeder einen Ti Punch, dann einen zweiten und einen dritten. Natürlich sprachen wir auch über das kreolische Essen und wie repetitiv es mit der Zeit wurde.

Auf dem Rückweg bin ich im Van eingeschlafen, so tief, dass ich die letzte Etappe nicht einmal mitbekam. Als die anderen wieder einstiegen, schienen sie aufgekratzt, so auch Lorenza. Sie schworen, es sei schade, dass ich die Villa im Kolonialstil verpasst hatte, sie war wirklich sehenswert.

Am vorletzten Tag nahmen wir einen Leihwagen, um an einen Strand zu fahren, den uns die Niederländer empfohlen hatten: Das Leben in Resorts besteht aus Empfehlungen von Stränden. Als wir nach der Fahrt durch die Macchia dort ankamen, bemerkten wir, dass es ein FKK-Strand war. Was tun? Lorenza zuckte mit den Schultern. Jetzt sind wir schon hier.

Wir zogen uns aus, steckten die Badesachen in die Taschen und breiteten die Handtücher am Boden aus, aber einfach da zu liegen, war etwas komisch, also gingen wir ins Wasser. Es war ziemlich lustig. Während wir etwa dreißig Meter vom Strand auf dem Wasser trieben, näherte sich das niederländische Paar. Sie hatten uns nicht Bescheid gesagt, dass sie hierherkommen würden, sonst hätten wir wahrscheinlich das Ziel geändert. Es ist wunderbar, nicht wahr?, sagte Otto.

Lorenza unterhielt sich mit der Frau, die einen Sonnenbrand hatte, mit roten Flecken und zwei weißen Bikinistellen. Durch die Brechung des Lichts wirkten ihre Beine im Wasser dicker.

In dem Versuch, die Verlegenheit zu überwinden, ließ ich Otto gegenüber eine Bemerkung fallen, wie gut er die kurze

Strecke zu uns herüber geschwommen sei. Er erzählte mir von einem Diplom, das in den Niederlanden alle Kinder erwerben müssen und das in drei Stufen gegliedert ist: Bei der Prüfung musste man in Kleidern und mit Schuhen schwimmen und mit angehaltener Luft einen Tunnel durchqueren.

Das ist wegen der Gefahr, dass die Niederlande durch den steigenden Meeresspiegel überschwemmt werden, stelle ich mir vor.

Otto sah mich verwundert an. Steigende Meeresspiegel? Ach wo. Wir wollen nur nicht, dass in Amsterdam die Leute in den Kanälen ertrinken.

Bei dieser Unterhaltung waren wir alle vier nackt, und ich wurde das Bewusstsein davon nicht wirklich los. Hast du die dahinten gesehen?, fragte mich Otto schließlich und deutete auf den Strand. Im Halbschatten sah ich die dunklen Umrisse von Jungen, die im Gebüsch hockten. Sie rieben sich rhythmisch zwischen den Beinen, wie eine Meditationsübung, aber auf die Ferne konnte man nicht sehen, ob sie Badehosen trugen oder nicht. Was machen sie?, fragte ich naiv, und Otto lächelte mir zu, als ob meine Bemerkung eher eine Anspielung als eine Frage wäre.

Später nahmen wir ihre Einladung zum Abendessen an. Unsinnigerweise zogen wir uns besser an als üblich, ich sogar geschlossene Schuhe, auch wenn es bloß darum ging, wie immer ins Erdgeschoss auf die Terrasse hinauszugehen, nacheinander ans Buffet zu treten, das wir mittlerweile auswendig kannten, und denselben chilenischen Rotwein mit Schraubverschluss zu bestellen, der am Ende zu den Extras gerechnet werden würde.

Nur dass wir das am Tisch von Otto und Maaike taten, unsere vorübergehenden Freunde, die in Den Haag, nein, nicht in Amsterdam, in Den Haag wohnten, genauer, etwa zwanzig Kilometer außerhalb der Stadt, in einem dieser typischen Häuser, wie du sie dir vorstellst, wenn du an die Niederlande denkst, genau so eins … und ob wir da gewesen sind, mehr als einmal, auch im Mauritshuis, ah, das spricht man nicht so aus, ja natürlich, auch wir waren verzaubert von der *Ansicht von Delft*, mit diesem Licht, das nicht auf das Bild zu fallen, sondern aus ihm hervorzukommen scheint.

Sie hießen nicht Otto und Maaike. Ich habe keine Ahnung, wie sie hießen, es gab keinen Grund, mir ihre Namen einzuprägen. Ich nahm Lorenzas Hand unter dem Tisch, und sie streichelte mit dem Daumen meine Handinnenfläche, zart, ihre Einwilligung signalisierend.

Als ich ein paar Stunden später erwachte, hatten die Niederländer das Zimmer verlassen. Lorenza schlief, diagonal auf dem Bett liegend, was von der Absonderlichkeit der Nacht zeugte. Ich bedeckte ihre Beine mit einem Zipfel des Lakens und stand auf. Die Fenstertür war weit offen, und ich ging hinaus auf die Terrasse. Ein sehr dünner rosa Streifen verlief parallel zum Horizont. Der Himmel darüber changierte von himmelblau bis tiefblau. Eines Tages, dachte ich, würde diese Insel nicht mehr existieren, würde diese Terrasse nicht mehr existieren und würden auch wir nicht mehr existieren. Lorenza und ich würden keine Spur hinterlassen, wie versunkene Atolle.

Über dem Meer lag eine ringförmige Wolke, kompakt, reglos und außerordentlich glatt. Ein schwebender, gasförmiger Diskus, der nach unten kaum merklich zulief, wie einer Spirale folgend. Ich ging zurück ins Zimmer und holte das Handy. Ich fotografierte die Wolke und schickte das Bild

an Novelli mit einer minimalistischen Unterschrift. Guadeloupe.

Er antwortete sofort: Lenticularis-Wolke. Die Luft trifft in
ihrem Fluss auf ein Hindernis und wird modelliert. Nicht so
selten, aber in jenen Breiten schwer zu sehen. Kann ich sie
auf meine Seite stellen?

Einen Moment später kam eine zweite Nachricht: Wenn
Sie die Ränder genau ansehen, erkennen Sie die Farben des
Regenbogens. Das sind die Tröpfchen, die das Licht brechen.
Wenn Sie in Paris vorbeikommen, sollten wir uns sehen.

Im Juli erschien in *Nature* ein Artikel über den Zusammenhang zwischen Wolken und Klimawandel. Anhand von Satellitenbildern stellten die Autoren fest, dass die Wolken sich durch die Erderwärmung gradweise in Richtung der Pole verlagerten. Die Wolkendecke zog von dort, wo sie zur Filterung der Sonnenstrahlung diente – am Äquator, in den Tropen –, in Richtung der arktischen Zonen, wo sie wesentlich weniger nützlich war. Das würde mit der Zeit zum sogenannten »positiven Feedback« führen, das allerdings überhaupt nichts Positives hatte, es war positiv nur im streng mathematischen Sinn, das heißt, es fungierte als +–Zeichen: Je wärmer es war, desto wärmer würde es werden.

Meinen Kurs in Triest begann ich mit der Lektüre des Artikels von Norris et al. Ich hielt eine Reihe von Lektionen über Wissenschaftsjournalismus im Rahmen eines Masterstudiengangs in Kommunikationswissenschaften und beschloss, den ganzen Zyklus dem Klimawandel zu widmen. Die Wanderung der Wolken schien ein guter Ausgangspunkt, so erschreckend wie poetisch. Der Kurs dauerte insgesamt vier Wochen. Ich buchte ein Airbnb in Cavana. Wäre es nach mir gegangen, hätte ich ein weniger belebtes Viertel gewählt, ich hätte mich mit einem der Hotels begnügt, mit denen die Uni Abkommen hatte und die günstig zum 38er Bus lagen, aber Lorenza hatte mich davon überzeugt, dass ich mir etwas gönnen sollte. Wenn du schon ins Exil gehst, such dir wenigstens einen schönen Ort aus: Bis zum Beweis des Gegenteils hast du keine Schuld abzubüßen. Aber stimmte das? Im Frühjahr und dann anschließend im Sommer, den wir vorwiegend getrennt verbrachten, hatten sich die Dinge zwischen uns erheblich verschlechtert. Wir telefonierten selten. Fremden Zutritt zu unserem Bett gewährt zu haben, hatte sich als riskant erwiesen.

In Triest gewöhnte ich mir eine neue Routine an. Wenn ich keinen Unterricht hatte, stand ich spät auf, stellte aber den Wecker auf sieben, um das Handy anzuschalten und der Welt mittels der ersten WhatsApp-Nachricht zu beweisen, dass ich nicht faul war. Danach hatte ich, abgesehen von der Korrektur der Kursaufgaben, nicht viel zu tun, also ging ich spazieren. Der Weg nach Miramare nahm einen Großteil meines Tages in Anspruch, aber da waren auch der Rilke-Weg und der Karst mit seiner düsteren Kargheit. Ich sagte mir, alle diese Kilometer seien notwendig, um Ideen zu dem Buch zu sammeln, das ich schreiben würde, das sagte ich auch Lorenza, und sie glaubte es oder tat zumindest so, die meiste Zeit aber ging ich nur vor mich hin, mit leerem Kopf. Ich hatte immer Kopfhörer auf, wie ein Jugendlicher. Nach der *memory* der Spotify-Playlist zu schließen war das meistgehörte Stück in diesem Jahr ein Song von Majical Cloudz, ein Titel mit einem Fragezeichen am Ende: *Are You Alone?*

Die Studierenden im Kurs waren größtenteils Post-Docs aus den Mint-Fächern: Physiker, Mathematikerinnen, Biotechnologen. Nur selten tauchte ein Linguist oder eine Historikerin auf, und sie fühlten sich fremd. Alle waren sie dort, weil sie sich an einem bestimmten Punkt der akademischen Laufbahn enttäuscht oder ganz einfach müde gefühlt hatten. Sie hatten zu viel oder zu lange äußerst schwierige Fächer studiert, jetzt hofften sie, sich auf dem elastischeren Terrain der Kommunikationswissenschaften auszuruhen. Meine anfängliche Bestrebung ging dahin, dieses Vorurteil auszuräumen: Wenn sie glaubten, das Maximum an Komplexität erforscht zu haben, indem sie sich den Naturwissenschaften widmeten, würde ihnen in meinem Kurs eine andere Form der Komplexität begegnen, die sie ganz beanspruchen würde. Sie zu beeindrucken, war leicht, seit mindestens zehn Jahren hatten sie keine Übung mehr im Schreiben, waren gehemmt, nachdem sie es nur mit Papers oder hochspezialisierten Fachbüchern, Formeln und kartesianischen Grafiken zu tun gehabt hatten. Das weiße Blatt bereitete ihnen Unbehagen.

Unter den Studierenden dieses Jahrgangs war ein Astrophysiker, Christian. Er saß in einer der mittleren Reihen, gegen die linke Wand gelehnt, wie auf, aber auch abseits der Bühne. Er hatte einen undefinierbaren Akzent, und vielleicht war es das, was mich neugierig machte. Oder vielleicht war es die Art und Weise, wie er mich fixierte, während ich vom Verschwinden der Wolken sprach, die Augen unnatürlich weit aufgerissen.

Als er bei der Vorstellungsrunde dran war, sagte er, er hätte sich lange mit Gravitationswellen und Schwarzen Löchern beschäftigt. Aber diese Art von Studium, sagte er, indem er ein Büschel Haare um den Finger wickelte, tue ihm nicht gut. Mitten in einem Projekt und mit einem Artikel kurz vor der Publikation hatte er beschlossen, die Astrophysik aufzugeben und auf die Erde zurückzukehren. Er verwendete genau diesen Ausdruck, »auf die Erde zurückkehren«. Ich fragte ihn, in welchem Sinn ihm die Beschäftigung mit Schwarzen Löchern nicht guttue, und als er antwortete, achtete er peinlich darauf, meinen Blick nicht zu kreuzen: Ist es Ihrer Ansicht nach möglich, Prof, dass ein Wissensgebiet die Oberhand über dich gewinnt?

In der Mensa ging ich zu Marina, der Koordinatorin des Kurses. Ich fragte sie, was sie von Christian halte, und sie begriff sofort. Er ist sehr empfindlich, sagte sie, besser behutsam sein.

Ich hatte den Eindruck, sie behielte eine relevante Information für sich. Die Personalakten der Studierenden und die sensiblen Daten der Zulassungsgespräche wurden nicht an uns Lehrbeauftragte weitergegeben.

Mir scheint, er hat Talent, sagte ich.

Ach ja? Und woran hast du das gemerkt? Du hast sie zwei Stunden lang gesehen.

Instinkt.

Instinkt, wiederholte sie. Dann sah sie vom Tablett auf und wandte mir ein gezwungenes Lächeln zu.

In den Evaluierungen des vergangenen Jahres hatten sich einige Studierende über meine »Parteilichkeit« beklagt. Sie behaupteten, einige Arbeiten seien mit besonderer Aufmerksamkeit korrigiert worden, während anderen nur wenig Zeit gewidmet worden sei. Außerdem würden im Unterricht stets dieselben reden, meist Männer. Marina hatte mir die Ergebnisse des Fragebogens mit einer vollkommen neutralen Mail geschickt: Im Anhang Kopie von. Ich hatte Lorenza das Endergebnis gezeigt (nicht die einzelnen Kommentare), und sie hatte etwas gezögert, bevor sie sagte, siebeneinhalb erscheine ihr nicht so schlecht. Aber ich wollte nicht siebeneinhalb, ich wollte neun oder zehn, ich wollte lobende Erwähnungen und Komplimente der Prüfungskommission. Ich hatte bei Giulio Trost gesucht: Findest du es normal, dass jetzt die Studenten den Lehrern Noten geben? Studierende-Kunden, hatte er mich korrigiert, da kannst du nichts machen, das ist der neue Trend im Unterricht. Nur mühsam konnte ich mir die Frage verkneifen, wie seine letzte Evaluierung gewesen war.

Was Christian anging, hatte ich mich jedenfalls nicht getäuscht. Im Unterricht lieferte er glänzende Beiträge, er war immer bei der Sache, sogar leidenschaftlich. Eines Morgens las ich einen Passus aus *Kollaps* vor, und am nächsten Morgen hatte er ein Exemplar davon vor sich auf dem Tisch.

Als er mit der Präsentation seines Reportageprojekts an der Reihe war, stand er auf und stellte sich vor die Klasse. Sein Vortrag war konfus, er zwirbelte weiter seine Haarlocke, und was er vorstellte, konnte man nicht wirklich eine Idee nennen, allenfalls einen Fluss von Gedanken, denen eine Besorgnis zugrunde lag. Er sprach von einem *point of no return*, ein Begriff, der ihm nach Jahren des Studiums der Schwarzen Löcher vertraut war. Wenn ein Körper den Ereignishorizont überschreitet, verschwindet dieser Körper, man weiß nichts mehr von ihm, und alles, was danach mit ihm geschieht, ist undurchdringliches Geheimnis. Dieser Körper könnte sich jenseits des Horizonts befinden, deformiert und zerstückelt, oder in etwas anderes verwandelt sein, womöglich in pures Licht. Christian fragte sich, ob ein solcher Punkt auch für unseren Planeten existierte, eine Grenze, jenseits derer wir einfach nur fallen. Wenn es ihn gab, wie weit war er von diesem Morgen entfernt, von diesem präzisen Moment, in dem er sprach? Vielleicht, sagte er, haben wir ihn schon überschritten, ohne es zu bemerken. Und vielleicht … also … Doch da brach er plötzlich ab. Darüber will ich schreiben.

Er wirkte erschöpft, als ob jede seiner Zellen zitterte. Verlegenheit machte sich im Raum breit. Ich forderte seine Kommilitonen auf, den Vorschlag zu kommentieren, sie murmelten Anerkennendes, aber sie waren perplex. Also ergriff ich wieder das Wort. Ich sagte zu Christian, dass das Thema sicher faszinierend sei, dass es mir aber auch sehr vage erschiene. Er laufe Gefahr, sich zu verlieren. Du solltest dich auf etwas Greifbareres konzentrieren, an dem man diese Verwandlung schon sehen kann.

Ich weiß nicht, auf was, erwiderte er streng, immer noch, ohne mich anzusehen.

Zum Beispiel die Veränderung der Ökosysteme.

Ich erzählte ihm von der *Dichrostachys cinerea*, der afrikanischen Pflanze, die das Ökosystem Guadeloupes bedrohte. Aber du solltest eine Situation im näheren Umfeld finden, die du direkt beobachten kannst. Denn das machen wir hier, wir betrachten die Realität und schreiben Reportagen.

Unwillkürlich war ich näher zu ihm hingegangen, so dass ich ihn in der Stille atmen hörte. Ich war ein guter Lehrer, kein mit siebeneinhalb zu bewertender. Ich konnte motivieren, anleiten, ich hatte Fantasie, ich war großzügig.

Christian sagte weder ja noch nein, nicht einmal, dass er darüber nachdenken wolle. Er starrte auf einen Punkt jenseits des Fensters, als könne er den Blick nicht von etwas wenden, einem Ereignishorizont, dem wir alle entgegenschritten, den aber nur er sehen konnte. Er bat um Erlaubnis, an seinen Platz zurückzukehren.

Unter den Reportagen dieses Jahres, an die ich mich erinnere: eine vom Aussterben bedrohte besondere Art von Teichfrosch, die Auswirkungen der Produktion von Büchsenfleisch auf die Erderwärmung, die Erforschung einer Höhle in Slowenien, die eigentlich vor dem Klimawandel hätte geschützt sein müssen, sich aber auf dramatische und irreversible Weise veränderte.

Christian hat meinen Rat schließlich befolgt und als Thema den Götterbaum gewählt, einen Baum asiatischer Herkunft, der sich mit bestürzender Geschwindigkeit in unserer Vegetation ausbreitet. Sein Anfang, den er laut vorlas, erzählte von einer Zugreise nachhause, während der er bemerkte, dass der Götterbaum sich die ganze Eisenbahnlinie entlang mimetisch unter die heimischen Pflanzen gemischt hatte. Der Text war voller Bilder. So wogten beispielsweise die Wipfel *in dem Versuch, mit ihm zu kommunizieren*, und an einem bestimmten Punkt wurde der Götterbaum wie ein einziger riesiger pflanzlicher Organismus beschrieben, ein Rhizom, das sich dicht unter der Oberfläche über den ganzen Globus erstreckte.

Als er zu lesen aufhörte, außer Atem, klatschten seine Kommilitonen Beifall. Ich fragte mich, ob sie das »voreingenommen« finden würden, aber am Ende schloss auch ich mich dem Applaus an. Um diesen Exzess auszugleichen, unterzog ich diesen Anfang einer strengeren Prüfung. Wann würde er zu den relevanten Informationen kommen? Wo waren die Daten, jenseits der subjektiven Sinneseindrücke? Der Gebrauch der zweiten Person Singular schließlich verwunderte mich, und die Zeichensetzung schien auch etwas willkürlich, wenigstens nach dem zu urteilen, wie er gelesen hatte.

Christian veränderte seinen Gesichtsausdruck, während ich sprach. Nervosität machte sich in der Klasse breit, und eine Frau, Greta, brachte die Anspannung auf den Punkt: Mir hat es so gefallen. Haben nicht Sie selbst uns geraten, persönlich zu sein, Prof?

In der folgenden Woche war Christian nicht im Kurs. Ich fragte seine Kommilitonen, ob sie den Grund wüssten. Einige wandten sich um und sahen Greta an, oder vielleicht nicht, vielleicht schreibe ich ihnen das im Nachhinein nur zu. Kann sein, dass sich niemand zu ihr umdrehte und sie ansah und dass sie einfach nein sagten (und logen). Doch nach der Stunde passte mich ein Student auf dem Flur ab: Da ist etwas, Prof. Ich weiß nicht, ob es wichtig ist oder ob ich es Ihnen sagen soll.

Was denn?

Nachts ist Christian immer in einem Lokal, das Mirò heißt.

Ich weiß, wo das Mirò ist.

Okay, das wusste ich nicht.

Und was macht er da?

Er zuckte mit den Schultern. Vielleicht geht er nicht immer hin, sagte er, aber zwei von uns haben ihn zu verschiedenen Zeitpunkten dort gesehen.

Und habt ihr nicht mit ihm gesprochen?

Schuldbewusst ließ er den Kopf hängen. Mit Christian zu reden ist nicht so einfach. Ich weiß nicht, ob Sie es bemerkt haben, aber er ist ein bisschen seltsam.

Ich versicherte ihm, dass ich nichts dergleichen festgestellt hatte, womit ich ihm zu verstehen gab, dass die Seltsamkeit ganz in ihrem Misstrauen lag.

An diesem Abend ging ich ins Mirò. Die Stimmung war die einer Studentenparty. Ich hoffte, niemandem aus dem Masterstudiengang zu begegnen, weil sie mich düster finden würden, wenn ich allein an einem Tisch saß und trank. Auch deshalb suchte ich mir einen Platz etwas abseits neben dem DJ-Pult. Um ein Uhr nachts war ich ein wenig betrunken und im Begriff zu gehen, ich weiß nicht, ob enttäuscht oder erleichtert, als ich ihn hereinkommen sah, Christian, in Pyjama und Flip-Flops.

Er hatte den Laptop unter dem Arm. Er setzte sich an die Theke, und die Barkeeperin beugte sich vor, um ihn auf die Wangen zu küssen. Ich bemerkte eine Vertrautheit zwischen ihnen, als ob diese Szene sich jede Nacht immer gleich abspielen würde. Die Barkeeperin servierte ihm ein Bier, während Christian den Bildschirm aufklappte und zu tippen begann. Das Lokal war nicht sehr groß, Luftlinie trennten mich fünf Meter von Christian, der mir den Rücken zukehrte, weshalb ich seine nackten Fersen und einen Streifen Haut am unteren Rücken sah, wo das Oberteil des Pyjamas nach oben rutschte, weil er nach vorne gebeugt dasaß. Der Bildschirm war von mir aus gut zu sehen, und auch ohne die Worte zu unterscheiden, war klar, dass er ein Word-Dokument bearbeitete.

Als der DJ plötzlich zu einem beruhigenden Revival der neunziger Jahre überging, füllte sich die Tanzfläche. Da sah ich nur noch Christians bläuliche Fersen, die rhythmisch gegen die Beine des Barhockers schlugen. Ich fasste mir ein Herz und ging zu ihm. Er brauchte eine Weile, um meine Anwesenheit zu realisieren und sie dann zu bestätigen, indem er ohne die geringste Spur von Überraschung sagte: Prof.

Was schreibst du?

Christian nickte in Richtung Bildschirm. Die Reportage.

Das ist ein merkwürdiger Ort, um sich zu konzentrieren.

Er zuckte mit den Schultern, mir schien, ich hätte ihn verloren, also korrigierte ich mich: Im Grunde arbeite auch ich gern im Lärm. Das beruhigt die Gedanken.

Mein Zimmer ist hier drüber. Man hat mir nichts gesagt, bevor ich den Mietvertrag unterschrieb. Es sind vor allem die Bässe, die das Bett erschüttern, sie bewegen es förmlich. Ramona und ich haben ein Abkommen geschlossen. Sie lässt mich hier arbeiten und gibt mir umsonst zu trinken. Im Gegenzug beschwere ich mich nicht mehr.

Er lächelte der Barkeeperin zu, die ihm die Zunge herausstreckte. Ramona servierte auch mir ein Bier, und wir tranken eine Weile schweigend. Ich spürte, dass Christian gern weitergearbeitet hätte, aber er wagte es nicht, neben mir zu schreiben.

Du bist nicht in den Kurs gekommen, sagte ich irgendwann.

Ich bin hintendran.

Womit bist du hintendran?

Mit der Reportage, Prof.

Du hast noch Zeit, mach dir keine Sorgen. Und dann warst du ja schon recht weit.

Es war zu viel, das haben Sie gesagt.

Einen Moment lang kam er mir absolut wehrlos vor, in seinem Baumwollpyjama mit Raumschiffmuster, in einem Lokal, in dem die Leute mit den Ellbogen aneinanderstießen. Ich fragte mich, wie viele Nächte er schon nicht schlief. Dann schwiegen wir wieder, bis er sagte: Ich habe ein bisschen Hunger, Prof.

Und weißt du, wo wir um die Zeit etwas zu essen bekommen?

Aber ich müsste mich erst umziehen.

Wir verließen das Lokal und gingen durch den Eingang daneben wieder ins Haus. Ich fühlte die Blicke der Studenten auf mir, während ich mit einem viel jüngeren Kerl im Pyjama hinter der Tür verschwand. Doch dieser Abend war von Mathematikern und Physikerinnen bevölkert, die an jede Form der Extravaganz gewöhnt waren.

Im ersten Stock dröhnten die Bässe der Musik wie kleine Donnerschläge. Das Bett war wer weiß wie lange ungemacht. Ein normales Studentenzimmer: diese bestimmte Art von Unordnung, nicht mehr und nicht weniger, auch wenn ich eine beunruhigende Energie im Verhältnis der Gegenstände zueinander bemerkte. Aber mag sein, dass auch dies eine Verfälschung der Erinnerung ist. Mag sein, dass ich rein gar nichts bemerkte. Christian zog eine Jeans an und ein Sweatshirt über das Pyjamaoberteil. In einer völlig deplatzierten Anwandlung von Väterlichkeit empfahl ich ihm, sich warm anzuziehen, weil Wind aufgekommen war.

Er kannte einen Kiosk in der Nähe des Bahnhofs, der offen hatte, wir kauften Flaschenbier, und er aß mit wenigen Bissen ein abgepacktes Panino, das erbärmlich aussah. Dann machten wir uns auf den Weg.

Unter den Themen, die wir in dieser Nacht anschnitten: die Idiotie, das Higgs-Boson »Gottesteilchen« zu nennen/ dass wir beide heimlich *Das Drama des begabten Kindes und die Suche nach dem wahren Selbst* gelesen hatten, in der Hoffnung, dass darin von uns die Rede wäre/die letzte Satellitenkarte der Kosmischen Hintergrundstrahlung/dass wir uns im Gymnasium permanent vom Pech verfolgt fühlten und noch lang darunter litten, bis es uns auf einmal nichts mehr ausmachte/die Quantenchromodynamik/die Ejaculatio praecox.

Christian hatte zu nichts eine landläufige Meinung, wie ich mich mit fünfundzwanzig auch keine zu haben bemühte, aber wenn in meinem Fall die Nicht-Banalität mir eine ständige Anstrengung abverlangte, schien sie bei ihm eher ein Wesenszug. Ich dachte, nach Beendigung des Kurses, nach Behebung der Asymmetrie, zu der uns die Rollenverteilung zwang, könnten wir Freunde werden. Ich war ständig auf der Suche nach Freunden.

Wir kamen zum äußersten Ende der Mole und pinkelten einer neben dem anderen. Die erleuchtete Stadt war ganz in unserem Rücken, die Plattform schwamm auf dem schwarzen Meer wie auf einer intergalaktischen dunklen Leere. Wir schaukelten sacht am Rand, sturzbesoffen, als Christian sagte: Ich habe die Reportage fast fertig, Prof. Ich verspreche, wenn ich sie fertig habe, komme ich wieder in den Kurs.

Dann setzte er noch hinzu: Es liegt mir viel daran, Prof.

Vier Tage später haben sie ihn abgeholt, in der Nacht von Samstag auf Sonntag. Ramona, die Barkeeperin, war es gewesen, die einen Blick nach oben auf das Licht in Christians Zimmer geworfen hatte, wie sie es immer tat, wenn sie ihre Schicht beendete, um das wahrzunehmen, was sie als seltsame Laute bezeichnete, und dunkle Streifen an der Fensterscheibe.

Um sich die Arme aufzukratzen, hatte er eine Gabel benutzt, ein Detail, das mich noch lange verfolgen sollte. Genau das hatte aber verhindert, dass die Wunden allzu tief waren. Mit einem Messer wäre er sicher verblutet, sagte

Marina in einer Dringlichkeitssitzung der Dozierenden, die am Montagmorgen einberufen wurde. Es musste alles noch überprüft werden, aber es sah so aus, als hätte Christian mehrere Nächte lang nicht geschlafen. Einige hatten ihn zu unwahrscheinlichen Zeiten durch die Straßen irren sehen, und eine Kommilitonin, Greta, hatte berichtet, dass er oft um ihr Haus herumstrich. Sie beobachtete ihn vom Fenster aus, und einmal war sie hinuntergegangen, um ihn zur Rede zu stellen, Christian hatte sich nicht feindselig gezeigt, nur verstört. Er hatte gesagt, er sei da, um sie zu beschützen. Greta hatte ihn gefragt, wovor, und er hatte die Zweige erwähnt.

Welche Zweige?, fragte einer der Kollegen, aber Marina überging ihn. Christian, fuhr sie fort, hatte seine Medikamente abgesetzt, ohne jemandem Bescheid zu sagen. Den Eltern gegenüber hatte er überzeugend gewirkt, auch sie hatten nichts bemerkt. Nach der Notaufnahme hatten sie ihn in eine Einrichtung verlegt, wo er schon einmal gewesen war. Selbstverständlich würde er den Kurs nicht beenden.

Es war ein Novembertag voller Licht, die Bucht leuchtete vor den Fenstern des Raums, in dem wir uns versammelt hatten. Der Verdacht, wir unsererseits hätten es an etwas mangeln lassen, lastete auf der goldenen Atmosphäre dieses Morgens. Aber woran genau hatten wir es mangeln lassen? Aufmerksamkeit? Zuwendung? Intuition?

Es fielen einige Begriffe, darunter Paranoia, Schizophrenie und Zwangseinweisung. Nico, der Dozent für Social Media, erklärte ganz allgemein, die Studierenden erschienen ihm von Jahr zu Jahr anfälliger.

Ich sagte weder, dass ich Christian wenige Abende zuvor im Mirò aufgesucht hatte und dann einen Gutteil der Nacht mit ihm spazieren gegangen war, noch, dass nur ich, ich allein, in dieser Versammlung die Natur der Zweige kannte, von denen er Greta gegenüber gesprochen hatte: *Ailanthus altissima*, Ordnung Sapindales, Familie Simaroubaceae. In Italien Mitte des neuzehnten Jahrhunderts zur Seidenproduktion eingeführt. Eine invasive Pflanze der übelsten Art. Ist es möglich, Prof, dass ein Wissensgebiet Oberhand über dich gewinnt?

In der Transparenz der Scheibe sah ich Christians Zimmer, sah die Wurzeln des Götterbaums aus dem Boden herauswachsen, mit ihren Knoten an mehreren Stellen die Fliesen aufwerfen; ich sah die Triebe sprießen und wachsen, zu biegsamen Binsen werden, dann die Matratze durchstoßen und immer härter werden, während das Bett sich mit Blättern füllte. Jetzt bedeckte die Vegetation auch die Wände und die Decke, das Zimmer war mittlerweile ein Wald, die Wipfel wurden im Rhythmus der Musik, die vom Mirò heraufdrang, geschüttelt, und Christian war mittendrin, gefangen von den Zweigen, von den invasiven Arten, von invasiven Gedanken. Man konnte das nicht mehr wie Unkraut vernichten, konnte es nur ausreißen. Ich sah ihn, wie er nach dem erstbesten Gegenstand griff, einer Gabel, die da herumlag, um sich mit ihr zu verteidigen.

Ist es möglich, Prof?

Christian schiebt die Zweige beiseite, aber sie haben sich um seine Handgelenke geschlungen, um die Fußknöchel, den Hals, und sie vermehren sich. Er fuchtelt hektisch mit der Gabel. Die Zweige des Götterbaums dringen ihm in die Nasenlöcher, zwischen die Sehnen der Finger, ins Brustbein, in den Anus, bringen weitere Blätter hervor, und er muss sie mit der Spitze in seinem Fleisch suchen.

Marina wollte wissen, ob wir Fragen hätten. Keine? Dann

könnten wir zu den Vorschlägen übergehen, wie wir den Vorfall im Kurs behandeln wollten. Es gab eine psychologische Beratung, man sollte die Studierenden ermuntern, sie in Anspruch zu nehmen. Auch da habe ich nichts gesagt. Ich habe nichts von dem gesagt, was ich soeben reflektiert gesehen hatte in der Scheibe von Christians Zimmer. Wir waren alle Wissenschaftler, oder zumindest ehemalige, und nichts von dem, was ich mir vorgestellt hatte, war objektiv oder verifizierbar. Ich schwieg. Ich hörte mir die Vorschläge an.

Als der Kurs zu Ende war, kehrte ich nach Rom zurück. Jetzt war ich fixiert auf invasive Arten, auch die Stadt erschien mir verändert, verseucht von Sternjasmin (Herkunft: China), der im Mai die Luft mit süßlichen Aromen schwängern würde, von den Sittichen (Indien), die die Palmen an der Via Nazionale bevölkerten, den Palmen selbst (Kanaren) und von den Parasiten, die sie vernichteten (China). Ich versuchte Lorenza nichts davon zu sagen, wenn wir aus dem Haus gingen, denn genau das hätte mein Vater getan.

Am 19. Dezember wurde ich vierunddreißig, aber ich erinnere mich an nichts von diesem Tag. Auf dem Handy sind unter diesem Datum nur zwei Fotos gespeichert, zwei kulinarische Stillleben: eine Platte mit rohem Gemüse, längs aufgeschnitten, mit einer Schale Mayonnaise in der Mitte, und die Nahaufnahme meiner Hand, die eine Konservendose umfasst hält, in einer Pose, die mir herausfordernd erscheint, wie um jemandem zu sagen, ich bin beim Kochen. Ich nehme an, wir hatten Freunde zum Abendessen eingeladen, keine Ahnung, weder wie viele noch wen, aber das Gemüse auf der Platte ist reichlich.

Vor allem habe ich keine Erinnerung daran, dass ich das Fest kurz nach acht unterbrach, als ein Scania-LKW in Berlin in einen Weihnachtsmarkt raste und ein Dutzend Menschen tötete. In der Tat weiß ich nicht einmal mehr, wie ich von der Nachricht erfuhr, nicht, ob ich den Fernseher einschaltete, um mehr herauszufinden, auch wenn das sicher so war. Wie ich auch in den folgenden Tagen die Jagd auf den Verdächtigen, Anis Amri, verfolgt haben muss, und die Schießerei in Sesto San Giovanni, bei der er getötet wurde, die Empörung darüber, wie der meistgesuchte Terrorist Europas seelenruhig von Deutschland nach Frankreich und schließlich nach Italien einreisen konnte.

Irgendwann muss ich erfahren haben, dass der Todes-LKW ein paar Tage früher von Turin aus – meiner Stadt – losgefahren war, wo er mit den fünfundzwanzig Tonnen Stahl beladen worden war, die er transportierte. Es gab da eine nie dagewesene Nähe zwischen unseren Leben und eine neue Form des absolut Bösen – der Ausdruck ist abgedroschen, aber ich wüsste nicht, wie ich es sonst definieren sollte –, ein Böses, das da und dort auf dem Kontinent aufblühte wie eine faulige Blume. Und doch machten Lorenza und ich all das, was wir immer gemacht hatten, einschließlich Geburtstagsfeiern.

In dieser Zeit gestand Giulio mir, dass er sich Videos von Enthauptungen ansehe. Er fand sie in voller Länge auf Tor. Das ist ein richtiges Genre, sagte er zu mir, mit einer spezifischen Ästhetik. Nimm die Farben: das Schwarz des Henkers und das leuchtende Orange der Häftlingsuniformen. Wenn du darauf achtest, siehst du, dass sie immer sauber und gebügelt sind, als hätten sie sie gerade eben aus der Zellophanhülle ausgepackt.

Die zum Tode Verurteilten waren gefasst, sie schrien nicht,

versuchten nicht, die Inszenierung zu stören, es war, als wollten sie die Qualität des Films nicht verderben. Achte auf die wechselnden Einstellungen, schrieb Giulio mir, achte auf den Schnitt. Das sind keine Videos zum Anschauen, sie sind zum Genießen gemacht. Hochglanzprodukte wie TV-Serien.

Als Erstes wählte ich die Enthauptung eines japanischen Journalisten mit gläsernem Blick. Dann die eines englischen Informanten, schließlich das Video von einundzwanzig Ägyptern, die langsam an einem Strand entlanggeführt und gleichzeitig in perfekter geometrischer Anordnung hingerichtet wurden.

Ich sah mir die Videos an und schrieb Mails an Giulio, um sie zu kommentieren. Es gab viele Aspekte, die wir klären wollten, so zum Beispiel, wie schwierig es war, die entscheidende Geste so präzise hinzubekommen, wie die Henker sie online stellten. Übten sie das? Wie lange, und wie taten sie das? Hatten sie Puppen, oder übten sie an Tieren, vielleicht an Leichen? Und dann war da die faszinierende Frage der sieben Sekunden. Einige Neurobiologen sind der Auffassung, das Bewusstsein könne maximal sieben Sekunden nach Abtrennung des Kopfes weiterbestehen. Das machte die Enthauptung zu einem spektakulären Tod, aber auch einem besonders barmherzigen. Wer konnte das aber mit Sicherheit wissen? Sieben Sekunden: die Zeit, aus sich herauszutreten. Ein anderes Geheimnis, das die Wissenschaft nie lösen wird.

Wenn ich heute aus einem Abstand von kaum einmal fünf Jahren die Monate um den Jahreswechsel 2016/2017 noch einmal durchgehe, bemerke ich, wie schwer es ist, kausale Verknüpfungen zwischen den Ereignissen herzustellen. Sah ich mir die Videos der Enthauptungen des IS an, weil ich mich davon überzeugen wollte, dass die Gegenwart zu unwirtlich war, um Kinder in die Welt zu setzen, oder war es das Gegenteil? Möglicherweise hatten die beiden Dinge aber gar nichts miteinander zu tun. Vielleicht war ich nur, wie so viele, von diesem neuen Horror fasziniert. Wie dem auch sei, indem ich diese Chronik einer nahen Vergangenheit aufzeichne, die schon so fern erscheint, ist es, als müsste ich mich darauf beschränken, Fakten zusammenzutragen, ohne partout eine Verbindung zwischen ihnen herstellen zu wollen, als müsste ich hinnehmen, dass da höchstens Korrespondenzen bestehen können. Und als dürfte ich nicht versuchen, moralische Schlüsse zu ziehen.

Es gibt eine in *American Psychologist* veröffentlichte und an dreitausend Amerikanern durchgeführte Studie zu den Motivationen, die Leute wie Giulio, mich und Millionen andere bewegen, sich Enthauptungen anzuschauen. In diesem Zeitraum sahen sich, der Untersuchung zufolge, zwanzig Prozent der Befragten Ausschnitte an und fünf Prozent die Hinrichtung in voller Länge. Es handelte sich vorwiegend um christliche Männer, und alle hatten angefangen ungefähr wie wir, mit den besten Absichten, sozusagen. Die Studie zeigt eine starke Korrelation zwischen dem Konsum solcher Videos und dem Status als Arbeitsloser oder als Opfer früherer Gewalt: Das war bei uns nicht der Fall, weder bei mir noch bei Giulio, jedenfalls soweit ich weiß. Aber vielleicht ist das statistische Material ja nicht breit genug, um den Einfluss der verhinderten Vaterschaft zu verzeichnen oder der Vaterschaft, die sich wie im Fall Giulios mit den Jahren als extrem schmerzhaft entpuppen sollte.

In diesen Monaten hatten wir mehr Kontakt als gewöhnlich wegen seiner Klage um das Sorgerecht. Wir waren in Rom, als er mir zum ersten Mal davon erzählte. Es war um

Dreikönig, ich kann das mit Bestimmtheit sagen, weil die Stadt von einer abnormalen Kältewelle erfasst war, mit Temperaturen unter null und harschem Wind. Ich hatte den Brunnen an der Via dei Serpenti noch nie gefroren gesehen, und eines Morgens machten wir dort Halt. Adriano pflückte mit seinen nackten Händchen die Eiszapfen, die sich am Rand gebildet hatten, und er widerstand nicht der instinktiven Versuchung, einen abzulecken, während Giulio mich fragte, ob ich ihm helfen würde, indem ich vor dem Richter aussagte.

Aussagen über was?

Über mich und Adriano. Wie wir zusammen sind. Das heißt, dass es nicht zu Misshandlungen oder Ähnlichem kommt.

Glaubt das denn jemand?

Giulio zuckte mit den Schultern: Wenn es dir recht ist, müsstest du ein bisschen Zeit mit uns verbringen.

Als hätte ich das bisher nicht getan.

Stimmt schon, aber die Zeugenaussage muss detailliert sein.

Ich soll also eine Art Aufseher sein?

Auch Giulio pflückte einen kleinen Eiszapfen und drehte ihn zwischen den Händen. Ich hasse es, beobachtet zu werden, sagte er. Aber ich glaube, ich kann es ertragen, von dir beobachtet zu werden.

Das war bei weitem das Intimste, was wir uns je gesagt haben, darauf folgte ein Moment der Stille, dann sprach Giulio weiter. Auch meine Eltern werden befragt. Aber ihre Aussage wird als weniger verlässlich betrachtet, aus naheliegenden Gründen. In deinem Fall hat die Aussage ein anderes Gewicht, auch wegen dem, was du machst.

Sicher, sagte ich.

Wenn du nicht willst, verstehe ich das. Das ist viel Schererei und …

Ich habe gesagt, dass ich es mache.

Im Freien war es nicht auszuhalten, also gingen wir in ein Fast-Food-Restaurant an der Piazza Repubblica. Adriano wollte einen Hot Dog. Giulio widersprach, denn beim letzten Mal hatte er Bauchweh bekommen, aber Adriano haute ihm mit solcher Wucht auf ein Knie, dass er schließlich nachgab.

Er wird immer verwöhnter, sagte er, als müsse er sich bei mir entschuldigen. Dann korrigierte er sich: Wir verwöhnen ihn immer mehr.

Ich betrachtete die beiden schon anders, als würde ich sie bewerten. Wir nahmen unsere Tabletts und setzten uns an einen Tisch beim Fenster. Adriano verschlang seinen Hot Dog und forderte seinen Vater mehrfach mit Siegermiene heraus. Vielleich hatte er nicht einmal Lust darauf, es ging ihm nur darum, über ihn zu triumphieren.

Wie sehr sich die Dinge zwischen Giulio und Cobalt bis zu diesem Zeitpunkt verschlechtert hatten, wusste ich und wusste es nicht. Zurückhaltend wie er war, hatte er mir nur wenig Einblick gewährt. Was Cobalt betrifft, so hatte sie anfangs Kontakt zu mir gesucht, nein, zu Lorenza, lange telefonische Gefühlsausbrüche, doch dann hatten sie nicht mehr miteinander gesprochen. Parteilichkeit ist unausweichlich, wenn man eine Trennung miterlebt.

Ich war bei ihrer ersten Begegnung dabei gewesen. Giulio und ich waren im letzten Studienjahr, dem zweiten im Masterstudiengang, und hatten uns für einen Sommerkurs für Teilchenphysik am Cern eingeschrieben, der auch Vorlesungen von Koryphäen wie Yuval Grossman und Edward Witten vorsah. Etwa hundert junge Physiker von den Universitäten halb Europas waren da, wir hatten gedruckte Namensschildchen, und in den Kaffeepausen verwickelten wir uns in Diskussionen über Themen, die wir nur zum Teil verstanden.

Cobalt war eine der Studentinnen in Sweatshirt und mit Pferdeschwanz. Sie hatte sich in der Mensa zu uns gesetzt und einfach so angefangen, von differenzierbaren Mannigfaltigkeiten zu sprechen, wie um uns an ihren Gedanken in der Mittagspause teilhaben zu lassen. Giulio und ich waren ein bisschen eingeschüchtert gewesen und stumm geblieben. Seid ihr denn keine Theoretiker?, hatte sie gefragt, als sie unser Zögern bemerkte. Theoretisch ja, hatte Giulio geantwortet, und das hatte sie zum Lachen gebracht. Theoretische Theoretiker, hatte sie wiederholt, als ob das der intelligenteste Witz wäre, den sie seit Langem gehört hatte. Sie hatte angefangen, von sich zu erzählen. Ihr Vater, ein Chemiker, hatte ihr diesen extravaganten Namen gegeben, aber ihrem Bruder war es noch schlechter ergangen, sie hatten ihn Tellur genannt, nein wirklich, ohne Scherz. Giulio hatte an ihrem Handgelenk einen Armreif bemerkt und seine Herkunft erraten, und so hatten sie angefangen, über Reisen zu reden.

Sie waren ein vielversprechendes Paar. Das sagten Lorenza und ich uns oft in der Zeit, in der wir viel zu viert unternahmen: Sie sind das vielversprechendste Paar, das wir kennen. Und trotzdem.

Wäre nicht Adriano bei uns gewesen, in dem Fast-Food-Restaurant an der Piazza Repubblica, hätten Giulio und ich angefangen, wieder über die Enthauptungen zu reden. Stattdessen fragte er mich irgendwann wie aus Verpflichtung, was es Neues von meinem Projekt gebe. Vielleicht wollte er die Aufmerksamkeit ausgleichen, die bis dahin ihm und seinem Kind gegolten hatte. Ich fragte ihn, welches Projekt er meine.

Die Bombe, oder?, antwortete er.

Ach das. Ich habe damit nicht weitergemacht. Das heißt, ich habe es liegen lassen.

Mir gefiel die Idee.

Du bist Physiker, klar, dass sie dir gefiel. Aber ich garantiere dir, dass niemand da draußen auf noch ein Buch über die Atombombe wartet.

Was weißt denn du davon, was die da draußen erwarten?

Um die Hände nicht unbeschäftigt zu lassen, bestellten wir Pommes und tunkten sie nacheinander in die Saucen. Giulio fragte mich, ob er sie vermischen dürfe.

Weißt du, was mich immer erstaunt hat?, sagte er. Dass an der Universität niemand darüber gesprochen hat. Wie viele Prüfungen in Atomphysik haben wir abgelegt? Kernspaltung, Kernkettenreaktion, wir konnten alle Berechnungen runterbeten, aber niemand hat die Bombe erwähnt. Nicht einmal Ferrone. Und du weißt ja, was über Ferrone gesagt wurde.

Über Ferrone wurde gesagt, dass er in seinen Post-Doc-Jahren in Moskau niemand Geringeren als Lev Landau kennengelernt habe und dass er Atomspion geworden sei. Von seiner Vergangenheit im Osten zeugten nur noch die Telefonate mit seiner bedeutend jüngeren russischen Verlobten, für die er jede seiner Vorlesungen unterbrach mit dem Ausruf *privet golubka*¹, Hallo, mein Täubchen!

Vielleicht hielten sie das für eine Sache unter Ingenieuren, warf ich ein.

Ich hingegen glaube, es ist anders. Ich glaube, alle Physiker gehen instinktiv auf eine gewisse Distanz zu dieser Sache. Als ob sie sie nichts anginge. Und doch, wenn du ein wenig in der Geschichte jener Jahre nachforschst, im Manhattan-Projekt und den Unternehmungen anderer Länder, dann findest du dort die Namen aller Theoreme, die wir gelernt haben. Fermi, Heisenberg, Oppenheimer, Wigner. Sie waren alle mit dabei, im Guten wie im Bösen, alle einhellig der Meinung, dass man weitermachen müsse. Dann haben sie sich zu rechtfertigen versucht, indem sie sagten, es gebe keine Alternative zum Bau der Bombe und auch nicht zur Verbreitung von Nuklearwaffen. Aber meiner Ansicht nach ist es noch viel schlimmer: Sie waren angefixt, oder waren es wenigstens eine Weile lang. Nur als sie anfingen zu begreifen, dass die Dinge wirklich ernst waren, als ihnen klar wurde, dass sie in ihren Labors das potenzielle Ende der Welt fabrizierten, zog der eine oder andere sich zurück.

Und wohin führt uns deine Überlegung?, sagte ich.

Ich weiß nicht. Vielleicht zu der Idee, dass auch die intelligentesten Menschen auf der Welt – denn es besteht kein Zweifel, dass diese Physiker das waren – in Wirklichkeit nichts von der Gegenwart verstehen. Als ob man von der Gegenwart nur ... überrannt werden könnte.

Giulio überließ Adriano das Handy, damit wir unsere Unterhaltung in Ruhe fortsetzen konnten, aber wir brachen bald ab. Ich war etwas traurig geworden: Meinetwegen, weil es mir seit einiger Zeit vorkam, als würde ich nichts anderes tun, als Projekte aufgeben, oder erneut seinetwegen, weil ich den Eindruck hatte, als wäre er auf verschlungenen Pfaden dazu zurückgekehrt, über sich, Adriano und Cobalt zu reden, über ihre Gegenwart, auch wenn ich nicht entschlüsseln konnte, wie.

Auf dem Weg nachhause machte ich einen Schlenker über die Via Panisperna. Ich hielt an dem Platz, wo einst das Institut für Physik gewesen war. Dort drinnen hatte Enrico Fermi begriffen, dass man, wenn man bestimmte Atomkerne mit verzögerten Neutronen bombardierte, neue Elemente gewinnen konnte. Das war nicht der Beginn der Bombe, aber es war auch der Beginn der Bombe. An der Stelle des Instituts waren jetzt Ministerialbüros, und der Zugang war nicht erlaubt, das wusste ich aus der Zeit, als ich die ersten Recherchen gemacht hatte. In meinen Gedanken hatte ich mich oft in diese Räume versetzt, ich hatte Fermi gesehen, wie er von einem Zimmer ins andere eilte, die radioaktiven Substanzen gegen den Bauch gedrückt, und dadurch die Mutationen auslöste, die bei ihm schließlich Magenkrebs verursachen sollten.

Zuhause fand ich Lorenza am Telefon, ich strich um sie herum, bis sie auflegte. Ich erzählte ihr von Giulio und dem Gefallen, um den er mich gebeten hatte: Ich würde hin und wieder nach Paris fahren müssen. Lorenza sagte, es erschiene ihr nicht angebracht, sich so in die Sache verwickeln zu lassen.

Mich verwickeln zu lassen, das war die Grundlage meines Berufs.

Außerdem sei Giulio bereit, mir die Flugtickets zu bezahlen, falls sie sich deswegen Sorgen mache. Sie sah mich schief an.

Nein, natürlich würde ich sie mir nicht im Ernst zahlen lassen! Ich meinte ja nur, dass diese Möglichkeit bestand.

Fahr du ruhig nach Paris, sagte sie. Dann begann sie auf das Handy zu trommeln, ungeduldig, dort weiterzumachen, wo sie unterbrochen worden war.

Ich ging ins Bad. Ich blieb dort einige Minuten, dann kehrte ich zurück ins Wohnzimmer und verkündete ihr, ich hätte endlich verstanden, worüber ich schreiben wollte. Ich würde das Thema der Bombe wieder aufnehmen, diesmal war ich fest entschlossen, ich hatte den Schlüssel dazu. Sie solle mich entschuldigen, eigentlich würde ich sofort anfangen.

Viele Überlebende von Hiroshima und Nagasaki beschreiben die Explosion der Atombombe als lautloses Ereignis. Das japanische Wort dafür ist *pikadon*, eine Zusammensetzung aus *pika*, Licht, und *don*, Donner. Doch erinnert sich, wie John Hersey schreibt, fast keiner der Überlebenden, den Knall der Explosion gehört zu haben. Alle hingegen erinnern sich an den Lichtblitz.

Der Flash ging der Druckwelle so lange voraus, dass die Menschen Zeit hatten, ihn zu betrachten. Einen Moment erschien die Landschaft in nie gesehenen Farben, viele sagen Weiß, andere sprechen von Rot, Gelb, Orange, Blau. In der Tat nimmt der Flash auf Filmaufnahmen von Atomtests nacheinander verschiedene Farben an, als ob der Film beschädigt wäre. Als dagegen die Druckwelle Hiroshima und Nagasaki erfasste, war sie so mächtig, dass sie keine Zeit mehr ließ, irgendetwas wahrzunehmen.

»Um 8:15 Uhr [des 6. August 1945] sah ich durchs Fenster den bläulich weißen Flash«, sagte Setsuko Thurlow in ihrer Rede zur Verleihung des Friedensnobelpreises. »Ich erinnere mich, dass ich das Gefühl hatte, in der Luft zu schweben.« Vom physikalischen Standpunkt aus hat ihre Erinnerung Sinn: Der Einsturz des Hauses unter ihr muss so blitzartig gewesen sein, dass sie einen Augenblick lang, dem Gesetz der Trägheit gehorchend, in der Luft schwebte, bevor sie ebenfalls hinabstürzte.

Auch Hiroshi Sawachika, der achtundzwanzig Jahre alt war, schrieb, dass er sich nach dem Flash plötzlich »im Leeren« fühlte. Und Shuntaro Hida spricht in seinen Memoiren von einer Flugerfahrung. Am 6. August 1945 war er zur Behandlung eines kleinen Mädchens außerhalb der Stadt im Dorf Hesaka, ungefähr sechs Kilometer vom Ground Zero entfernt. Er war dabei, ihr eine Spritze zu geben, als der Flash ihn blendete. Er hatte in der Nacht zuvor viel getrunken, gut möglich also, dass er das merkwürdige Phänomen anfänglich auf eine Halluzination zurückführte. Im Unterschied zu Setsuko Thurlow erwähnt Shuntaro Hida auch die Hitzewelle, die ihn erfasste. Er sah, wie das Dach der Schule sich hob, und einen Moment später schwebte auch er in der Luft, von der Druckwelle durch zwei Zimmer und gegen einen kleinen buddhistischen Altar geschleudert. Für den Rest seines Lebens begleitete ihn der Zweifel, ob er dem Mädchen die Spritze gegeben hatte oder nicht.

Enrico Fermi hatte den Flash vor ihnen gesehen, um genau zu sein, zwanzig Tage früher, während des Trinity-Tests: In jeder Hinsicht die erste atomare Explosion der Geschichte. Er war damals fast vierundvierzig Jahre alt, hatte den Nobelpreis verliehen bekommen und war in die Vereinigten Staaten geflohen, nachdem in Italien die Rassengesetze verhängt wurden, die auch seine Ehefrau Laura trafen. Dort konnte er seine Uran-Studien weiterführen, über langsame Neutronen und radioaktiven Zerfall, nun aber fokussiert auf die Herstellung der potentesten Waffe, die man sich vorstellen konnte. Am 16. Juli 1945 war das Projekt zum Abschluss gekommen, in einer Wüste New Mexicos mit dem finsteren Namen Jornada del Muerto.

Eigentlich sah Fermi die Explosion, ohne sie zu sehen, denn in diesem Moment wandte er absichtlich den Blick von der getönten Scheibe, die ihn von der Wüste trennte, ab. »Ich hatte den Eindruck, dass die Landschaft heller erleuchtet war als am Tag«, sollte er schreiben. Bloß dass die Sonne noch nicht aufgegangen war, es war erst halb sechs früh.

Was Fermi tat, statt zu schauen, ist hinlänglich bekannt: Er zog es vor, Messungen anzustellen. Er zerriss ein Blatt Papier in Stücke, die er bei Ankunft der Druckwelle auf die Erde fallen ließ, dann maß er, wie weit entfernt von seiner Hand der Wind der Bombe sie getragen hatte. Mit einer simplen Vektorrechnung schätzte er, dass die Sprengkraft von The Gadget, der für den Test verwendeten Bombe, in etwa der von zehntauend Tonnen Trinitrotoluol entsprach. Wie so häufig bei Fermi, lag er kaum daneben.

Als er wieder durch die getönte Scheibe sah, war die nukleare Explosion so, wie wir sie kennen: eine graue Wolke, die sich ausbreitend sehr schnell zum Himmel bewegte, gefolgt von einer aufsteigenden Säule aus Sand und Staub. In der Wüste Jornada del Muerto waren der Kopf und der Fuß des Atompilzes besonders spektakulär, weil die Gammastrahlen den Sand vom Boden aufwirbelten und damit den Staub vermehrten. Das, was Wissenschaftler »Popcorn-Effekt« nennen.

Nach dem Trinity-Test glaubten viele Physiker des Manhattan-Projekts nicht, dass die Bombe wirklich zum Einsatz kommen würde, und sicher nicht auf zivile Ziele. Diese Waffe war zu zerstörerisch, um mehr als für Demonstrationszwecke eingesetzt zu werden. Robert Oppenheimer, Leiter der wissenschaftlichen Abteilung in Los Alamos, schätzte, bei einem Abwurf über einer Stadt würde sie ungefähr zwanzigtausend Tote verursachen. Seine Berechnungen waren das, was Wissenschaftler *back-of-the-envelope* nennen, über den Daumen gepeilt und auf irgendwelche Zettel gekritzelt. Im Gegensatz zu Fermi täuschte Oppenheimer sich: Allein in Hiroshima und nur die unmittelbaren Toten gerechnet, waren es über hunderttausend. Aber wenn jemand damals ihm oder irgendeinem seiner Kollegen gegenüber eine solche Zahl genannt hätte, wäre ihm nicht geglaubt worden.

Ungläubigkeit scheint überhaupt eine Konstante in der Geschichte der Bombe zu sein. Viele der angesehensten Wissenschaftler, darunter Albert Einstein und Niels Bohr, waren skeptisch bezüglich der Möglichkeit, dass die Atombombe wirklich realisiert werden könnte, zumindest nicht vor Ende des Krieges. Im Sommer 1945 waren hingegen sogar zwei Bomben fertig, mit unterschiedlichem spaltbarem Material und entsprechender Technologie.

Doch die Meinung der Wissenschaftler hatte mittlerweile keinerlei Bedeutung mehr. Nach den überlieferten Berichten scheint es, dass die Dinge in Los Alamos hastig und in sehr bürokratischer, typisch militärischer Manier abgewickelt wurden. Ein Projekt war in Angriff genommen worden, das Projekt hatte zum Ziel, die Bombe zu verwirklichen, die Bombe musste irgendwo abgeworfen werden. Heute wissen wir, dass ein Einsatz zu Demonstrationszwecken nie ernsthaft in Erwägung gezogen wurde. Im Gegenteil, nach all dem ökonomischen und intellektuellen Aufwand mussten die ersten Explosionen die größtmögliche Zerstörung verursachen, die Welt in Erstaunen versetzen.

Damit die Zerstörung wirklich sensationell war, brauchte man ein intaktes Ziel. Ein Komitee aus Wissenschaftlern und Militärs erstellte eine Shortlist von japanischen Städten, die in Frage kamen. Hiroshima rangierte zunächst an zweiter Stelle. Die Angriffe der B-29-Bomber hatten es bis zu diesem Zeitpunkt verschont, im Gegensatz zu Tokio, das plausibler gewesen wäre, aber bereits in Ruinen lag.

Kyoto, die alte Kaiserstadt schien am vielversprechendsten, aufgrund seiner kulturellen und symbolischen Bedeutung und aufgrund seiner vielen Häuser und Tempel aus Holz, die in spektakulärer Weise brennen würden. Aber der Kriegsminister Henry Stimson, der an den Beratungen des Komitees teilnahm, war zwanzig Jahre zuvor für seine Flitterwochen in Kyoto gewesen und bewahrte eine schöne Erinnerung an diese Reise. Er drang darauf, dass es verschont bliebe.

Hiroshima rückte vom zweiten auf den ersten Platz vor. Dahinter kamen Kokura, Niigata und Nagasaki. Bei der Entscheidung, welche dieser Städte man angreifen sollte, musste man nur auf die Wettervorhersagen vertrauen und durfte sich nicht den ersten Sonnentag entgehen lassen.

Am 6. August 1945 um 8:15 Uhr wurde Little Boy von einem B-29 auf Hiroshima abgeworfen.

Drei Tage später, am 9. August 1945 um 11:02 Uhr explodierte Fat Man im westlichen Stadtgebiet von Nagasaki.

Nach dem Flash erwachte Setsuko Thurlow unter Trümmern. Ringsum hörte sie die Stimmen der anderen Mädchen, flehende, aber leise Stimmen, dann die eines Mannes, die ihr sagte, sie solle sich durch einen Spalt zwängen und sich befreien.

Sie schaffte es, im Unterschied zu ihren Schulkameradinnen, mehr als dreihundert, die in wenigen Minuten bei lebendigem Leib verbrannten. Außerhalb des Gebäudes, in der nicht mehr existierenden Stadt, sah Setsuko Thurlow Überlebende, denen die Haut von den Knochen hing. Eine Person, die ihre Augäpfel in der Hand hielt.

Die herabhängende Haut ist eines der optischen Details, die in den Berichten der Überlebenden immer wiederkehren. Auf seinem Heimweg begegnete Hiroshi Sawachika am 6. August einer Reihe von Verletzten, die an einem Bahngleis entlanggingen. »Ich habe genauer hingeschaut und gesehen, dass das, was aussah wie Stoffstreifen, in Wirklichkeit Hautfetzen waren, die sich durch die Verbrennungen von den Armen gelöst hatten.« Er war achtundzwanzig, Arzt, frisch verheiratet und beschäftigt im Militärkrankenhaus Ujinacho. Nachdem er wieder zu Bewusstsein gelangt war, machte er sich umgehend daran, eine verletzte Person zu verarzten, doch schon bald strömten viele andere in das zerstörte Krankenhauszimmer. Hiroshi Sawachika schildert sie wie Gespenster: Sie gaben seltsame Laute von sich, stöhnten und weinten, aber sie hatten sich ordentlich in einer Schlange angestellt und warteten darauf, an die Reihe zu kommen. Irgendwann stürmte eine Frau herein mit einem Kind auf dem Arm. Sie war durch die Explosion erblindet, daher konnte sie nicht sehen, dass das Kind tot war. Voller Mitleid nahm der Doktor es ihr ab, ohne ihr etwas zu sagen, und sie hatte gerade noch die Zeit, ihm »erleichtert« zu erscheinen, als sie leblos zu Boden sank.

Ärzte und Klinikpersonal hatten die Explosion genauso erlitten wie alle anderen. Einundneunzig Prozent der in der Stadt Anwesenden, schätzte man in der Folgezeit, waren der

Strahlung ausgesetzt gewesen. Es handelte sich also um Verletzte und Sterbende, die versuchten, andere Verletzte und Sterbende zu behandeln, auf der Straße oder in halb eingestürzten Krankenhäusern, ohne Medikamente und sonstige Hilfsmittel. Meist pinselten sie Jod auf die grauenhaft klaffenden Wunden.

Unter ihnen war auch Yutaka Tani, er war dreiunddreißig Jahre alt und Hals-Nasen-Ohren-Arzt. Er erinnert sich, dass die Schwerstverletzten in der Eingangshalle des Rote-Kreuz-Krankenhauses zusammengelegt wurden, ausgestreckt auf Tatami-Matten, »aufgereiht wie Thunfisch auf dem Fischmarkt«. Unter den Verbänden wimmelte es von Fliegenlarven, man konnte sie nicht alle entfernen, und es schwirrten Schwärme von Insekten durch die Luft.

Aber all das – die Verbrennungen, die eiternden Wunden, das plötzliche Erblinden, die von Glassplittern durchlöcherten Gesichter, die bloßliegenden Schädel, sogar die Fliegen –, all das, so schrecklich es auch war, war für die überlebenden Ärzte von Hiroshima doch wenigstens verständlich. Schon weniger war es die Tatsache, dass die Verbrennungen eine andere Farbe hatten als normal, Weiß statt Rot, und noch weniger waren es die Symptome, die in den darauffolgenden Stunden oder im Abstand von Tagen in Erscheinung traten: Flecken auf der Haut, unaufhörliches Erbrechen und Dysenterie, die bei sehr vielen auftrat und anfänglich für epidemischen Ursprungs gehalten wurde. Symptome, die sich in erschwerter Form bei denjenigen zeigten, die dem schwarzen Regen ausgesetzt gewesen waren.

In der Tat waren, nachdem der Atompilz zum Himmel aufgestiegen war, häufig anormale meteorologische Phänomene beobachtet worden. Das erschreckendste von allen:

Der Himmel hatte sich mit sehr dunklen Wolken bezogen, in denen sich Abfälle aller Art befanden, viele davon radioaktiv, die den Wasserdampf kondensieren ließen. Ein dunkler, dicker Regen hatte eingesetzt.

Aber da noch nie eine Atombombe gezündet worden war, außer drei Wochen zuvor, aller Blicke entzogen in einer Wüste von New Mexico, da Atombomben überhaupt nicht existierten, wusste niemand, was am Himmel von Hiroshima explodiert war, und es wusste niemand etwas über die Strahlung, den schwarzen Regen, die radioaktive Verseuchung und den Fallout.

Nein, eine Person wusste es. Am 8. August, zwei Tage nach der Explosion, wurde der japanische Physiker Yoshio Nishina nach Hiroshima gebracht und bestätigte der Regierung, dass es sich um einen nuklearen Angriff gehandelt hatte. Wie konnte er das mit solcher Sicherheit sagen? Weil auch er seit Jahren versuchte, für sein Land, Japan, eine Atombombe zu bauen, aber jetzt wusste er, dass er zu langsam gewesen war.

Ein paar Wochen nach Explosion der Bomben, gegen Ende August, fingen die Überlebenden an, die Haare zu verlieren. Sie verloren an Gewicht. Viele spuckten Blut, was anfänglich den Gedanken an Tuberkulose nahelegte.

Im Oktober erholten sie sich dann. Was auch immer diese seltsame, durch die Bombe verursachte Krankheit war, sie schien vorübergehend zu sein.

Ende des Jahres jedoch traten Keloide auf, wulstige Narben, die an sich normal waren, bei den Überlebenden aber unerhörte und entstellende Ausmaße annahmen. Im Abstand von drei Jahren machten sich Anämie, Leukämie und eine besondere Form von vorzeitigem Katarakt bemerkbar. Doch es waren schon die Nachkriegsjahre, die Jahre des Wettlaufs um die Atomkraft, niemand hatte Interesse daran, dass Studien über die Langzeitwirkungen der A-Bombe zu sehr in Umlauf kamen. Die Überlebenden wurden meist versteckt, ihr Zustand ignoriert.

Hagie Ota nannte ihren eigenen Zustand das *itai-itai*-Syndrom, was so etwas wäre wie das *aua-aua*-Syndrom. Sie hat ihr ganzes Leben lang gelitten. 1978, bei einem Gedenktreffen sagte sie: »Ich fühle überall Müdigkeit. Mein Körper ist schwer, als würde ich eine Rüstung tragen.«

Am 6. August konnte sie sich retten, weil sie ungehorsam gewesen war. Den Anordnungen zuwiderhandelnd, die schwarze Kleidung vorschrieben, um im Fall von Luftangriffen weniger gut sichtbar zu sein, hatte Hagie Ota sich weiß angezogen. Das Weiß, das die elektromagnetische Strahlung abweist, statt sie zu absorbieren, hatte sie teilweise vor den Verbrennungen bewahrt, auch wenn sie das erst viel später begreifen sollte. So wie sie auch erst viel später begreifen sollte, dass es überhaupt nicht klug gewesen war, tagtäglich den Ground Zero zu überqueren, um Dinge zu sammeln, die sie brauchte, vor allem aber, das Wasser dort zu trinken.

Unterdessen hatte die Strahlung auch unter den Wissenschaftlern ihre Opfer gefordert. 1946 arbeitete in einem der Laboratorien von Los Alamos Louis Slotin mit einer subkritischen Masse an Plutonium, umgeben von zwei Beryllium-Halbkugeln: eine Technik, die freundschaftlich »Demon Core« genannt wurde. Statt, wie vom Protokoll vorgeschrieben, Distanzstücke zu verwenden, um die beiden Halbkugeln auseinanderzuhalten, beschloss Slotin, das einfacher mit einem Schraubenzieher zu erledigen, der ihm, wie Schraubenzieher das so an sich haben, aus der Hand fiel. Die Berylliummassen kamen in Kontakt und versetzten das Plutonium augenblicklich in einen überkritischen Zustand, wobei ein blauer Blitz entstand, ein intensiver Fluss von Gammastrahlen und Neutronen. Wenige Minuten später musste Slotin sich erbrechen, neun Tage später war er tot.

Wegen ihres engen Kontakts mit Strahlungen starben Irène Curie, ihr Mann Frédéric Joliot und Enrico Fermi. Acht Jahre waren seit Hiroshima vergangen, und die Welt hatte sich mit zweitausendfünfhundert atomaren Sprengköpfen ausgestattet.

Diejenige aber, die die Strahlungen entdeckt hatte, Marie C̶u̶r̶i̶e̶ Skłodowska, hat all das nicht mehr erlebt. In ihren letzten Lebensjahren waren ihre Hände so verbrannt, dass sie fluoreszierten, aber sie weigerte sich anzuerkennen, dass der Grund dafür die Radium- und Poloniumstrahlen waren, mit denen sie jahrelang ohne Schutz umgegangen war. Studien über die Interaktion ionisierender Strahlung mit biologischen Stoffen waren bereits veröffentlicht worden, aber Marie C̶u̶r̶i̶e̶ Skłodowska, zweimalige Nobelpreisträgerin, starb als Negationistin. In der beruhigenden Gewissheit, dass die Strahlen, die sie entdeckt hatte, der Menschheit nur Gutes bringen würden.

Bei Ende des Krieges bildeten einige Physiker des Manhattan-Projekts, aufgeschreckt durch die Konsequenzen ihrer Arbeit (Hunderttausende Tote und Auslöschung zweier Städte) eine Non-Profit-Organisation, genannt Bulletin of the Atomic Scientists. Sie stellten sich die Aufgabe, die Entwicklung des atomaren Risikos zu beobachten, und erfanden ein anschauliches Instrument: die Doomsday Clock, die Weltuntergangsuhr. Auf dieser Uhr fällt die Stunde der Mitternacht symbolisch zusammen mit dem Ende der Welt.

Den Wissenschaftlern des Bulletins zufolge war die Lage Anfang 2017 nicht sonderlich gut. Im Bericht für dieses Jahr liest man: Das Komitee »hat beschlossen, den Minutenzeiger auf der Weltuntergangsuhr um dreißig Sekunden näher an die Katastrophe heranzurücken. Jetzt sind es noch zweieinhalb Minuten bis Mitternacht.«

Dafür gab es verschiedene Gründe: Die Vereinigten Staaten und Russland provozierten einander an mehreren Fronten, vor allem in Syrien und der Ukraine, während sie ihre Arsenale aufstockten und Korea mit seinen Atomtests fortfuhr. Wenn nicht mehr von nuklearer Bedrohung die Rede war, so nicht, weil sie geringer geworden wäre, sondern nur, weil sie vom Radar des öffentlichen Interesses verschwunden war. Um einen Vergleich zu geben: 1990 stand die Weltuntergangsuhr auf zehn Minuten vor der Apokalypse.

Dem Bulletin zum Trotz fühlte ich mich 2017 nicht so schlecht, jedenfalls nicht wegen der im Report aufgelisteten Gründe. Seit dem Tag der etwas pathetischen Ankündigung Lorenza gegenüber hatte ich mit ungewohnter Konstanz an dem Buch über die Bombe gearbeitet, hatte etwa siebzig Seiten geschrieben. Morgens machte ich lange Spaziergänge durch Rom, am Ufer des Tiber entlang, von der Cestius-Brücke bis zur Engelsburg, während ich gedanklich plante, was ich am Nachmittag schreiben würde. Ich versuchte mir vorzustellen, was im Geist der Physiker vorgegangen war, die an der Bombe arbeiteten, wie sich in ihnen die Begeisterung über die Entdeckung und die Beunruhigung über die extremen Konsequenzen vermischten, was Kurzsichtigkeit war, was bewusstes Nicht-sehen-Wollen und in welchem Verhältnis sie zueinander standen. Ich versuchte herauszufinden, wie ich mich an ihrer Stelle verhalten hätte: ob ich weitergemacht hätte, ob ich aufgegeben hätte, ob ich imstande gewesen wäre, die Zukunft vorauszusehen, und ob ich dann auf der Höhe dieser Vision gewesen wäre.

In den Schreibpausen spielte ich mit Nukemap, einem Online-Simulator, der erlaubt, nukleare Sprengsätze auf der ganzen Welt explodieren zu lassen, bei variierender Stärke, um das Ausmaß der Zerstörung, die Zahl der Opfer und die Reichweite des Fallout zu ermessen. Ich ließ Little Boy explodieren, dann ging ich über zu Fat Man, zuerst ließ ich sie am Boden detonieren, dann aus fünfhundert Metern Höhe: das verdoppelte die Zahl der Opfer.

Ich probierte eine Bombe nach der anderen bis hin zur potentesten von allen, der Zar-Bombe mit fünfzig Megaton nen. Als Ziel wählte ich fast immer das Dach unseres Hauses. Nach der Nukemap-Simulation würde Zar im Zentrum von Rom einen vierhundert Meter tiefen Krater aufreißen, die Druckwelle würde die Fenster in Anzio und Civitavecchia bersten lassen, und der Atompilz würde bis zu einer Höhe von dreiundvierzig Kilometern aufsteigen.

Ich war nicht der Einzige, der sich so ablenkte: Die Site verzeichnete eine Zahl von Detonationen durch die User, die zwei Millionen bereits überschritten hatte. Da draußen waren Tausende von potenziellen Weltzerstörern. Das Ende der Menschheit als neuer Zeitvertreib.

Ich dachte viel an die Bombe und nicht an die Kinder, die Lorenza und ich nicht haben würden. Ich war klarsichtig genug, um zu bemerken, dass der Tausch für mich von Nachteil war, aber was konnte ich machen?

Zu jener Zeit verbreitete sich die Nachricht von einem merkwürdigen Gesetzesvorhaben, das ein schwedischer Politiker namens Per-Erik Muskos vorgeschlagen hatte. Muskos wollte den öffentlich Bediensteten wöchentlich eine Stunde zusätzlich zu ihrer Mittagspause frei geben, insbesondere damit sie sich dem Sex widmen konnten. Außer Hebung der psychophysischen Gesundheit der Angestellten würde das Gesetz auch den Effekt haben, die Vermehrung zu fördern, in einem Land, dessen Geburtenrate im Keller war.

Das war die Art von effektheischenden Nachrichten, die Radiomoderatoren erlaubte, sich mindestens eine Viertelstunde darüber auszulassen, in der Tat hatte ich sie im Radio gehört, um dann darüber nachzudenken, was Lorenza und ich mit dieser Stunde Freiheit extra anfangen würden. Ich bezweifelte, dass wir sie für Sex nutzen würden. Machte uns das zu einem anormalen Paar? Und hieß anormal falsch?

Was auch immer die Antwort war, ich wünschte mir, dass ein solches Gesetz in Italien niemals eingeführt würde.

Jahre zuvor im Ehevorbereitungsseminar hatte Karol uns eine Übung aufgegeben: Auswählen, welchen unserer fünf Sinne wir behalten wollten, wenn wir alle anderen plötzlich verlieren würden. Wie vorhersehbar, hatte die große Mehrheit der Gruppe dafür optiert, das Sehvermögen zu retten, mit Ausnahme einer Frau, die den Geruchssinn gewählt hatte, und weiteren dreien, darunter ich, die das Gehör vorgezogen hatten. Nach Verkündigung der Resultate wurde jedes Paar aufgefordert, miteinander darüber zu diskutieren, und ich hatte bemerkt, dass Lorenza gekränkt war, sie hatte meine Wahl persönlich genommen, als würde es mich nicht genügend interessieren, sie anzusehen. Karol hatte sich zu uns gesetzt, um mit uns zu reden, und hatte alles aus ihr herausgelockt, dann hatte er uns umarmt, eine Geste, die mir dick aufgetragen vorkam, in jedem Fall aber zu intim. Im Auto hatte Lorenza gesagt: Was ist ihm bloß in den Sinn gekommen? Und doch haben wir uns an diesem Abend mit ungewohnter Ausgelassenheit geliebt, und ich wusste, dass das in geheimnisvoller Weise sein Verdienst war.

Gelegentlich dachte ich daran, vor allem, als das Sexualleben zwischen Lorenza und mir fragmentarisch und anstrengend geworden war. Ich fragte mich, was es gewesen war, das an jenem Tag diese unverhoffte Komplizenschaft zwischen uns ausgelöst hatte: die Abfolge Distanz–Klärung? das Lachen im Auto? oder Karols Umarmung? Wenn ich imstande gewesen wäre, den Ursprung zu ergründen, hätte ich vielleicht dasselbe Schema immer wieder anwenden können.

Das Ehevorbereitungsseminar hatten wir nach einem einfachen Kriterium ausgewählt. Es musste von einem progressiven Pfarrer gehalten werden, und nach allen Referenzen, die wir bekommen hatten, war Karol so ein Priester. Nach der Hochzeit, die er persönlich zelebriert hatte, waren wir in Kontakt geblieben, und eine Weile lang hatten wir in San Lorenzo gemeinsam einen Anfängerkurs in Boxen besucht.

Jetzt war er der Einzige, der von den Niederländern wusste. Ich zögerte, bevor ich es ihm erzählte, ich fürchtete, er könne mich verurteilen, oder schlimmer, er könne Lorenza verurteilen, für die er eine Verehrung hegte. Offiziell war Karol Spezialist für Ehefragen, aber worauf wir uns da eingelassen hatten, war eine außerordentliche Situation, schwer zu verstehen, ein dunkler Winkel, in dem zu viele gegensätzliche Emotionen zusammenkamen, die ihre jeweilige Form verloren und unaussprechlich wurden.

Ich täuschte mich. Als ich Karol davon erzählte, ließ er meine Sätze in eines seiner großen, urteilsfreien Schweigen sacken. Dann fragte er mich, ob ich mich im Hinblick auf diese Nacht mehr oder weniger glücklich fühlte, und ich antwortete ihm aufrichtig, dass ich das nicht wisse, aber mit Sicherheit sei ich erloschener.

Im Februar lud er mich zum Schwimmen im Meer ein. Ein Mitglied der Pfarrgemeinde hatte ihm einen Neoprenanzug für den Winter geschenkt, und er wollte ihn ausprobieren. Es passte mir nicht so recht, meine Schreibroutine zu unterbrechen, aber am Ende gab ich nach. Die Bilanz der gegenseitigen Aufmerksamkeit überwog immer so sehr auf seiner Seite, dass ich seine Einladung schlicht nicht ausschlagen konnte. Um sieben Uhr früh holte ich ihn vor der Kirche ab, er wartete auf mich eingemummelt mit Handschuhen und Mütze. Es war absolut nicht nötig gewesen, so früh aufzubrechen, im Dunkeln, aber Karols Tage waren noch verplanter als meine, angefüllt mit Gemeindeverpflichtungen, und sie begannen eher.

Im Auto bot er mir ein Stück Kuchen an, das er in eine Papierserviette eingeschlagen hatte. Zu dem Zeitpunkt hatte ich meine Müdigkeit überwunden und war ihm merkwürdigerweise dankbar, dass er mich gezwungen hatte aufzustehen. Diese Morgenstunde sah ich nie, und ich fand sie stärkend und rein. Ich sagte ihm das, und er antwortete ungerührt, mit Blick aus dem Fenster: Ich sehe sie immer.

Am Strand schlüpften wir mühsam in die Neoprenanzüge, wir wirkten sicher unerfahren und ungeschickt, aber es war keiner da, der uns zusah.

Die Wellen irritierten Karol, sie waren höher, als die Windmeldungen vorhergesagt hatten. Mir kamen sie nicht besonders hoch vor. Er gab mir Anleitungen, wie man den Anzug über die Haut gleiten lässt. Meiner war geliehen, von derselben Person, die ihm seinen geschenkt hatte, er versicherte mir, dass er gründlich gewaschen worden war.

Beim ersten Kontakt mit dem Wasser fühlte ich nichts, außer an den nackten Füßen, aber kaum war ich eingetaucht, lief mir ein eisiger Schauer von den Schulterblättern bis zum unteren Rücken.

Wir schwammen im rechten Winkel zum Strand, um hinauszukommen, dann horizontal. Ich begriff, warum ihn die Wellen so beunruhigten. Gegen die Strömung zu schwimmen war anstrengender als gedacht, aber noch schwieriger war es, sich parallel zum Wellenkamm zu bewegen, was einen zwang, dauernd die Richtung zu korrigieren. Abgesehen davon war das Wasser trübe, man sah praktisch nichts, Karol schwamm in schnellerem Rhythmus als ich, also musste ich ständig den Kopf heben, um ihm zu folgen.

Als wir Halt machten, um Luft zu holen, wunderte ich mich, wie weit wir vom Ufer entfernt waren. Wie weit sind wir geschwommen?, fragte ich ihn.

Ungefähr anderthalb Kilometer.

Ich mehr. Ich bin im Zickzack geschwommen, um mit dir mitzuhalten.

Eine Weile lang blieben wir auf dem Wasser liegen, durch die Schutzanzüge war das fast mühelos. Ich betrachtete Karols von Neopren bedeckten Bauch, der wie der Rücken eines Meeressäugers aus dem Wasser auftauchte. Das ist schön, nicht wahr?, fragte er mich. Ja, schön. Dann sagte er: Ich habe eine Frage an dich, aber sie könnte dir ein wenig abwegig vorkommen.

Lassen wir's darauf ankommen.

Ich wollte dich fragen, wie das Leben als Paar ist.

Ich spritzte ihm Wasser ins Gesicht, er richtete sich auf und kniff die Augen zusammen.

Dazu hättest du nicht bis hierher zu kommen brauchen, sagte ich. Du kannst Lorenza versichern, dass es mir gut geht. Wenn ich ihr abwesend vorkomme, dann nur, weil ich auf meine Arbeit konzentriert bin.

Auf diese Sache mit der Bombe.

Auf diese Sache mit der Bombe, genau.

Karol schwamm einmal um mich herum. Er nahm den Mund voll Salzwasser und spuckte es dann aus. Er muss den Ausweg erwogen haben, den ich ihm unbewusst gelassen hatte, doch dann hielt er inne, das Gesicht zur Sonne gewandt, die noch immer tief hinter den niedrigen Bauten der römischen Küste stand. Er umfasste die aufblasbare Boje, die er um die Taille gebunden hatte, und ohne mich weiter anzusehen, sagte er: In Wirklichkeit hat Lorenza nichts damit zu tun. Ich frage dich das meinetwegen.

Ich gab mir Mühe, gleichmütig zu bleiben, während ich nach der geeignetsten Frage suchte, die ich ihm stellen konnte. Am Ende beschloss ich, dass es die folgende war: Mann oder Frau.

Ein Mädchen.

Karol ließ sich ziemlich lange Zeit, bevor er hinzufügte: Jünger als ich.

Wie viel jünger?

Sie ist zweiundzwanzig.

Eine Welle trieb uns auseinander. Mir wurde wieder kalt an den Füßen, aber es durfte nicht ich sein, der diesen Moment unterbrach. Ich bewegte die Fußspitzen auf und ab, um Krämpfe zu vermeiden.

Wir schreiben uns nur Nachrichten, sagte Karol. Wir sprechen über Filme oder Bücher, die uns gefallen haben. Sie ist sehr sensibel. Sehr reif für ihr Alter.

Ich wusste nichts über sein Begehren. Nicht einmal, ob er noch Jungfrau war. Er war mit einundzwanzig ins Priesterseminar eingetreten, hatte also alle Zeit gehabt, seine Erfahrungen zu machen, aber wer konnte das schon wissen? Ich klammerte mich auch an die aufblasbare Boje. So waren wir in gewisser Weise verbunden.

Du sagst nichts, kicherte er. Ich habe dich mundtot gemacht.

Nein. Nein, nein. Ganz und gar nicht.

Aber es gelang mir nicht, etwas hinzuzufügen. Karol schlug vor, noch weiter zu schwimmen.

Er schwamm jetzt schneller. Ich fühlte, wie meine Arme

schmerzten, es gelang mir nicht mehr, den Atem mit den Armbewegungen zu synchronisieren, und ich hatte das Gefühl, dass wir uns zu weit vom Ufer wegbewegten.

Auf einmal tauchte am Rande meines Sichtfeldes etwas auf. Ich schreckte zurück, um ihm auszuweichen. Es war eine große weiße Qualle mit violettem Rand am Schirm. Ich wich so weit wie möglich zurück und rief nach Karol. Als er sich endlich umdrehte, um nach mir zu sehen, machte ich ihm Zeichen, dass ich sofort aus dem Wasser gehen wollte.

Mit triefenden Schutzanzügen überquerten wir den Strand. Neben dem Wagen zogen wir sie aus, trockneten uns notdürftig ab, bibbernd vor Kälte, und während wir uns den Rücken zukehrten, schlüpften wir in die Kleider. Nur einen Moment lang sah ich seinen sehr weißen, nahezu unbehaarten Körper, und er kam mir wehrlos vor, trotz der perfekt ausgebildeten Muskulatur.

Dann setzten wir uns auf eine niedrige Mauer und tranken Kaffee aus einer Thermoskanne. Karol verströmte wieder seine gewohnte Ruhe. Er hatte mich also an diesem Morgen mit einer bestimmten Absicht dorthin gelotst, es war alles vorausgeplant. Wir mussten weit weg vom Festland sein, in der absoluten Stille des Meeres, damit er mir etwas gestehen konnte, das niemand hören durfte. Weit genug entfernt, dachte ich, damit auch Gott diese Worte nicht hören konnte.

An deiner Stelle wäre ich vorsichtig, sagte ich zu ihm, ohne zu wissen, warum mir ausgerechnet dieser Satz herausrutschte. Warte ab, wie es läuft. Triff keine voreiligen Entscheidungen.

Karol trank weiter in kleinen Schlucken seinen Kaffee und schaute aufs Meer, ohne das geringste Anzeichen einer Antwort. Wahrscheinlich hatte ich seine Erwartungen enttäuscht. Aber wahrscheinlich waren seine Erwartungen mir gegenüber übertrieben.

Sie heißt Elisa, sagte er.

Während des ganzen Rückwegs im Auto drehte er unablässig die Serviette in Händen, in der zuvor der Kuchen gewesen war. Die winzigen Papierschnipsel legten sich auf den Sitz, ich fragte mich, ob sie bei der Autowäsche entfernt würden.

Karol deutete auf einen Platz und bat mich, ihn dort abzusetzen.

Aber es sind noch zwei Kilometer.

Ich gehe lieber zu Fuß. Ich habe noch Zeit.

Ich fuhr rechts ran, er aber stieg nicht gleich aus. Er verzog die Lippen, als würde er etwas abwägen, dann sagte er: Ich bräuchte Geld. Nicht viel. Aber es sieht so aus, als wärst du der Einzige, den ich darum bitten kann.

Womöglich zögerte ich einen Augenblick zu lange. Ich fühlte, dass nicht nur jedes meiner Worte, sondern auch jede Pause auf die Waagschale gelegt wurden. Sicher, selbstverständlich. Wie viel?

Zum ersten Mal lächelte er und zuckte mit den Schultern. Ich weiß nicht. Was kostet ein anständiges Hotel? Vor Nervosität musste er lachen. Ein Hotel und ein Abendessen, vielleicht.

Unsere Blicke kreuzten sich, und in diesem Moment erschien er mir blitzartig viel jünger.

Du bist wirklich aus der Übung, Kumpel. Mit zweihundert müsstest du hinkommen. Ich überweise es dir, wenn du mir deine Bankdaten gibst.

Besser nicht.

Stimmt, du hast recht. Ich nahm meinen Geldbeutel und

schaute hinein, es war wirklich eine seltsame Situation. Hier habe ich nur hundertzwanzig. Wir können einen Geldautomaten suchen.

Ist in Ordnung. Das wird mir reichen.

Er nahm mir die Geldscheine aus der Hand und rollte sie zusammen, bevor er sie in der Jackentasche verschwinden ließ. Maximal in einem Monat gebe ich sie dir zurück.

Er öffnete die Türverriegelung, blieb dann aber sitzen. Es tut mir leid, sagte er leise.

Das sind hundertzwanzig Euro, das muss dir nicht leidtun.

Nein. Es tut mir leid, dich enttäuscht zu haben. Als Priester.

Mit zehn Jahren war ich der geheime Vertraute meiner Mutter. Ich glaube, ich werde auch das überstehen.

Doch diesmal blieb Karol ernst. Ein geistiger Führer sollte sich nicht kompromittieren. Und sicher sollte er nicht um ein Darlehen bitten.

Er schien so einsam. Ich hätte ihn irgendwie berühren wollen, ihm eine Hand auf den Schenkel legen, um zu bezeugen, dass ich ganz bei ihm war, aber das war nicht die Art von Kontakt, die zwischen uns möglich war.

Es ist ganz schön überheblich von dir, zu denken, du seist mein geistiger Führer, weißt du das?

Am Ende ist es immer Ironie, was Männerfreundschaften rettet. Karol tat einen tiefen Luftzug, und das genügte ihm, um den Gesichtsausdruck zu wechseln, als ob er mit der Luft alle vorherigen Gedanken ausgestoßen hätte. Er öffnete die Wagentür, und mit einem Bein schon am Boden, setzte er hinzu: Überflüssig, dir zu sagen, dass das besser unter uns bleibt.

Überflüssig, in der Tat.

Auch weil das alles nichts sein könnte. Ja, sicher ist es nichts. Nur eine weitere Prüfung, die es zu bestehen gilt.

Ich sah ihn im Rückspiegel kleiner werden. Bevor er um die Ecke bog und verschwand, holte er sein Handy aus der Jacke. Es war klar, dass er mich belogen hatte, als er sagte, er wolle bis zur Kirche zu Fuß gehen. Er wollte die Zeit nutzen, um sie anzurufen. Ich fragte mich, ob er ihr gleich von mir erzählen würde, von dem Geld, das er endlich für ihre Liebesflucht aufgetrieben hatte. Das Ganze hatte antike Züge und war auch ein bisschen zum Lachen. Aber ich überraschte mich dabei, neben diesen Gefühlen eine Spur Neid in mir zu entdecken. Ich erahnte die Stöße an Adrenalin und Serotonin und aller anderen elektrochemischen Stoffe, die zum psychischen Wohlbefinden beitragen und nun in Karols Hirn ausgeschüttet würden, während er die Nummer des Mädchens in den Kontakten suchte, während er wartete, dass sie antwortete, während er ihre noch verschlafene Stimme hörte, und unterdessen an der Bordsteinkante entlangging, und dabei den Nebel, der sich noch nicht gehoben hatte, auf der Höhe der Waden durchschnitt, was ihn von ferne so aussehen ließ, als ob er auf einer niedrigen Wolke spaziere. Er hatte sich zwanzig Jahre lang aufgespart, und jetzt konnte er diese angestaute Euphorie genießen, wie der junge Mann, der er nicht gewesen war. Die Vorfreude auf die gemeinsame Nacht, der Schauer der Überschreitung: alles Dinge, die mir nunmehr für immer verwehrt schienen.

Von der Insel hatte ich ihm erzählt, aber nicht alles gesagt. Weil dort etwas vorgefallen war, was schwer auszudrücken war, und es auch nur zu versuchen, bedeuten würde, seine Wahrheit zu bekräftigen. Das war unmöglich, es sei denn, man hatte den Mut eines Löwen oder den Mut eines Selbstmörders, und ich hatte weder das eine noch das andere. Wenn ich es jetzt tue, fast sechs Jahre später, genauer am 3. November 2021, dann, weil ich hier nur mit dem Bildschirm bin, ein Bildschirm, der, je weiter dieser Bericht voranschreitet, immer mehr einem Spiegel gleicht. Am Ende angekommen, könnte ich einfach beschließen, alles zu löschen.

An viele Einzelheiten erinnere ich mich jedenfalls nicht. Auch weil ich beim Abendessen mit den beiden Niederländern einiges getrunken hatte, mit Otto und Maaike, oder wie immer sie heißen mochten. Sie saßen mir und Lorenza gegenüber, ihre Lippen waren violett gefleckt von dem chilenischen Wein, wie wahrscheinlich auch unsere violett gefleckt waren, auch wenn ich mich nur an ihre erinnere. Die dunklen Lippen gaben ihnen ein gieriges Aussehen, aber vielleicht waren sie nicht gierig, sondern nur traurig und auf der Suche nach Freundschaft, genau wie wir. Sie hatten eine Tochter mit einer seltenen Krankheit, eine von denen, die in ein paar wenigen Labors auf der Welt erforscht werden und gegen die man nie ein Mittel finden wird. Otto und Maaike konnten sich gerade einmal eine Woche im Jahr allein gönnen, wenn die Tochter von einer Freiwilligenorganisation in Obhut genommen wurde, und die Woche war ebendiese, also waren sie entschlossen, sie voll auszukosten.

All das hatten wir im Verlauf des Abendessens und danach erfahren, als wir zu den Sofas auf der Terrasse hinausgingen, von wo aus man zwischen den Bodenbrettern den Meeresgrund sah, weil die Terrasse ein Pfahlbau war und der Meeresgrund durch Scheinwerfer an der Oberfläche ausgeleuchtet wurde. Da waren Krebse und bunte Fische und ab und zu ein sich windender Hai. Das Personal hatte uns versichert, dass sie ungefährlich waren. Auf der Terrasse hatte Otto ihre Reiseziele in diesen letzten Jahren aufgezählt, sie bevorzugten tropische Inseln, weil sie in Den Haag schon genug Kälte abbekamen. Und dann fand sich für die Inseln immer irgendein All-inclusive-Angebot. Lorenza und ich hörten zu, ohne groß etwas von uns preiszugeben. Wir hatten getrunken, ich sagte es schon, und es wurde immer klarer, dass in dieser Art von Erfahrung wir die Anfänger waren. Wir kamen auf das Hotel zu sprechen, Vorzüge und Nachteile. Otto und Maaike beneideten uns um unseren Ocean Room. Sie hatten sich das auch überlegt, sicher, aber der Aufschlag hatte sie entmutigt, es würde ihnen allerdings gefallen, ein solches Zimmer einmal anzuschauen, wer weiß, ob sie dann auch von der Einrichtung her so verschieden waren.

Es schien uns natürlich, gleich rüberzugehen, Lorenza war es, die die Einladung aussprach, nicht ich, da bin ich mir fast sicher, wie ich mir fast sicher bin, dass sie dabei mich ansah, nicht die beiden, was im Prinzip keinen Sinn hatte, es sei denn den, zu konkretisieren, was bis dahin eine Versuchung, eine vage in der Luft liegende Möglichkeit gewesen war.

Wir gingen alle vier über den sehr langen Steg, der zu unserem Zimmer führte, und ich dachte an die kleinen Haie zwischen den in den Sand gerammten Holzpfählen, die mit scharfen Muschelschalen bedeckt sein mussten. Im Zimmer taten wir so, als ob das wirklich eine Besichtigung wäre: Hier ist die Minibar, hierher kommen wir, um den Sonnenaufgang zu sehen, natürlich nur, wenn wir rechtzeitig aufwachen, da ist auch ein kleiner Innenhof, ja, gleich nach dem Aufstehen ins Wasser zu springen, ist herrlich. Ich stand vor dem weit geöffneten Fenster und sagte diese Banalitäten zu

Maaike, die angefangen hatte, mich merkwürdig intensiv anzusehen, und es war dieser Blick, der mich dazu brachte, mich umzudrehen. Hinter uns hatte Otto sein Gesicht am Hals meiner Frau vergraben, er saugte ihre Haut, und Lorenzas Augen waren weit offen, ein klein wenig traurig, während sie mich ansah. Ich empfand nichts Bestimmtes. Im Sinne von nichts präzise Einzuordnendes, das mich zu der einen Reaktion oder einer anderen veranlasst hätte. Es war Bestürzung, Erregung und Angst zugleich, etwas, was sich in seiner Intensität bestimmten unkontrollierten Gefühlen annäherte, die man mit dreizehn Jahren empfinden kann und dann nie mehr wieder.

Maaike stand jetzt neben mir und streichelte höflich meinen Arm, wie um mich zu beruhigen, während auch sie diese Szene beobachtete. Lorenza tat weiterhin nichts, ihr Tun bestand darin, so dachte ich, keinen Widerstand zu leisten. Sie ließ sich von Otto aufs Bett legen und ausziehen, der nicht aufhörte, sie auf eine Weise zu küssen, die mir rabiat vorkam. Dann löste Maaike sich von mir, um sich ihrem Mann anzuschließen. Lorenza hob eine Hand und sagte, ohne zu lächeln, komm her.

Ich legte mich neben sie, und eine ziemlich lange Weile blieben wir beide regungslos, wir ließen die Niederländer machen, die die nötige Erfahrung besaßen, die alles wussten, während wir nichts wussten, wir waren vereint in einer Melancholie, die uns nie so immens, so abgrundtief erschienen war wie in diesem Augenblick. Es ging nur darum, sich streicheln und küssen zu lassen, und es lag eine gewisse Zärtlichkeit in der Art, wie sie das taten, eine mit Brutalität durchsetzte Zärtlichkeit.

Lorenza und ich wechselten leise ein paar kurze Sätze

auf Italienisch. Die Tatsache, dass die Niederländer sie nicht verstehen konnten, verlieh ihnen etwas außerordentlich Intimes. Wir sagten uns, bist du wirklich sicher und ich liebe dich, dann sagte ich zu ihr, es tut mir leid, und Lorenza sagte, mach dir keine Sorgen. Ich hoffte, dass es am Ende nicht zum Äußersten kommen würde, wenigstens nicht zwischen ihr und Otto, aber wenn es geschah, würde ich das nicht verhindern.

Maaike widmete sich nun meinen Genitalien, sie erkundete sie rundum, mit einer ganz speziellen Hingabe. Irgendwann war es, als ob ich gedacht hätte, okay, das ist der Moment, in dem du dich ergibst, das ist der Moment, in dem du nichts mehr kontrollierst, aber es war, *als ob* ich das gedacht hätte, denn in Wirklichkeit war ich schon hinabgestiegen an einen Ort, wo man an nichts mehr dachte, wo es nur den Körper und seine Aktionen gab und blinden Instinkt. Lorenza war sehr fern. Es war glaube ich diese Ferne und dieser blinde Instinkt, die machten, dass ich mich über Otto beugte. Ich war auf die Seite gerollt und erhob mich über ihn. Ich hielt dabei die Augen geschlossen, doch ich bemerkte seine Überraschung, die Überraschung Maaikes und die Lorenzas. Der Raum stand einen Moment lang still, vielleicht weil ich die prästabilierte Geometrie durchbrochen hatte, bis sich Ottos Hand (wenn es seine war, ich glaube, es war seine) mir in den Nacken legte, ohne jeden Druck, ohne zu etwas zu ermuntern noch etwas ablehnen zu wollen, nur um mir, dachte ich von dem einsamen Schlupfwinkel der Seele aus, in dem ich gelandet war, alles zu verzeihen.

Am Morgen sprachen Lorenza und ich nicht darüber. Wir sprachen weder am folgenden Nachmittag noch am Abend darüber. Wir gingen getrennt an den Strand des Hotels. Es war ein sehr langer Tag, an dem wir mehr Zeit als nötig zum Kofferpacken verwendeten. Beim Abendessen grüßten wir die Niederländer aus der Ferne, es war für alle der letzte Abend, normal, dass wir uns nicht wieder an ihren Tisch setzten. Lorenza nahm vom Buffet eine Avocado und eine Mango mit und steckte sie in den Koffer. Ich sagte ihr, dass es im Gepäckraum des Flugzeugs kalt sein würde und sie verderben würden und dass es vielleicht verboten war, auf Interkontinentalflügen Obst zu transportieren, aber sie hörte nicht auf mich. Ich erinnere mich nicht, nach der Rückkehr nach Rom die Avocado gegessen zu haben und auch nicht die Mango. Vielleicht hat sie sie nur für sich behalten.

Im März hatte ich die Möglichkeit, das Buch aufzugeben, hinter mir gelassen. Ich beschloss mich zu belohnen, indem ich Giulio in Paris besuchte, auch weil der Termin für die Zeugenaussage näher rückte.

Nur um wenige Stunden entkam ich einem Attentat in Orly, eine kleinere Episode, an die sich heute niemand mehr erinnert: Ein einzelner Terrorist hatte einen Citroën gestohlen und war damit zum Flughafen gefahren; dort griff er eine Soldatin an, nahm ihr das Sturmgewehr ab, wurde aber getötet, bevor er etwas damit anfangen konnte. Angriffe wie dieser schafften es kaum noch in die Nachrichten, doch im falschen Moment dort zu sein, hätte bedeutet, dass der Flughafen lahmgelegt oder schlimmer noch, der eigene Flug gecancelt würde.

Giulio holte mich an der Bushaltestelle Denfert ab, dann gingen wir zur Rue de la Gaîté. Es fiel ein Nieselregen, schräg, der ihm die Brillengläser bespritzte, auch wenn er das nicht zu bemerken schien. Er fragte mich, ob ich die Katakomben kannte, ich verneinte, und so planten wir, das gemeinsam zu machen. Früher oder später, aber jedenfalls nicht an diesem Wochenende, denn Adriano würde bei ihm sein. Schließlich war das der Grund, weshalb ich mich dort befand.

Wann holen wir ihn ab?, fragte ich ihn. Ich bemerkte, wie unpassend der Plural war, aber Giulio ignorierte es: Morgen früh.

Adriano würde nicht über Nacht bleiben. Cobalt war es lieber, wenn er nicht auswärts schlief, weil er laut ihrer Aussage dann tagelang aus dem Rhythmus kam.

Auswärts heißt deine Wohnung?

Genau.

Wenn er wollte, hätte Giulio gegen derlei Entscheidungen gerichtlich vorgehen können, Punkt für Punkt widersprechen und keinen Millimeter nachgeben, aber in einer Trennung wie der ihren musste man die Kampfschauplätze auswählen, erklärte er mir. Eskalation muss man vermeiden. Du dürftest ja mittlerweile Experte in dem Thema sein, sagte er.

Ich überging diese Anspielung auf das Buch, auch weil es eher wie Gefrotzel geklungen hatte. Giulio hatte oft eine kryptische Art, sich auf meine Arbeit zu beziehen, als würde er nicht wirklich daran glauben, als betrachtete er es alles in allem als Zufall, dass ich bei dem gelandet war, was ich machte. Ich fragte ihn, welchen Kampfschauplatz er im Moment gewählt hatte.

Adriano in einer italienischen Schule einschreiben.

Cobalt ist nicht einverstanden?

Sie will eine Pariser Schule. Um ihn besser an seine Umgebung anzupassen, ist die offizielle Version. Aber ich glaube, das ist vor allem, um ihn besser an seinen neuen Stiefvater anzupassen.

Ist sie mit jemand zusammen?

Mit Luc. Seit mindestens zwei Jahren. Ziemlich rechts. Und entschieden reich.

Giulios Sorge war, wenn Adriano eine französische

Schule besuchte, würde er, Giulio, nicht in der Lage sein, ihm bei den Hausaufgaben zu helfen, wäre auch noch von seinem schulischen Leben ausgeschlossen, nachdem er das schon weitgehend von seinem Alltag war. Sein Französisch war immer noch rudimentär, an der Universität arbeitete er mit Italienern, Russen und Deutschen zusammen, sie sprachen die ganze Zeit Englisch, und außerhalb davon war sein Leben auf ein Minimum beschränkt.

Um es kurz zu machen, wir sind morgen Abend frei. Und zu einer Party eingeladen.

Eine Angelegenheit von Nerds?

Nicht zu sehr, hoffe ich. Bei Novelli.

Es war mehr als ein Jahr vergangen, seitdem ich Novelli getroffen hatte. Mit Ausnahme des surrealen Mailwechsels von Guadeloupe aus hatten wir maximal ein Dutzend Nachrichten gewechselt, fast alle aus bestimmtem Anlass, Glückwünsche zu Geburtstagen und Ähnliches. Einmal hatte er mir den Link zu einer seiner Publikationen geschickt, aber die Nachricht war weitergeleitet, daher war ich davon ausgegangen, dass ein Gutteil seines Adressbuchs sie bekommen hatte.

Er ist eine Art Star geworden, sagte Giulio. Er ist ein paar Mal zu France Inter eingeladen worden, um übers Klima zu sprechen, und scheinbar hat er ungeahntes Talent entwickelt. Mehrere Hörer haben an den Sender geschrieben, sie wollten ihn wieder hören. Zumindest erzählt er das. Jedenfalls muss er gut angekommen sein. Hinzu kommt der italienische Akzent, den die Franzosen aufgrund einer seltsamen Perversion lieben. Tatsache ist, dass er ständiger Gast geworden ist, und mittlerweile kommentiert er so gut wie alles. Eigentlich habe ich gerade mal eine halbe Sendung von ihm als Podcast gehört. Aber ich habe ihm gesagt, dass du hier sein würdest, und es hat ihn gefreut, dass du zum Geburtstagsfest kommst. Wenn du nichts anderes vorhast, natürlich.

Wir müssen ein Geschenk für ihn besorgen.

Giulio warf mir einen Blick zu. Daran hatte ich gar nicht gedacht. Ich fürchte, meine soziale Inkompetenz ist mittlerweile hoffnungslos.

Konzerttickets? Schlug ich vor. Wein?

Käse, sehr cremig. Danach ist er verrückt.

Als wir an den Platz in der Nähe von Giulios Wohnung kamen, machten wir einen Umweg über den Supermarkt. Abgepackten Käse als Geschenk mitzubringen, erschien mir nicht sehr fein, ich dachte daran, was Lorenza dazu sagen würde, aber andererseits war es so, dass unter Physikern eine andere Etikette herrschte als beim Rest der Welt, extreme Nüchternheit, an die ich nicht mehr gewohnt war.

Wir nutzten die Gelegenheit, um für uns Wein zu kaufen, ein bisschen Schokolade und zwei Tüten Chips. Mit diesem Junggeselleneinkauf gingen wir zur Kasse, und die einfache Tatsache, die Sachen da auf dem Band liegen zu sehen, versetzte mir einen Vitalitätsschub, als wäre ich mit einem Mal jünger geworden. Ich bestand darauf zu bezahlen, da ich sein Gast war, aber Giulio wollte nichts davon wissen. Du bist hier, um mir zu helfen, sagte er in plötzlich hartem Ton, und ich gab nach, damit er sich nicht unhöflich fühlte.

Später bemerkte ich im Bad Kratzer an der Türklinke. Als ich ihn fragte, was das sei, hantierte Giulio weiter mit den Kissen des Sofas, auf dem er mir das Bett herrichtete.

Sie sind ein paar Wochen alt, sagte er nach einer Pause.

Adriano war da eingeschlossen.

Verdammt.

Um genau zu sein, er hat sich dort eingeschlossen. Er war wütend auf mich, ich weiß nicht genau, weswegen. Die leidige Geschichte mit dem iPad, nehme ich an. Er hat gesagt, er würde nicht herauskommen, wenn ich nicht seine Mutter riefe. Anfangs habe ich nicht auf ihn gehört. Aber dann vergingen zwei Stunden, dann drei, und er war immer noch dort drin.

Drei Stunden?

Er antwortete auch nicht mehr. Wenn ich das Ohr an die Tür legte, hörte ich nur dieses Kratzen, dann auch das nicht mehr. Ich weiß nicht warum, aber ich begann mir Sorgen zu machen.

Ich sagte, der Grund erschiene mir ziemlich offensichtlich, und wie immer spielte Giulio das herunter: Es konnte ihm nichts passieren, du hast ja gesehen, wie es ist, da ist nur die Kloschüssel. Irgendwann geriet ich wirklich in Panik, ich rüttelte an der Tür, aber sie ließ sich nicht öffnen. Eintreten konnte ich sie nicht, denn sonst hätte er sie an den Kopf gekriegt. Ich rief und rief ihn, und er antwortete mir nicht. Außerdem war es bald Zeit, ihn zu Cobalt zurückzubringen. Wenn ich nicht pünktlich erschien, hätte es Scherereien ohne Ende gegeben.

Wir standen beide. Giulio schräg vor dem Fenster, er schien sich an das Kissen zu wenden, das er auf den Boden geworfen hatte.

Schließlich bin ich zu dem Nachbarn unter mir gegangen und habe ihn um einen Werkzeugkasten gebeten, um das Schloss auszubauen. Als ich die Tür öffnete, schlief er. Auf dem Klodeckel sitzend. Ich weiß nicht, wie lange er schon schlief. Aber sicher hatte er vorher mit einem Nagel die

Klinke zerkratzt. Frag mich nicht, was er mit einem Nagel in der Tasche machte, ich weiß es wirklich nicht.

Er warf ein Bettlaken auf das Sofa, ohne es festzustecken.

In letzter Zeit ist er jedenfalls ruhig. Gehen wir essen?

Wir gingen zum Libanesen und betranken uns. In dieser entspannteren Atmosphäre erlaubte ich ihm, sich wieder für mein Buch zu interessieren. Ich spürte nicht mehr den untergründigen Spott, oder es machte mir nichts aus. Wie vorhersehbar, hatte Giulio jede Menge an Informationen, die ich überhaupt nicht kannte, obwohl ich nun schon seit zwei Monaten full time an dem Projekt arbeitete. Auf einer seiner einsamen Reisen war er in Karabasch gewesen, einer kleinen Uralstadt in der Nähe von Tscheljabinsk, wo Russland jahrzehntelang sein geheimes Atomprogramm vorantrieb. Theoretisch war der Zugang zur Stadt verboten, alles wurde strengstens kontrolliert, aber Giulio war ohne Schwierigkeiten hineingekommen, dank eines Typen, den er im Netz gefunden hatte und der Horrorreisen organisierte. Er hatte einen Geigerzähler mitgenommen und nahe dem, was der Todessee genannt wurde, war die Messzahl von Mikro- auf Millisievert gestiegen. Es war ein, wie soll ich sagen, anziehender Ort, meinte er.

Anziehend?

Man spürte eine Art dunkler Macht. Nicht wirklich böse. Das kam von den Strahlungen oder von der Geschichte. Ich bin jedenfalls nicht allzu lange geblieben, glaube ich wenigstens. Ich hoffe, nicht lange genug, um mir irgendwelche merkwürdigen Mutationen zuzuziehen. Er lachte. Adriano gab es noch nicht, und ich hatte nicht vor, Kinder zu haben. Ich hoffe, ihm nicht unabsichtlich geschadet zu haben.

Am Morgen wartete ich in der Wohnung, während er in den Hof des Hauses ging, um Adriano abzuholen. Es regnete stärker als am Vortag, und ich fürchtete, es könnte ein sehr langer Tag werden. Ich trat ans Fenster, um die Übergabe zu beobachten. Ich hatte eine gewisse indirekte Erfahrung mit solchen Situationen aus der Zeit, in der Lorenza mit Eugenio das Gleiche machte. Mehr als einmal hatte ich im Wagen gesessen, verborgen hinter einer Straßenecke, und darauf gewartet, dass sie gemeinsam auftauchten. Wenn sie ins Auto stiegen, herrschte immer ziemlich lange Stille, in der Lorenza und ich Eugenio Zeit ließen, sich an die andere Hälfte seines Lebens zu akklimatisieren.

Giulios Wohnung lag im zweiten Stock, der Hof war also nicht weit entfernt. Ich sah, wie Adriano auf den Vater zustürzte und seine Beine umarmte, während Cobalt unter einem roten Regenschirm verborgen war. Sie reichte Giulio eine Tasche, er nahm sie, wahrte dabei aber Distanz. Dann musste Giulio etwas gesagt haben, das Cobalt wütend machte, ich hörte allerdings nur ihre Antwort, weil sie lauter sprach: Wir haben die Zugtickets schon besorgt!

Vorsichtig öffnete ich das Fenster, gerade einen Spaltbreit, um den Ton durchzulassen.

Jedes Mal, wenn es um die Ferienplanung geht, findest du einen Weg, mich zu behindern.

Jetzt hörte ich auch ihn: dich behindern. Du verwendest immer interessante Begriffe. Dich behindern.

Da verlor Cobalt die Geduld: Machen wir Italienisch-Unterricht, Giulio? Auch heute wieder? Los, ich bin bereit!

Sie sagte Adriano, er solle unter den Schirm kommen, aber er entfernte sich ein paar Schritte und begann, mit einem Zweig am Rand des Gittertors zu kratzen. Dabei wirkte er versunken, auch wenn klar war, dass alle seine Sinne auf die Unterhaltung der Eltern gerichtet waren. Giulio schlug ihm vor, schon einmal hinaufzugehen, er würde gleich kommen, aber wieder gehorchte Adriano nicht.

Dann wandte er sich Cobalt zu: Ich darf dich daran erinnern, dass die Frühjahrsferien mir zustehen.

Ich überlegte, dass er seine Meinung geändert haben musste und es jetzt für vorteilhaft hielt, wenn der Junge zuhörte. Er war sehr kühl, während Cobalts Erregung mittlerweile spürbar war. Ach ja? Sagte sie. Ach ja?

Das Abkommen, das wir unterschrieben haben, sieht die Teilung der Ferien halbe-halbe vor. Erinnerst du dich nicht? In Anbetracht ...

Leck mich doch am Arsch, Giulio!

Da hob Adriano den Kopf zu seiner Mutter. Ich stellte mir vor, dass er in gewisser Weise an diese Art von Spannungen gewöhnt sein musste, aber ich hatte keine Ahnung, ob diese Gewöhnung auch direkte Beschimpfungen umfasste.

Giulio sagte: Bravissima, in dem für ihn typischen spöttischen Tonfall. Dann zog er Adriano an sich, und Hand in Hand gingen sie durch die Haustür. Cobalt verabschiedete sich von dem Jungen, wobei sie ihn Chouchou nannte. Sie ging aber nicht gleich. Sie blieb unbeweglich im Hof stehen, vielleicht schaute sie auf die geschlossene Tür, so stellte ich mir jedenfalls vor, weil der Schirm sie immer noch verdeckte. Sie zündete sich eine Zigarette an, und nach ein paar Sekunden muss sie den Druck meines Blicks von oben gespürt haben, oder sie wartete darauf, Adriano am Fenster zu sehen, jedenfalls hob sie den Kopf, und in dem Moment sahen wir uns an. Cobalt wirkte nicht überrascht, sie lächelte nicht, winkte mir nicht zu. Sie nahm einfach meine Anwesenheit zur Kenntnis. Schließlich drehte sie sich um und verließ den Hof.

Viele Jahre lang war das Nomadenleben des akademischen Prekariats für Giulio und Cobalt perfekt gewesen. Die Städte waren immer zu teuer für ihr Gehalt, aber sie schienen nicht darunter zu leiden. Sie lebten in kahlen Wohnungen, die zu möblieren sie sich nicht die Mühe machten, denn sie würden sie ohnehin in zwei Jahren aufgeben. Sie aßen so oft es ging in der Mensa und sparten alles Geld für ihre Reisen. Sobald sie die Gelegenheit hatten, kauften sie Tickets für irgendeinen absurden Ort in Afrika oder für Papua-Neuguinea. Einmal hatte ich sie in Kopenhagen besucht, und neben den Schlüsseln lagen tatsächlich nachlässig hingeworfen zwei Schachteln Malarone.

Als Cobalt bemerkte, dass sie schwanger war, hatte Giulio schon zwei Flüge nach Kambodscha gebucht. Sie waren aufgebrochen, als sie im siebten Monat war. Beider Eltern waren ausgerastet, aber sie waren nicht die Art von Paar, das auf die Eltern hörte (nicht zu der Zeit wenigstens, dann hatten die Dinge sich geändert und jeder von ihnen war wie zurückgekehrt, hatte sich von der Ausgangsfamilie wieder aufsaugen lassen).

In Phnom Penh hatten sie ein Auto gemietet und in Hostels und improvisierten Unterkünften übernachtet, manchmal auch bei Einheimischen zuhause. Eine andere Art zu reisen war für sie nicht denkbar. Cobalt achtete nur darauf, dass das Gemüse, das sie aß, gekocht war. Trotzdem hatte sie sich einen Wurm eingefangen. Da waren sie schon in Angkor Wat gewesen und hatten beschlossen, Richtung Norden, nach Laos zu fahren, in den weniger besuchten Regenwald.

Eines Morgens war Cobalt mit hohem Fieber aufgewacht und hatte sich mehrfach erbrochen. Vielleicht wegen der Aufregung hatten sie sich auf der Suche nach einem Krankenhaus verfahren, sie waren auf einer Piste mitten im Dschungel gelandet, einer Straße, die unendlich schien und die sich immer weiter im Nichts verlor. In den Dörfern, die nicht einmal Dörfer waren, sondern Gruppen von Hütten aus Lehm und Blech entlang einem Stück Straße, war niemand imstande, ihnen Auskunft zu geben, sie sagten nur, sie sollten weiterfahren, immer weiter. Es war dunkel geworden. Nach zwölf Stunden Fahrt gelangten sie in ein Städtchen, wo sie einen Arzt und eine Apotheke fanden. Zu dem Zeitpunkt delirierte Cobalt bereits.

Sie hatten uns nach der Geburt von Kambodscha erzählt, in Rom, als Lorenza und ich sie besuchen gingen, mit Blumen und einem Frotteehandtuch für den Kleinen. Sie wirkten überhaupt nicht verängstigt, als sie darüber sprachen, ja, sie machten Witze darüber und spekulierten, dass dieses Abenteuer im Mutterleib aus ihrem Adriano einen Welterforscher machen würde.

Giulio hatte ein ausgefeiltes Programm für das Wochenende. Bei anderer Gelegenheit hatte ich seine Manie bemerkt, die Zeit mit Adriano so zu verplanen, als ob er fürchtete, sich plötzlich mit ihm im Leeren wiederzufinden, ohne etwas zu tun oder zu sagen zu haben, und als ob von dieser Leere für beide eine unüberwindliche Bedrohung ausgehen könnte. Ich fragte mich, ob auch die Tatsache, dass sie unter meiner Beobachtung standen, bedeutungsschwer sein könnte, diese so unnatürliche Konfiguration dreier Männer. Vielleicht sollte ich bei meiner Zeugenaussage auf sein Leistungsstreben hinweisen, oder vielleicht würde eine solche Erwähnung sich bloß gegen ihn wenden.

Ich hatte ein Geschenk für Adriano mitgebracht, dieses Tischspiel, bei dem man eins nach dem anderen die hölzernen Parallelepipeden aus einem Turm entfernen muss, ohne ihn zum Einsturz zu bringen. Es schien mir ein ausreichend ökologisches Spiel, dass es Giulio gefallen konnte, aber das traf so sehr zu, dass Adriano es bereits hatte, in der anderen Wohnung. Giulio wies ihn wegen des Kommentars zurecht, obwohl es ein unschuldiger Kommentar war. Adriano schämte sich, und die ersten Runden spielte er voller Aggressivität. Ich fürchtete, er würde jeden Moment den Turm mit einer Handbewegung vom Tisch fegen. Giulio entschuldigte sich unablässig bei mir, aber nach drei oder vier Runden, bei denen wir ihn wohlweislich gewinnen ließen, vergaß Adriano seine schlechte Laune.

Wir aßen Crêpes in der Rue Odessa, in einem im bretonischen Stil mit dunklem Holz eingerichteten Lokal, wo wir uns ganz auf seine zusammenhanglosen Clownerien konzentrierten. Langsam ermüdete es mich. Wäre das mein Sohn, sagte ich mir, würde ich ihm mehr Grenzen setzen.

Für den Nachmittag hatte Giulio den Besuch einer Ausstellung in der Fondation Cartier mit dem Titel *Das große Orchester der Tiere* vorgesehen. Der Künstler, Bernie Krause, hatte die Welt bereist und dabei die Klänge der verschiedenen Ökosysteme aufgenommen: in Zimbabwe, in Kanada, im Herzen Amazoniens. Er beschrieb sein Experiment mit dem Begriff »Biophonie«. Man erkannte darin deutlich die Kritik am Tun des Menschen, der die Natur, neben unendlich vielen anderen Weisen eben auch akustisch zerstörte. Krause war im Abstand von Jahren wieder an dieselben Orte zurückgekehrt und hatte auf seinen Bändern das Verschwinden der Töne von Dutzenden Insekten, Reptilien und Amphibien festgestellt.

Eine Weile begleitete ich Giulio und Adriano, aber ihre Gegenwart irritierte mich, und ich ließ sie allein weitergehen. Ich schickte Lorenza eine Sprachnachricht mit den Geräuschen vom Sequoia National Park. Wir waren vor einigen Jahren dort gewesen, und der Ausflug hatte nichts Nennenswertes außer der Tatsache, dass wir am Abend, als wir zu unserem Leihwagen zurückkamen, feststellen mussten, dass die Batterie leer war, weil ich die Scheinwerfer angelassen hatte. Der Parkplatz war im Nu leer, und wir waren allein inmitten dieser beunruhigenden Landschaft, bis tief in der Nacht, mit einem asiatischen Ranger, der kam und ging, bis er ganz verschwunden war. Als wir uns mit der Idee abgefunden hatten, eine schreckliche Nacht im kalten Wagen zuzubringen, war aus dem Nichts ein riesiger LKW mit roten Lichtern aufgetaucht, der auf seiner Ladefläche diagonal aufgehängt einen blitzblanken Wagen transportierte, identisch mit dem unseren. Trotz meiner Müdigkeit war ich bis zum Morgengrauen in Richtung Küste gefahren, mit Lorenza, die auf dem Beifahrersitz schlief, und der Sonne, die im Rückspiegel aufging, und hatte mich von der Erleichterung darüber, dass wir noch am Leben waren, von der Stille und der Perfektion dieses Moments hinreißen lassen.

Lorenza antwortete auf die Nachricht mit einem Fragezeichen. Sie hatte recht: Von dem Gezwitscher der Vögel und dem Knarren der Baumstämme, die Bernie Krause aufgenommen hatte, konnte sie nicht auf diese gemeinsame Erinnerung schließen. Dennoch verfinsterte sich meine Stimmung, als wollte sie sich absichtlich unempfindlich zeigen. Ich erinnerte mich an keine andere Zeit, in der wir uns so fern waren, nicht nur physisch, sondern im alltäglichen Fluss der Gedanken.

Ich ging ins Untergeschoss, wo Krause einen Saal dem Pazifischen Ozean gewidmet hatte. Der Raum war dunkel wie am Meeresgrund. Giulio saß mit ausgestreckten Beinen auf dem Teppichboden, und Adriano lag mit dem Kopf auf seinen Schenkeln. Er ist eingeschlafen, sagte er leise, normalerweise passiert ihm das nicht.

Ich kniete neben ihnen nieder, und wir saßen vor dem sehr breiten und dunklen Bildschirm, auf dem sich weiße Linien zueinander- und wieder auseinanderbewegten, das EKG des Meeres. Mindestens eine halbe Stunde lang lauschten wir dem Schwappen des Wassers, den Möwen, den Seelöwen und der geheimnisvollen Sprache der Wale mit ihren sehr hohen Frequenzen, bis sie mir so vertraut wurde, dass ich meinte, sie zu verstehen.

Novellis Wohnung lag im obersten Stockwerk eines haussmannschen Gebäudes. Er erwartete uns an der Schwelle, durch die Glasscheiben des Aufzugs sah ich seine Gestalt nach und nach auftauchen, von den Füßen zum Kopf. Als ich die Türen öffnete, hörte ich ihn sagen: Kommt herein, los, los.

Als er mir die Hand schüttelte, verkündete er, er habe in der Zwischenzeit etwas von mir gelesen, einschließlich dieser Reportage über Sylt, an der er mindestens zwei Sachen auszusetzen habe. Wie lange bleiben Sie in Paris?, fragte er mich. Morgen reise ich nach Italien zurück. Schade, wir hätten zusammen Mittag essen können.

Wenn wir verstanden hätten, dass es um ein gesetztes Abendessen ging, wären Giulio und ich pünktlicher gekommen. Unsere zwei Plätze waren neben einem weiteren die einzigen noch freien. Ich verspürte die Ungeduld in der Luft, auch wenn alle sich freundlich vorstellten. Wir waren etwa ein Dutzend.

Das Gespräch zerfiel fast sofort in viele Einzeldialoge zwischen Sitznachbarn: Woher kommst du, womit beschäftigst du dich, die italienische und die französische Küche, Themen einer internationalen Tischgemeinschaft, wo man nie weiß, welche Sprache man sprechen soll. Nur Novellis Frau, Carolina, schien das nicht zu kümmern, sie sprach mit allen Italienisch. Er seinerseits war heiter, verteilte seine Aufmerksamkeit gleichmäßig, auch wenn die Geste, mit der er ständig seinen Hemdkragen zurechtrückte, eine gewisse Nervosität verriet. Was machen wir, sagte er nach einer Weile, warten wir noch, oder machen wir den Champagner auf? Die Tischgemeinschaft stimmte einhellig fürs Aufmachen, und ich sah zu Giulio hinüber, der mir einen Blick zuwarf, wie um zu sagen, ich hab keine Ahnung, wen er meint. Novelli goss allen Champagner ein, mit einer Spur zu viel Vorsicht.

Ich plauderte ein wenig mit meinem Nachbarn zur Linken, einem finnischen Dozenten an der Diderot. Ein nicht wirklich begeisterndes Gespräch. Ganz allgemein kam der Abend nicht recht in Schwung, wir kannten uns alle zu wenig, und es konnte der Verdacht entstehen, dass die Gäste nicht sorgfältig ausgesucht waren. Manchmal unterbrachen wir uns völlig unfreiwillig, verstummten im selben Augenblick, und ein paar Sekunden lang hörte man nur das Klappern des Bestecks. Novelli hatte unseren Käse auf den Tisch gestellt, ohne ihn auf einen Teller zu legen. Mit einem Finger nahm er ein Stück davon und sagte kauend: Gut, dann gehen wir jetzt zum Ratespiel über.

Er forderte uns heraus, ihm die sieben unabhängigen Inselstaaten im Indischen Ozean zu nennen, und die Atmosphäre erwärmte sich, auch weil wir jetzt alle zur Genüge getrunken hatten. Malediven, Madagaskar, Seychellen, Mauritius, Sri Lanka: Die ersten kamen prompt, und als die Ideen ausgingen, warf ich die Komoren ein. Fehlte noch die siebte.

Natürlich versteckte sich in der Frage eine Falle. Nachdem

alle ihn angefleht hatten, verkündete Novelli, dass der letzte Inselstaat Bahrain war, weil der Persische Golf geografisch Teil des Indischen Ozeans war. Es gab einen Sturm des Protests. Jemand nutzte die Gelegenheit und drehte die Musik lauter, ein Grüppchen fing an zu tanzen, und alle entfernten sich vom Tisch, wie befreit. Novellis Tochter kam im Pyjama ins Wohnzimmer und zwang den Vater, ein paar Runden mit ihr zu drehen. Das ist ein Haus voller Leben, dachte ich.

Der freie Platz war unterdessen frei geblieben. Als es an der Tür klingelte, ließ Novelli sich ein »endlich« entschlüpfen. Carolina folgte ihm zum Eingang, um den Gast zu begrüßen, aber als sie die Tür öffneten, sahen sie sich einem wütenden Nachbarn gegenüber, der sich über den Lärm beschwerte. Carolina trat ihm vehement auf Italienisch entgegen, während Novelli sich zu uns umwandte und eine unwiderstehliche Pantomime hinlegte. Jedenfalls ging er, nachdem er die Tür geschlossen hatte, zur Stereoanlage und drehte sie leiser.

Ich schnorrte eine Zigarette und ging auf den sehr schmalen Balkon. In der Ferne sah man sowohl die Spitze des Eiffelturms als auch die Tour Montparnasse mit den Positionslichtern obendrauf. Eine Frau, mit der ich am Tisch kein Wort gewechselt hatte, weil sie am anderen Ende der Tafel saß, lehnte mit den Schultern an dem Schieferdach und betrachtete gleichgültig das Panorama. Sie richtete zuerst das Wort an mich, indem sie sagte, ich sei gut gewesen, dass ich die Komoren erraten hatte.

Eigentlich war das ein Zufallstreffer.

Das glaube ich nicht. Ich wette, dass du einer von denen warst, die die Hauptstädte auswendig gelernt und dann die Großen gebeten haben, dich abzufragen.

Das scheint mir der vorherrschende Typus des Abends zu sein, bemerkte ich.

Dabei war ich sogar schon auf den Komoren. Voller Dschihadisten.

Sie gab mir Feuer und zündete sich selbst eine weitere Zigarette an, obwohl sie die zuvor eben erst ausgemacht hatte. Sie war keine Freundin Novellis, auch nicht seiner Frau, sie hatte sie an diesem Abend kennengelernt. Wie ich war sie von einer Freundin mitgebracht worden. Ich fragte sie, was sie in Paris mache, und sie antwortete: Eine Etappe auf der Kamikaze-Tour. Sie zählte die Städte auf, in denen sie in den letzten Monaten gewesen war, darunter Tunis, Brüssel, Berlin und Moskau. Sie verfolgte als Gesandte einer Presseagentur Fälle von Terrorismus, auch wenn ihr Kerngeschäft, wie sie es definierte, Flüchtlingslager waren. Denk an irgendeinen beschissenen Ort, ich hab ihn mit Sicherheit im Reisepass.

Sie nannte mir ihren Namen, und auch wenn ich mein Bestes tat, es zu verbergen, muss klar gewesen sein, dass er mir nichts sagte. Curzia zuckte mit den Schultern: Meine Freundin ist Korrespondentin, die ist wirklich gut. Abgesehen davon, dass sie das Dreifache von mir verdient und sie ihr eine absurde Wohnung im Marais zahlen.

Du bist bestimmt auch gut.

Was für ein Scheiß!

Sie schicken dich herum. Wenn du das nicht könntest, würden sie das nicht tun.

Sie schicken mich herum, weil ich bereit bin, zu reisen. Und wenig koste.

Wir hatten unsere Zigaretten ausgeraucht, aber keiner von beiden machte Anstalten, den Balkon zu verlassen. Curzia packte Marihuana aus. Während sie den Joint drehte, fragte ich sie, wo sie das aufgetrieben habe, sie hatte mir eben gesagt, sie sei vor wenigen Stunden in Paris angekommen. Du hast ja keine Vorstellung, mit welchen Leuten ich Umgang habe, antwortete sie.

Einen Moment lang stellte ich mir die von arabischen Immigranten bevölkerte Peripherie vor mit den Wohnblocks und den Wachposten und allem Übrigen, diese bedrohlichen Viertel, die man auf der Fahrt mit dem RER sah und die ich nur aus Filmen kannte. Ich erzählte ihr, wie ich auf dem Gymnasium zusammen mit Klassenkameraden zehn Kilometer von einem ligurischen Dorf zum anderen gelaufen war, um jemanden zu finden, der uns Marihuana verkaufen konnte, und wie wir völlig entmutigt mit leeren Händen zum Campingplatz zurückgekommen waren. Ich bin wohl zu bürgerlich, sagte ich.

Curzia warf einen vorsichtigen Blick nach drinnen: Der, der nicht gekommen ist, ist einer vom französischen Fernsehen. Meiner Freundin zufolge will Novelli den Sprung wagen. Aber heute ist es schiefgegangen. Folgst du ihm auf Twitter? Da macht er auch diese Art von Ratespielen. Er ist ziemlich witzig.

Dann werde ich ihm folgen.

Nicht, dass du das unbedingt musst.

Sie sagte das schroff, als würde ihre Laune plötzlich umschlagen. Nach einer Verlegenheitspause sprachen wir wieder von ihr. Ich fragte sie, was die schlimmste Geschichte gewesen sei, die sie als Berichterstatterin verfolgt habe, und sie wartete auf mit einer schauderhaften Story von Verstümmelungen mit der Machete. Ich war drauf und dran, ihr von den Hinrichtungsvideos zu erzählen, aber aus irgendeinem Grund kam mir das infantil vor und ich hielt mich zurück.

Curzia sagte, sie sei gegen ihren Willen Waffenexpertin geworden. Sie war sich ziemlich sicher, dass sie, wenn sie sich in einer Garage mit allem Notwendigen darin befände, imstande wäre, eine Bombe mittlerer Stärke zusammenzusetzen und hochgehen zu lassen. Ich bin nicht gerade der Typ Frau, die man auf einer Party abschleppen will, schloss sie.

Diese Anspielung sorgte für einen Moment der Verlegenheit, wenigstens auf meiner Seite. Auch um den zu überwinden, fragte ich sie, ob sie sich je überlegt hätte, was passieren würde, wenn eine Gruppe von Terroristen sich in den Besitz von Massenvernichtungswaffen bringen würde.

Was für eine Gruppe von Terroristen?, sagte sie unwillig.

Ich weiß nicht, al-Qaida oder der IS.

Al-Qaida und der IS haben nichts damit zu tun. Ebenso wenig wie al-Shabaab oder Boko Haram.

Okay, sagte ich und steckte zurück.

Und dann welche Waffen: bakteriologische?

Typ nukleare Sprengköpfe.

Curzia zog gierig an ihrem Joint, kniff die Augen zusammen und gab sich damit den Anschein, als kennte sie das Thema von Grund auf.

Wenn eine Organisation das wirklich will, hätte sie sich die besorgt. Pakistan hat seit mindestens zehn Jahren ein Atomwaffenprogramm. Und die sind dort bestimmt nicht alle gemäßigt. Aber Atomwaffen sind vor allem ein Problem. Wenn du sie hast und nicht einsetzt, riskierst du, nicht glaubwürdig zu sein. Wenn du es hingegen tust … musst du bereit sein, die Konsequenzen zu tragen. Warum interessiert dich das so?

Nur so. Etwas, an dem ich schreibe.

Was für eine Geheimnistuerei.

Sie bot mir noch einmal den Joint an, sie hielt ihn senkrecht, aber ich hatte keine Lust mehr, also schnipste sie ihn ins Leere. Die absolute Vorhersehbarkeit der Party und unserer Unterhaltung schien sie auf einmal zu ermüden. Mit Blick auf den Horizont sagte sie: Was für eine Scheißstadt, dann zwängte sie sich, mich um Entschuldigung bittend, an mir vorbei durch den Türrahmen und ging hinein.

Carolina löschte die Lichter, und die Torte kam. Novelli sagte ein paar Dankesworte auf Französisch. Auch er war angetrunken.

Curzia, die einen langen Gehrock aus Chenille trug, konnte man nur schwer aus den Augen verlieren. Durch das Glitzern der Sternchen auf der Torte hindurch sah ich, wie sie ihrer Freundin etwas ins Ohr flüsterte. Ich vermutete, dass es sich um einen Kommentar zu Novelli handelte, der in der Tat komisch war, während er mit seiner Frau für die Handyfotos posierte. Sie bahnte sich zwischen den Gästen ihren Weg bis zu mir, und im Vorübergehen sagte sie: Ich gehe, kommst du mit? Ich murmelte etwas von wegen Giulio, was sie kalt unterbrach: Dann ciao, Bourgeois.

Auf dem Heimweg eine knappe Stunde später fühlte ich mich schuldig gegenüber etwas Unbestimmtem. Gegenüber dem Gott der nicht zu verpassenden Gelegenheiten vielleicht, den ich besonders gern enttäuschte. Und ich wusste, dass die Mischung von Marihuana und Alkohol mir einen Kater bescheren würde, nicht nur physisches Unwohlsein, auch schlechte Laune, am nächsten Tag würde ich in miserabler Verfassung sein, während ich mit einer präzisen Mission gekommen war, nämlich Giulio mit dem Kind zu helfen. Diese Zerknirschung ihm gegenüber war eher paradox, da doch er mich auf die Party mitgenommen hatte und wir jetzt gemeinsam nachhause gingen, aber Giulio war nüchtern geblieben.

In der Tat bin ich am Morgen nicht aufgestanden, als Adriano kam. Vom Sofa aus hörte ich, wie sie sich ganz leise in der Wohnung bewegten. Ab und zu sagte Adriano etwas mit lauter Stimme in der klaren Absicht, mich aufzuwecken, aber Giulio brachte ihn sogleich zum Schweigen, dann flüsterten sie wieder. Sie hielten sich nur so lange wie nötig in der Wohnung auf, dann hörte ich die Tür sich öffnen und wieder schließen. Zu dem Zeitpunkt war ich wach, aber ich zögerte noch, bis ich aufstand, mich duschte und etwas aß.

Als ich im Park zu ihnen stieß, war es fast Mittag. Giulio kam aus dem umzäunten Geviert des Spielplatzes und fragte mich, ob alles in Ordnung sei. Ich hoffe, wir haben dich nicht geweckt, wir waren so leise wie möglich.

Ihr habt mich nicht geweckt.

Bist du sicher?

Seine übertriebene Besorgnis irritierte mich. Ich hätte ihn schütteln mögen und ihn anschreien, warum, verdammt noch mal, bist du so nachgiebig? Kannst du bitte aufhören, dich ständig für alles zu entschuldigen? Begreifst du nicht, dass sie dir so bei lebendigem Leib das Fell überzieht?

Mach dir keine Sorgen, sagte ich.

Drei Mädchen forderten einander in einem Geschicklichkeitsspiel heraus. Abwechselnd stiegen sie auf einen Stuhl, setzten einen Fuß auf die Lehne und versuchten, ihn sanft zu Boden gleiten zu lassen. Alle drei kippten um, sie lachten in einem fort. Ich beneidete sie glühend um ihre Unbekümmertheit, auch wenn ganz und gar nicht klar war, was sie mir verwehrte. Ich hatte keine Verantwortung, musste niemandem ein Vorbild sein, das Leben machte es mir möglich, ein ewiger Jugendlicher zu sein, es ließ mir in dieser Hinsicht gar keine Wahl. Wenn ich angefangen hätte, mit diesen Mädchen das Spiel mit den Stühlen zu spielen, hätte mich niemand getadelt. Warum also diese Zurückhaltung? Weil ich so ähnlich war wie Giulio, der sich mit beiden Füßen in die Misere manövriert hatte? Und welchen Sinn hatte es zu wünschen, ein für alle Mal erwachsen zu werden und gleichzeitig nicht aufzuhören, die Jugend zu beneiden?

Mit fünfzehn hatte ich bei einem Ferienkurs ein Mädchen kennengelernt. Sie war älter als ich und im Lauf von ein paar Wochen in England hatte sie aus dem Kind, das ich war, einen Jugendlichen gemacht. Scheinbar war ihr das gelungen, indem sie nur die Musik in meinen Kopfhörern auswechselte, von peinlichem Heavy Metal zu aktuelleren und düstereren Playlists. Am Ende des Sommers hatte ich sie in La Spezia besucht. Auf diese zwei Tage habe ich zwanzig Jahre Träume gehäuft, die aller Wahrscheinlichkeit nach den wirklichen Ablauf der Ereignisse verändert haben.

Jedenfalls hatte mich C. auf dem Motorroller von sich zuhause nach Lerici gebracht. Ich hatte nie zuvor auf einem Motorroller gesessen, daher musste sie mir alles erklären: Wie man aufsteigt, wie man sich festhält, wie man in Kurven das Gleichgewicht hält; und ich war noch nie in Lerici gewesen; so eigenartig das scheinen mag, war ich bis zu diesem Alter nur selten im Meer baden gewesen.

Wir waren von den Felsen ins dunkelblaue Wasser eingetaucht, hatten nebeneinandergelegen, und über diesen Moment hatte ich dann ein sehr kurzes Gedicht geschrieben, das einzige in meinem Leben, mit dem aussagekräftigen Titel *Lerici, 29. August.* Ich hatte Angst vor einem Sonnenbrand, weil ich keine Sonnencreme aufgetragen hatte, in diesen Jahren fürchtete ich immer einen Sonnenbrand, aber ihre Mutter und sie hatten mich gehänselt: Niemand bekam Ende August in Ligurien einen Sonnenbrand.

Wir waren wieder zu ihr nachhause gefahren und nach dem Mittagessen legte ich mich quer auf ihr Bett, während C. für mich eine Kassette überspielte. Ich war in einem wachen Halbschlaf, *Witches' Rave* war zu hören, und ich fühlte mich erhitzt, ich war mir nicht so sicher, an den Schultern nicht doch einen Sonnenbrand bekommen zu haben, denn sie glühten. Zwei Schritte von mir hantierte C. mit dem Kassettenrekorder, ich hätte nur den Arm über den Bettrand auszustrecken brauchen, um ihre Haare zu berühren, sie wenigstens dazu zu bringen, dass sie sich umwandte und erwog, die Kassetten sein zu lassen und zu mir zu kommen, sich womöglich auszustrecken auf dem, was immer noch ihr Bett war. Ich hatte mir wieder und wieder vorgestellt, das zu tun, hatte den Arm sich ausstrecken sehen und alles Übrige, aber ich hatte mich in diese verborgene Süße fallen lassen, ohne etwas zu wagen. Vor dem Ende des Lieds hatte ich einen Samenerguss, den einzigen in meinem Leben am helllichten Tag.

Die Qualle, die ich mit Karol gestreift hatte, ist, so habe ich im Internet entdeckt, landläufig unter dem Namen Lungenqualle bekannt; der eigenwilligere wissenschaftliche Name ist *Rhizostoma pulmo*. Sie kann beachtliche Größe erreichen, vergleichbar mit der eines Menschen, aber im Kontakt verursacht sie meist nur vorübergehende Irritationen. In den Europa umgebenden Meeren ist die Lungenqualle sehr verbreitet und wird es vielleicht in Zukunft noch mehr sein. Aufgrund der fehlenden historischen Aufzeichnungen sind die Befunde nicht belastbar, aber viele Meeresbiologen stimmen darin überein, dass der Klimawandel als eine seiner Konsequenzen auch die Überproduktion von Quallen haben könnte.

Die Lungenqualle kommt mir als pure Analogie in den Sinn, wenn ich versuche, meine Lage im Frühjahr und dann im Sommer 2017 zu rekonstruieren. Etwas, was mit Passivität zu tun hat, mit der Art der Quallen, sich von der Strömung treiben zu lassen und dabei minimalen Widerstand auszuüben.

Hätte es da nicht eine Handvoll Stunden nach meiner Begegnung mit Curzia auf dem Balkon in Paris und wenige Tage nach meiner Rückkehr nach Rom in London Attentate

gegeben, ist es gut möglich, dass mir nicht in den Sinn gekommen wäre, sie auf Twitter zu suchen, um zu erfahren, ob
sie nach London gefahren war. Nachdem sich das bestätigt
hatte, hätte es gut sein können, dass ich nicht beschlossen
hätte, ihr zu folgen, und sie hätte konsequenterweise nicht
in weniger als einer Minute die Anfrage erwidert und wäre
mir gefolgt. Dann wäre es mir nicht eingefallen, ihr eine DM
zu schreiben, um zu hören, ob alles in Ordnung war, hätte
mich nicht im Bad eingeschlossen, um diesen Austausch
von Nachrichten über ein Thema fortzusetzen, das nichts
Intimes hatte und es aber doch war, weil es einen Beige-
schmack von Erregung und Ausschließlichkeit gibt, wenn
man die Dringlichkeit eines so grauenvollen Ereignisses teilt.
Und zuletzt hätte ich nicht sofort eine Nachricht nach der
anderen gelöscht, bevor ich wieder aus dem Bad auftauchte.

Der zweiundfünfzigjährige Khalid Masood war auf der
Westminster Bridge von der Fahrbahn auf den Gehsteig gewechselt, mit einem japanischen Auto, das er ein paar Stunden zuvor bei Enterprise gemietet hatte. Die Ermittlungen
sollten ergeben, dass der Wagen mit einer Geschwindigkeit
von circa hundertzwanzig Stundenkilometern fuhr, Leute
durch die Luft wirbelte und eine Frau über die Brüstung
drängte, die in die eisige Themse stürzte, bevor er gegen die
Tore des Parlaments prallte. An dem Punkt musste Masood
sehr erregt gewesen sein, denn nach Ende der Fahrt hatte er
seine Flucht zu Fuß fortgesetzt und einen unbewaffneten
Polizisten niedergestochen, bevor er selbst getötet wurde.
Die Aktion hatte insgesamt zweiundachtzig Sekunden gedauert.

In den folgenden Tagen schrieb mir Curzia über ihn. Sie
verfolgte seine Spuren in ganz England, aber am Ende dieser

Recherche blieben ihr Masoods Motive, wenn es die denn gab, unbekannt. Es waren keine Verbindungen zu größeren Terroristengruppen und auch nicht zum IS nachzuvollziehen. Masood unterrichtete Englisch in Saudi-Arabien und war mit einem Stiefvater großgeworden, dessen Familiennamen er benutzte und auch wieder nicht: In welchem Winkel seiner Biografie der Trieb zu wahllosem Mord nistete, war nicht herauszubekommen.

Stockholm, Sankt Petersburg, noch einmal Paris, noch einmal London: Die zahlreichen terroristischen Überfälle in diesem Jahr konsolidierten den Kontakt mit Curzia, auch wenn ich heute den Eindruck habe, dass er in jedem Fall weitergegangen wäre. Ziemlich bald schon tauschten wir uns auch über andere Dinge aus, und wir wechselten zu WhatsApp. Die Chats erschienen nie in der Liste, weil ich sie umgehend löschte. In den Chats hatte Curzia die gleiche Fähigkeit, bissig zu sein, die mir während unserer einzigen Live-Unterhaltung auf dem Balkon bei Novelli deutlich hervorzutreten schien, eine Fähigkeit, die sie aus irgendeinem Grund in ihren Artikeln verlor, in denen sie fast immer unpersönlich war. Wir sprachen viel über einen gewissen Typ von Journalismus, den ihren, basierend auf dem ständigen Hasten von einer Stadt in die andere, während man beim Essen sparte, um wenigstens einen Teil vom Tagessatz zu behalten, ein Journalismus, der in der Zeit von Social Media nicht mehr viel Sinn hatte. Er hat für dich keinen Sinn mehr, weil du ein reich gewordener Bourgeois bist, schrieb Curzia mir, aber ich versichere dir, dass er den für mich hat, ich habe mir den Arsch aufgerissen, um dahin zu gelangen, und ich muss die Miete für eine Wohnung aufbringen, in der ich nie lebe. Sie schrieb mir »Sofajournalist«, wenn sie gut aufgelegt, »Usurpator« wenn sie schlecht drauf war. Ich versuchte mitzuhalten und nannte sie »Pressebüro des IS« und »vielversprechende Kleinunternehmerpauschale«. Sie sagte, du kannst mich mal, dann wünschte sie mir Gute Nacht.

Ein paar Stunden später fand ich beim Aufwachen auf dem Handy Fotos von merkwürdigen Details aus dem Hotelzimmer, in dem sie gelandet war: die Wasserdüse des Bidets, ein besorgniserregender Fleck auf dem Teppichboden, ein vertrocknetes Präservativ, das jemand unter dem Bett hatte liegen lassen. Curzia nahm sich nicht selbst auf, sorgte aber dafür, dass da wie aus Versehen immer ein Teil von ihr zu sehen war: ein lackierter Zehennagel, zwei Finger, die etwas hielten.

Beide glaubten wir zu diesem Zeitpunkt, gegen den Terror narkotisiert zu sein, und wir waren nicht die Einzigen. Der Hashtag #PrayFor verlor immer mehr an Kraft. In den letzten zwei Jahren war es ein dauerndes #PrayForSomething gewesen, aber das war nun einmal die Welt, in der wir lebten, da gab es wenig zu beten, man musste sie nur akzeptieren.

Doch das Attentat vom Mai in der Manchester-Arena war anders. Eine Bombe bei einem Konzert für Jugendliche, manche noch so jung, dass sie in Begleitung ihrer Mütter kamen. Ein Blutbad im Poprhythmus.

Curzia blieb fast eine Woche in Manchester. Am Abend des dritten Tages hatte sie einen Nervenzusammenbruch. Sie saß wie paralysiert vor dem PC, ohne schreiben zu können, stundenlang. Den Nachmittag hatte sie in der Nähe der Arena und dann vor den Krankenhäusern verbracht, in dem Versuch, mit den Verwandten der Opfer zu sprechen, und sie stellte ihnen Fragen, die ihr – erklärte sie mir in einem furiosen Austausch von Nachrichten – vollkommen sinnlos, ja beleidigend erschienen. Was sollten sie schon sagen, hm? Was verdammt nochmal gab es da zu sagen?

Die Redaktion wollte, dass die Angehörigen der Opfer Hasenohren trügen wie Ariana Grande auf der Bühne, die jetzt in Schwarz zum social symbol für das Massaker geworden waren. Menschen werden getötet, und wir reden über Hasenohren, man fasst es nicht.

Sie hatte jede Form von Ironie verloren. Starke Übelkeit befiel sie, aber sie konnte sich nicht erbrechen. Um neun hatten sie angefangen, ihr mit Anrufen von der Redaktion zuzusetzen. Sie log und sagte, sie sei fast fertig, auch wenn sie nicht einmal einen Satz geschrieben hatte. Sie kippte drei Spirituosenfläschchen aus der Minibar, um die Nerven zu beruhigen, aber sie konnte sich noch immer nicht konzentrieren. In diesem aufgelösten Zustand rief sie mich an, und ich zog mich ins Schlafzimmer zurück, um zu antworten. Sie war in Panik. Sie werden mich nicht mehr schreiben lassen, wiederholte sie immer wieder.

Ich empfahl ihr, den Chefredakteur anzurufen, ihm die Situation wahrheitsgemäß zu schildern und ihm zu sagen, dass sie an diesem Tag nicht würde abgeben können, vielleicht stand sie zu sehr unter Druck, das konnte jedem passieren.

Was soll den das kümmern? Für ihn bin ich bloß ein weißes Loch auf der Seite!

Ich hörte ihren keuchenden Atem, der immer wieder von den Worten unterbrochen wurde: Was mach ich bloß, hä? Was mach ich bloß? Ich schaute auf die geschlossene Tür des Schlafzimmers von Lorenza und mir, als könnte von dort her jeden Moment etwas kommen. Aus dummer Vorsicht hatte ich kein Licht gemacht.

Ich sagte Curzia, sie solle mir erzählen, wo sie im Lauf des Tages gewesen war, mir die Orte und Personen schildern, mit denen sie gesprochen hatte. Wirr berichtete sie mir, aber am Ende konnten wir zwei oder drei bedeutendere Momente ausmachen. Ich sagte ihr, sie solle sie genauso aufschreiben, wie sie sie mir erzählt hatte, und den Text abschicken. Aber sie wollte, dass ich ihn zuvor läse, sie war sich in nichts mehr sicher, nicht einmal in der Orthografie. So wartete ich weitere zwanzig Minuten im Schlafzimmer, in diesem schuldigen Halbdunkel, mit der zunehmenden Sorge, dass ich dieses Verhalten Lorenza gegenüber nicht würde rechtfertigen können.

Curzia schickte mir den Text, und ich las ihn aufmerksam. Sie schrieb mir, jetzt gehe es ihr besser, sie sei hinausgegangen, um etwas zu essen, sie wusste nicht einmal, wann sie zuletzt gegessen hatte, dann fügte sie hinzu, dass ich ihr soeben das Leben gerettet hatte. Ich löschte die Nachrichten und ging hinüber.

Da ist er ja, sagte Eugenio, als er mich sah, fragen wir ihn.

Sie saßen am Computer, Lorenza leicht vornübergebeugt, als suchte sie angespannt etwas auf dem Bildschirm. Sie wandte sich nicht um und sagte nichts. Ich trat näher, und Eugenio zeigte auf eine Zeile in einem Formular. Wir müssen dieses Dokument hochladen, aber er will es nicht annehmen.

Ich bezweifle, dass der Computer Vorlieben hat, sagte ich.

Um die Bissigkeit der Bemerkung abzumildern, legte ich ihm eine Hand auf die Schulter. Eugenio wich nicht zurück, übte eher einen leichten Gegendruck aus. Seit Wochen war Lorenza mit den Dokumenten zugange, um ihn für das vorletzte Schuljahr in die USA zu schicken. Bürokratie im Allgemeinen regte sie auf, aber in diesem Fall war sie von unerhörter Komplexität. Sie bestand vor allem aus Formularen, die die verantwortliche Organisation aller Verantwortung enthob, aber man brauchte auch Empfehlungsschreiben auf Englisch, Vorschriften, Versicherungspolicen, Zeugnisse, sehr lange Formulare über die Essgewohnheiten, über die sportlichen, kulturellen und sozialen Präferenzen Eugenios, seine sprachlichen und zwischenmenschlichen Fähigkeiten. Jede Seite musste ausgedruckt, ausgefüllt, unterschrieben und gescannt und schließlich wieder in dem Portal hochgeladen werden, das zehn aufeinanderfolgende Schritte vorsah, immer schwieriger, wie die Ebenen eines Videospiels.

In letzter Zeit verliefen die Abende so, mit den beiden am Schreibtisch, nervös und verbündet gegen den Computer, während ich mich abseits hielt. Aber an diesem Abend sagte Eugenio: Mama, los, lass ihn probieren, und Lorenza stand auf, und ich setzte mich auf ihren Platz.

Die Nähe zu Eugenio war seltsam geworden. Sein Körper war jetzt erwachsen und hatte einen spezifischen Geruch, von dem ich mir nicht sicher war, ob er dem als Kind glich. Ich roch, dass er geraucht und danach ein Bonbon gekaut hatte. Er tat das jeden Abend nach dem Abendessen auf dem Balkon seines Zimmers, das war eine Art persönliches Ritual, und wir taten so, als wüssten wir nichts davon. Viele Konzessionen unsererseits kamen daher, dass Eugenio Sohn von getrennten Eltern war, also hatte er ein Anrecht auf ein Mehr an Toleranz. In diesem Moment aber erinnerte ich ihn daran, dass er einen Vertrag mit der Organisation unterzeichnet hatte, einen Vertrag, in dem er sich verpflichtete, für die Dauer seines Aufenthalts in den USA nicht zu rauchen.

Sonst schicken sie mich zurück, ich weiß, sagte er mit flacher Stimme.

Ich konnte seine Gefühle gegenüber dem Auslandsjahr nicht entschlüsseln, ich hätte gesagt weder Abneigung noch Begeisterung, eher eine Art folgsamer Unterwerfung unter einen Wunsch, der mehr Lorenzas als seiner war.

Im Vertrag heißt es auch, dass Vögeln verboten ist, sagte ich, um etwas männliche Kumpanei herzustellen. Es erwartet dich ein Jahr zermürbenden Pettings.

Er deutete ein Lächeln in Richtung Bildschirm an. Es machte ihn verlegen, dass ich mit ihm über Sex sprach, vor allem, dass ich es auf so grobe Art tat. Sein Gefühlsleben war in Geheimnis gehüllt. Er schien kein Bedürfnis zu verspüren, es zu teilen, auch nicht mit mir, der ich für ihn eine Figur zwischen Elternteil, großem Bruder und zufälligem WG-Mitbewohner war.

Die Datei muss konvertiert werden, sagte ich.

Und warum?

Schau auf die Liste der Dateiendungen. Was ihr hochladen wollt, hat ein anderes Format.

Wir führten den Schritt aus, und es öffnete sich ein nächstes Fenster. Eugenio warf sich gegen die Rückenlehne. Scheiße, noch ein Formular!

Wenn du willst, machen wir es zusammen, schlug ich ihm vor. Ich wusste, dass meine Bereitwilligkeit nur eine Form der Wiedergutmachung für das war, was ich im Schlafzimmer bis vor wenigen Augenblicken getan hatte, aber Eugenio wusste das nicht und schien erleichtert.

Beschreibe dich mit drei positiven und drei negativen Adjektiven.

Ich hasse diese Fragen.

Ich weiß. Komm schon, drei Adjektive.

Einsam. Zwanghaft.

Das dritte?

Er zögerte, dann setzte er hinzu: versnobbt.

Gut. Damit haben wir die negativen.

Eigentlich waren das die positiven.

Ich sah ihn an und kapierte, dass er das im Ernst gesagt hatte.

Machen wir es so, jetzt bin ich dran: fantasievoll, ironisch. Auf ein drittes kam ich nicht, ich dachte an hartnäckig, aber ich war mir nicht sicher, ob ich das unter die positiven Eigenschaften zählen konnte. Und?, drängte mich Eugenio.

Scharfsinnig.

So ein Quatsch, scharfsinnig! Komm ich dir scharfsinnig vor?

Für mich bist du das.

Er zuckte kaum merklich mit den Schultern, wie um mir diese Meinung über sich zu gestatten, die er nicht billigte. Ich spürte die Gegenwart Lorenzas, sehr diskret, hinter uns, tatsächlich stand sie da mit einem Teller in der Hand.

Dann schreibe ich scharfsinnig. Wenn dir später etwas Besseres einfällt, gehen wir zurück und korrigieren das.

Aber Eugenio war wie abwesend. Gleichgültig sah er auf den Monitor. Denkst du, die rationieren in amerikanischen Familien tatsächlich die Internetnutzung?

In der Biologie ist die Aufzucht der Brut anderer Tiere als »alloparentale Pflege« bekannt. Was aus mir nach Jahren eine Art »Allovater« von Eugenio machen würde, keine sonderlich gelungene Definition, aber sie ist wenigstens neutral, in ihr schwingt nicht die Verachtung von »Stiefvater« mit. Den Ethnologen zufolge ist die alloparentale Pflege unter den Tieren nicht sehr verbreitet, weil sie vom evolutionären Standpunkt keinen Vorteil bietet. Man findet sie nur unter Löwinnen, bei einigen Arten von Schimpansen und bei Pilotwalen, die sich manchmal die Kleinen von anderen auf den Rücken laden und sie durch die Meere tragen. Im Allgemeinen aber ziehen Tiere es vor, fremde Brut zu zerreißen.

Am Anfang meiner Geschichte mit Lorenza wusste ich nichts von der Existenz Eugenios. So seltsam das auch scheinen mag, sie erwähnte ihn nicht an dem Abend, an dem sie mit einem kompletten Menü in Tupperware-Gefäßen bei mir zuhause aufkreuzte, *weil ich für dich kochen wollte*. Und sie tat es auch später in derselben Nacht nicht, um zu rechtfertigen, dass sie so schnell vom Bett aufstand, sich anzog und ging, statt über Nacht zu bleiben, was natürlich gewesen wäre. Ich habe mich schon oft gefragt, ob ihre Unterlassung von damals bedeutet, dass am Anfang unserer Geschichte ein Betrug stand. Aber ich weiß, dass es von Lorenzas Seite keine bewusste Strategie war. In dieser Zeit existierte sie in zwei Zuständen: dem, in dem sie die Mutter von Eugenio war, und dem, in dem sie mit mir zusammen war, und zwischen den beiden Zuständen war keine Verbindung möglich, weil jedwede Grenzüberschreitung bedeutet hätte, alle Hoffnung auf unsere an sich schon gefährdete Beziehung aufzugeben.

Auf der anderen Seite war auch ich zwiegespalten. Unser Altersunterschied machte mir sehr zu schaffen. Ich war sechsundzwanzig Jahre alt, Lorenza war Mitte dreißig. Und wenn ich mit meinen damaligen Freunden sprach, darunter auch Giulio, bemerkte ich ihre seltsamen Reaktionen, und ich fühlte mich selbst seltsam. Ich stellte ständig arithmetische Berechnungen an: Wenn ich dreißig war, würde sie fast vierzig sein, wenn ich fünfundvierzig war, würde sie vierundfünfzig sein und so weiter. Dann beobachtete ich Männer mit fünfundvierzig und Frauen mit vierundfünfzig Jahren und sagte mir, dass das nicht funktionieren konnte. Selbst wenn wir in der Lage waren, unsere außergewöhnliche Übereinstimmung beizubehalten, würden die Körper uns verraten. Als ältere Menschen würden wir grotesk sein. Es war, als ob ich in der Begegnung mit Lorenza gegen das strengste Gesetz eines jungen Mannes verstoßen hätte: Du sollst keine Frau lieben, die älter ist als du.

Wir sahen uns seit mindestens einem Monat, als sie mir eine SMS schrieb mit der Bitte, uns in einer Bar zu treffen. Sie wolle mir eine wichtige Person vorstellen. Dieses Adjektiv wichtig genügte mir, um die verstreuten Indizien in den vergangenen Wochen zusammenzufügen, so dass sie einen

Sinn ergaben. Und so war ich am nächsten Tag, als ich auf den Tisch zuging, an dem sie und Eugenio saßen, nicht wirklich überrascht.

Eugenio war dabei, die Karten eines Spiels namens Magic zu legen, und als ich mich setzte, machte er ungerührt weiter. Er sah mich nicht an, und doch spürte ich, dass er wachsam war. Er zeigte auf eine der monströsen Figuren auf den Karten und erklärte, über welche Kräfte sie verfügte, die Lebenspunkte, die Techniken von Verteidigung und Angriff. Dann erläuterte er mir eine andere Karte, dann eine dritte und eine vierte. Wenn Lorenza ihn unterbrechen wollte, erhob er nur leicht die Stimme, ohne sich aufhalten zu lassen. Ich tat so, als würden die Monster mich begeistern, aber um sein Schema zu durchbrechen, zeigte ich in willkürlicher Reihenfolge darauf, Eugenio ließ sich nicht ablenken. Er sah diese Karten schief an, dann sagte er zu mir, warte, wir sind noch nicht so weit. Als ich ihn bat, mir eine zu schenken, zögerte er, bevor er den Kopf von einer Seite auf die andere drehte: nein. An dem Punkt griff Lorenza vehement ein. Die restliche Begegnung über gab Eugenio kein Wort mehr von sich. Er blickte starr auf die Karten, als ob wir ihm das Spiel ruiniert hätten. Als ob wir Erwachsenen ihm auch diese Fantasiewelt zerstört hätten.

Von diesem Tag an war ich bei ihnen zuhause zugelassen, wenn auch mit vielen Sicherheitsvorkehrungen. Sollte ich auch über Nacht bleiben, führten Lorenza und ich ein kleines Theaterstück auf: Am Ende des Abendessens oder des Films verabschiedete ich mich von ihnen und verließ das Haus. Eine halbe Stunde lang lief ich in dem Wohnviertel herum, drehte viele Runden um denselben Gebäudekomplex, bis die Bahn frei war und ich wieder hochkommen durfte. Morgens blieb ich bei geschlossener Tür reglos im Bett liegen, hörte auf die Geräusche des Frühstücks, das Wasserrauschen im Waschbecken, alle Vorbereitungen für die Schule. Manchmal sprach Eugenio mit seiner Mutter über mich, und ich fühlte mich substanzlos, wie ein in den Wänden des Hauses eingesperrtes Gespenst. Wir hatten keinen genauen Plan, wann der richtige Zeitpunkt wäre, ihm die Wahrheit zu sagen, wahrscheinlich wollten wir sie ihm nicht sagen, wahrscheinlich hätten wir vorgezogen, dass sie durch Gewohnheit in ihn einsickerte. Uns schien, das würde ihm weniger weh tun. Oder es würde uns weniger weh tun.

Aber eines Nachts schlug ich die Augen auf und sah in der Dunkelheit des Zimmers Eugenio vor mir. Er atmete keuchend, vielleicht wegen eines Alptraums. Wir beruhigten ihn und brachten ihn wieder ins Bett, und am nächsten Morgen hielt ich mich wie immer im Zimmer verborgen. Ich hatte keine Ahnung, wie sein Kurzzeitgedächtnis funktionierte, ob er wirklich glauben konnte, mich im Bett seiner Mutter zu finden, sei Teil des Traums gewesen, jedenfalls hat er nicht darüber gesprochen.

Ein paar Monate nach diesem Zwischenfall war ich kurz davor, zu einer Reise aufzubrechen. Ich ging in sein Zimmer, um mich von ihm zu verabschieden. Eugenio gab mir eines seiner widerwilligen Küsschen auf die Wange, bevor er zu seinen Magic-Karten zurückkehrte. Da hob er eine vom Boden auf, als wäre das ein spontaner Entschluss, und sagte zu mir: nimm. Es war die Karte des Bohnenriesen, ein behaartes menschenähnliches Wesen mit abnorm großen Füßen. Die Bildlegende war kryptisch: »Stärke und Widerstandskraft des Bohnenriesen ist gleich der Anzahl an Ländern, die du kontrollierst.« Ich fragte ihn, ob der Riese stark sei, und er antwortete, ziemlich. Als ich ihm dankte, legte er Wert darauf zu betonen, dass er diese Karte doppelt hatte.

Ich behielt den Bohnenriesen zehn Jahre lang bei mir, in einem inneren Fach des Geldbeutels, bis in einem Restaurant im Esquilino ein Taschendieb auf einem Scooter mir vor der Nase Geldbeutel und Handy klaute. Ich hatte sie unvorsichtigerweise an den Tischrand gelegt. Als ich die EC-Karte gesperrt und eine neue beantragt hatte, als ich mir eine Sim-Card mit derselben Telefonnummer wie vorher zugelegt und auf dem neuen Handy mühsam alle Einmalcode-Generatoren wieder eingerichtet hatte, wurde mir klar, dass der Bohnenriese der einzige unwiederbringliche Verlust war. Wenn ich den Dieb um einen Gefallen hätte bitten können, hätte ich ihn gebeten, mir die Karte wiederzugeben. Mehrmals war ich drauf und dran, Eugenio davon zu erzählen, aber er wusste nicht einmal, dass ich sie noch hatte. Vermutlich erinnerte er sich gar nicht an die Existenz des Riesen. Er hätte das pathetisch gefunden.

Um seine Abreise in die USA zu feiern, lud ich ihn zum Radiohead-Konzert in Florenz ein, mit einem zusätzlichen Ticket für jemanden seiner Wahl. Mir war klar, dass Radiohead mehr ein Tribut an meine als an seine siebzehn Jahre waren, aber Eugenio hatte sie, unfreiwilligerweise, ausgiebig gehört, und dann war da das stets akute Thema, diese Beziehung, die keiner von uns gewählt hatte, zu konsolidieren, indem man gemeinsam Dinge unternahm. Außerdem hatte ich niemanden gefunden, mit dem ich hätte hingehen können.

Am Ende lud er eine Schulfreundin ein, Sara. Im Auto sprachen sie kaum. Ich dachte, dass, wenn ich mich an seiner Stelle befunden hätte, das heißt siebzehnjährig mit meinem

Stiefvater und einer Freundin im Auto, ich mich verantwortlich für sie gefühlt hätte und die ganze Zeit über auf Nadeln gesessen hätte. Eugenio und Sara dagegen schienen überhaupt keinen verhaltensmäßigen Druck zu verspüren, sie richteten immer mal wieder das Wort aneinander, und abwechselnd isolierten sie sich unter den Kopfhörern.

Ich war etwas aus der Übung mit Konzerten und hatte darauf bestanden, sehr viel früher loszufahren, mit dem Ergebnis, dass wir fast die Ersten waren und in der prallen Mittagssonne durch die von den Absperrungen gebildeten Korridore liefen. Die Hitze war unerträglich. Eugenio und Sara streckten sich seelenruhig auf dem vergilbten Gras aus. Ich fühlte die Angst vor den Stunden in mir aufsteigen, die wir dort würden warten müssen, und zog in Erwägung, hinauszugehen, mit ihnen das Zentrum von Florenz zu besichtigen, wenigstens Santa Croce und das Baptisterium. Aber der Fußweg vom Parkplatz und das Durchlaufen der Sicherheitskontrollen waren zermürbend gewesen, und ich verzichtete darauf.

Eugenio und Sara entfernten sich in Richtung der Essensstände. Innerhalb der Arena herrschte ein geschlossenes ökonomisches System, das auf dem Erwerb von Tokens basierte. Erst nachdem man Geld in Tokens umgetauscht hatte, konnte man Essen, Getränke, Merchandise-Artikel kaufen. Den Grund dafür kannte ich nicht, ob es sich um einen der Geniestreiche von Radiohead handelte oder ob die Tokens nur dazu dienten, dass die Leute mehr Geld ausgaben; aus übertriebenem Eifer Eugenio und seiner Freundin gegenüber kaufte ich eine Unmenge davon, so viele, dass ich im Abstand von Jahren noch immer welche im Auto finde, unter den Fußmatten oder eingeklemmt zwischen den Sitzen.

Veraltete, nutzlose Plastikmünzen, Fundstücke, die von einer nahen, jedoch abgeschlossenen Epoche zeugen.

Als das Publikum hereinzuströmen begann, standen wir auf, die Leute drängten sich vor allem vor der Bühne. Mit einer gewissen Genugtuung stellte ich fest, dass Eugenio zufrieden schien. Mehr noch, er war aufgeregt, und Sara ebenso. Sie waren noch nie auf einem derart großen Konzert gewesen.

Der Support-Act hatte noch nicht angefangen, als ich mich nach hinten umdrehte, zu der grenzenlosen Fläche, die zuvor leer gewesen war. Jetzt war hinter uns ein Teppich aus Köpfen. Mehr als sie mir vorzustellen, *sah* ich eine Bombe explodieren. Mir wurde klar, dass wir von dort, wo wir uns befanden, keinen Ausweg haben würden. Wir würden eingekeilt sein, von der Menge mitgerissen, gegen die Absperrungen gedrängt. Ich sagte zu Eugenio, es sei besser, ein wenig zur Seite zu gehen, sich auf das Mischpult zuzubewegen, jedenfalls raus aus dem Gedränge, und er machte ein ungläubiges Gesicht: Wir haben doch extra die ganzen Stunden gewartet. Er schlug mir vor, ich sollte gehen, wenn ich wolle, und wir würden uns am Schluss wieder treffen.

Unterdessen war James Blake auf die Bühne gekommen, und das Publikum war noch mehr zusammengerückt. Ich konnte nicht weggehen, ich konnte sie nicht verlassen. Die Musik setzte ein, und die Körper ringsum begannen sich zu bewegen, hin und her zu schaukeln. Ich erlitt all diese Stöße, plötzlich steif geworden, ohne das Lied zu erkennen, dafür konzentriert auf ein anderes Geräusch, einen Donner, der aus meinen inneren Organen zu kommen schien und von dem ich sagen würde, es war der Klang der Angst. Ich war umgeben von der Euphorie des Konzerts und zugleich von einem Panorama der Stille und der Zerstörung, in das sich das Konzert im Nu verwandeln könnte, als ob die Grenze zwischen der aktuellen Realität und einer anderen, möglichen, hauchdünn geworden wäre.

Das Gefühl der Entfremdung hielt höchstens ein paar Minuten an, vielleicht weniger, eine Handvoll Sekunden, dann verschwand es. Aber es war da gewesen, und ein Nachklang davon blieb das ganze Konzert über, und auch danach noch, auf der dunklen Autobahn mit Sara und Eugenio hinten im Auto, schlafend wie zwei Kinder. Es war wirklich sehr traurig, was mit dem Terror auf der Welt geschah.

»Es war wirklich sehr traurig, was mit dem Terror auf der Welt geschah«, der Satz ist nicht von mir. Donald Trump hatte ihn Anfang dieses Monats gesagt. Ein paar Stunden vor seiner Rede war ein Mann mit einem Sturmgewehr und Benzin in eine Spielbank von Manila eingedrungen. Er hatte wild um sich geschossen, dann hatte er die Spieltische, die Sessel, die Slotmachines und den Teppichboden mit Benzin übergossen und alles in Brand gesteckt. Die Zerstörung war so verheerend, dass es in den fieberhaften Stunden nach dem Attentat hieß, es seien mehrere Männer ins Resorts World Manila eingedrungen, doch so war es nicht, es war ein einziger: Jessie Javier Carlos. Insgesamt gab es achtunddreißig Tote, vor allem durch das Gedränge und die Rauchvergiftung, darunter auch Carlos selbst. Auf dem letzten Foto als Lebender sieht man ihn mit unverhülltem Gesicht auf den Stufen des Gebäudes sitzen, das im Erdgeschoss brennt. Er trägt eine schwarze Mütze und sieht benommen aus, als würde er sich ausruhen.

Das Attentat geschah am 2. Juni, in den USA war noch der vorherige Tag, der 1. Juni, als Donald Trump den Anschlag von Manila auf der Pressekonferenz im Rose Garden erwähnte. Vergleicht man die Daten, hat man den Eindruck einer seltsamen zeitlichen Inversion, als ob Trump von etwas reden würde, was erst noch geschehen muss. In Wirklichkeit handelt es sich um eine banale Zeitdifferenz zwischen Manila und Washington. Feierlich, aber doch kurz angebunden, erklärte Trump sich für wirklich sehr traurig darüber, was mit dem Terror auf der Welt geschah. Und ging zum nächsten Thema über.

Andererseits war er nicht da, um von Attentaten und den Philippinen zu reden, sondern um die Entscheidung bekanntzugeben, dass die USA sich aus den Klimavereinbarungen des COP 21 von Paris zurückziehen werden, die sein Vorgänger Barack Obama unterzeichnet hatte. Die Abneigung Trumps gegenüber der Umweltpolitik war keine Überraschung, aber diese Ankündigung kam wie ein Schock. Trump legte eine besondere Betonung auf *withdraw*, sich zurückziehen: Die Vereinigten Staaten ziehen sich aus dem Pariser Abkommen über den Klimawandel zurück, und sogleich gab es Applaus vom Publikum. Der Präsident setzte ein paar unverbindliche Sätze über die Möglichkeit hinzu, ein neues Abkommen auszuhandeln, um dann noch brutaler zu untermauern: *So we're getting out*, wir gehen raus.

Ich bekam einen Anruf von der Zeitung, man bat mich um einen Kommentar, da ich als Korrespondent bei der COP 21 gewesen war. Ich wusste, dass ich mich, wenn ich einen Artikel schriebe, vom Pessimismus überwältigen lassen würde. Ohne die Vereinigten Staaten gab es keine Aussicht auf Drosselung der Erderwärmung. Nicht nur, weil sie für ein Fünftel der gesamten Emissionen verantwortlich waren, sondern weil die Rede Trumps etwas zeigte, was jeder, der sich mit der Klimakrise beschäftigte, auch wenn er es wusste, auf dem Grunde seines Herzens verborgen hielt:

Die große kollektive Anstrengung, unseren ökologischen Abdruck auf unseren Planeten zu verringern, war ein verzweifeltes Unterfangen. Die Verpflichtung eines jeden Landes konnte in jedem Moment aufgekündigt werden, wie es ja auch gerade geschehen war.

Aber es war nicht angebracht, solche Fantasien vom Scheitern in einem Artikel zu unterstützen. Also schlug ich der Vizedirektorin des *Corriere* ein Interview vor. Ich kannte jemanden, einen italienischen, in Frankreich recht bekannten Klimaforscher, der sicherlich interessantere Perspektiven aufzeigen konnte als ich.

Das Interview mit Novelli erschien am nächsten Morgen, und es begann mit einem lapidaren Zitat: »Daten lügen nicht. Das tun bisweilen Menschen. Aber die Daten nicht, sie sind, was sie sind, und basta. Legt mir genaue Messungen vor, dann kann ich euch die Wahrheit über die Welt sagen.«

Der Vorwurf der Lüge bezog sich natürlich auf Donald Trump und jene, die ihm auf der Pressekonferenz applaudiert hatten, aber es war klar, dass Novelli eine wesentlich größere Gruppe unter die Lügner einreihen wollte, im Grunde einen ganzen Teil der Menschheit. Im Laufe unserer Unterhaltung spielte er mehrfach auf populistische Strömungen mit ihren wissenschaftsfeindlichen Thesen an, die seit Jahren in Europa immer mehr Zulauf fanden, vor allem in Italien. Er wurde so explizit, dass ich mich bei der Überarbeitung genötigt sah, den Ton hier und da abzumildern und einige Sätze ganz wegzulassen. Ich hatte aber auch nur fünfzig Zeilen zur Verfügung, während unser Gespräch auf Skype über eine Stunde gedauert hatte.

Ich untersuche die Wolken, sagte Novelli zu mir, die Art, wie sie sich bilden, wie sie wandern und wie sie das Klima beeinflussen. Gut, Sie wissen vielleicht, dass wir in Italien vierzehn parlamentarische Befragungen zu den Chemikalien in den Kondensstreifen gehabt haben? Vierzehn. Das heißt, vierzehn Mal ist einer unserer Abgeordneten aufgestanden, um die Annahme zu erörtern, dass Linienflugzeuge mysteriöse Substanzen ausstoßen, die dazu dienen sollen, die Kontrolle über unseren Geist zu erlangen.

Hingegen?

Was hingegen?

Was sind die Streifen am Himmel, die wir beim Vorbeiflug von Flugzeugen sehen?

Kondensation. Warme Luft, die schnell abkühlt. Da gibt es kein Geheimnis. [Und stellen Sie mir keine Fragen, deren Antwort Sie bereits kennen.]

Der Satz in Klammern ist unter denen, die ich nicht wiedergegeben habe, erscheint aber in der Transkription, die ich aufbewahre.

Ich weiß nicht, ob Sie den Artikel in *Esquire* gelesen haben, sagte Novelli, eine Studie über die psychische Verfassung der Klimaforscher. Wie mich. Praktisch kommt dabei heraus, dass wir zur Kategorie von Wissenschaftlern gehören, die am meisten unter Depressionen und verschiedenen Gemütserkrankungen leiden. Was für eine Neuigkeit. Prätraumatisches Stresssyndrom nennen die Psychologen das. Oder Kassandra-Syndrom. Das ist das, was du erlebst, wenn auf dem Bildschirm eine Grafik erscheint und du in dieser Grafik die Zukunft siehst. Und es ist das, was dir passiert, wenn du versuchst, diese Informationen an die Außenwelt weiterzugeben, an die Bürger, die Presse, die Entscheidungsträger. Wenn Sie von mir eine treffende Definition der Epoche wollen, in der wir leben, dann ist es die: eine prätraumatische Zeit.

Und wie sieht es heute aus?

Heute ist ein schlechter Tag. Von denen, die man im Kalender mit einem dunklen Punkt markiert. Keinem schwarzen. Es gibt schwärzere Tage als heute. Denn heute ist da diese allgemeine Trauer, die die Einsamkeit lindert.

Novelli erläuterte mir die Daten des vorherigen Jahres, diese Daten, die seiner Ansicht nach nicht lügen. Die beunruhigendsten betrafen die Meere, auch wenn an die Meere nie jemand denkt. Und doch war es dort, wo man den Klimawandel am eklatantesten sah. Die Gewässer im Golf von Alaska hatten sich so weit erwärmt, dass es zu einer außergewöhnlichen Verbreitung giftiger Algen kam. Haben Sie zufällig davon gehört? Na eben.

Unterdessen hatte Kalifornien insgesamt über siebentausend Brände zu vermelden, mit dem Verlust von sechsundzwanzig Millionen Bäumen und geschätzten Schäden von einer halben Milliarde Dollar. In China war in der Region Wuhan eine absolut ungewöhnliche Menge Regen gefallen, auch wenn man die durch El Niño verursachten Fluktuationen berücksichtigte. (Nach Beendigung des Interviews schaute ich mir auf Google Maps die genaue Lage von Wuhan an und vergewisserte mich über die richtige Schreibweise, das erscheint jetzt lächerlich, aber so war es.)

Das sind die Daten, sagte Novelli. Dann sind da die Menschen mit all ihren Lügen.

Hinter ihm erkannte ich die Wohnung, in der ich gewesen war. Ich fragte ihn, an was für eine Welt wir uns würden gewöhnen müssen, und er antwortete etwas ungeduldig: Eine Welt, wie ich sie Ihnen eben beschrieben habe. Wo man auf der einen Seite verdurstet und auf der anderen Seite ertrinkt. Sind Sie mit dem Begriff des Graduellen vertraut?

Nicht sehr, fürchte ich.

Unser aller Geist geht graduell vor: Wenn die Dinge immer in einer bestimmten Weise funktioniert haben, warum sollten sie sich ausgerechnet jetzt verändern? Die Menschheit bewohnt diesen Planeten seit zweihunderttausend Jahren, ist es möglich, dass alles jetzt, da ich lebe, zusammenbrechen sollte? Das erscheint tatsächlich unwahrscheinlich. Sogar die Wissenschaftler neigen zu dieser Denkweise, in der Tat hatten es die großen Katastrophen wie das Aussterben der Dinosaurier immer schwer, ernst genommen zu werden. Und dabei stellt sich heraus, dass wir in genau der Epoche leben, in der sich alles ändert. Und zwar drastisch. Genau uns stößt das zu. Die Phänomene, die wir in den kommenden Jahren beobachten, werden immer extremer werden. Je eher man das akzeptiert, desto besser für alle.

Elon Musk, sagte ich, hat sich aus einer Reihe von Initiativen, an denen er teilnahm, zurückgezogen, aus Protest gegen die Entscheidung Trumps. Novelli machte eine Grimasse in Richtung Webcam. Hören Sie mir mit Elon Musk auf. Die Elon Musks sind kein Beweis. Sie werden nicht wirklich leiden. Sie rüsten sich schon für die Zeit der Katastrophe. Sie bauen Bunker und Raumschiffe, sie bewaffnen sich und kaufen Land, wohin sie fliehen und wo sie in Sicherheit leben können.

Wo würden Sie Land kaufen? Um sich zu retten, meine ich. Ich würde so etwas nie tun.

Aber wenn Sie wirklich müssten. Im Fall der Apokalypse.

Novelli dachte ein paar Sekunden lang nach, dann sagte er: In Tasmanien. Es ist südlich genug, um nicht unter extremen Temperaturen zu leiden. Es hat reichlich Süßwasserreserven, wird demokratisch regiert, und es leben dort keine

Fressfeinde des Menschen. Es ist nicht zu klein, ist aber jedenfalls eine Insel, also leicht zu verteidigen. Denn man wird sich verteidigen müssen, glauben Sie mir.

Mit mehr Überzeugung setzte er hinzu, wenn ich gezwungen wäre, mich zu retten, würde ich Tasmanien wählen.

Am nächsten Tag rief er mich an, um sich über den Titel zu beschweren: *Trumps Amerika verdammt uns*. Seiner Ansicht war er defätistisch und räumte den Vereinigten Staaten zu viel Gewicht ein. Er weigerte sich zu glauben, dass ich diesbezüglich keinen Einfluss hätte. In etwas widersprüchlicher Weise spielte er auf die Tatsache an, dass ich gewisse Aussagen von ihm abgemildert hatte. Aber nach diesem kurzen Ausbruch, der mir vor allem ein Vorwand schien, um gemeinsam das Ergebnis zu kommentieren, beruhigte er sich und räumte sogar ein, dass das Interview im Großen und Ganzen nicht schlecht war. Sein Porträt, das einen Gutteil der Seite einnahm, befriedigte ihn in besonderem Maß.

Im Lauf dieses Telefonats gingen wir endlich zum Du über. Und von diesem Tag an intensivierte sich unser Kontakt über die Distanz hinweg, bis er sehr engmaschig wurde. Mails, SMS und nicht so selten Telefonanrufe, denn Novelli telefonierte gern. Er rief mich zu den seltsamsten Zeiten an und ohne erkennbaren Grund, er tat nicht einmal so, als gäbe es einen, sondern erklärte ganz offen, dass er Lust hatte zu plaudern. Ich glaube, ich habe mir von Anfang an gewünscht, sein Freund zu sein, seit unserer ersten Begegnung in der Rue Monge. Und ich glaube, auch Novelli war hinter seiner abweisenden Fassade auf der Suche nach Gesellschaft. Anders ließen sich die sehr raschen Fortschritte in unserer Beziehung nicht erklären.

An ihm zog mich im weitesten Sinn die Intelligenz an, oder besser, die Strenge, mit der er die Intelligenz einsetzte. Aber es war nicht nur das. Er gefiel mir aus einem Grund, der über den Gedankenaustausch hinausging, über die gemeinsamen Wurzeln in der Physik und die geteilte Sorge über die Erderwärmung. Seine Physis hatte viel damit zu tun. Meistens wird in Männerfreundschaften die körperliche Komponente unterschätzt, aber in einigen meiner Männerfreundschaften spielte sie eine zentrale Rolle. Novelli machte da keine Ausnahme: das runde Gesicht, die glänzenden dunklen Augen, der nicht eigentlich dicke, aber doch füllige Rumpf, betont auch durch die enganliegenden Hemden, die er gern trug. Er befasste sich mit Wolken, schien aber wesentlich mehr Bodenhaftung zu haben als ich, und das vermittelte mir ein Gefühl von Konkretheit, in einem Moment, da ich ganz offensichtlich das Bedürfnis danach verspürte.

Aber unsere Annäherung wurde auch durch andere Umstände gefördert: In diesem Frühjahr waren Lorenza und ich plötzlich allein. Alma und Fabrizio, die einzigen gemeinsamen Freunde, die uns durch die Jahre hindurch geblieben waren – am Abend des Bataclan saßen wir mit ihnen zusammen wie an zahllosen anderen Abenden, die sich in der Erinnerung überlagern –, waren auf einmal aus unserem Leben verschwunden, ein Gefühl von Ungläubigkeit und Demütigung hinterlassend.

Ich kann versuchen, möglichst akkurat zusammenzufassen, wie das geschehen war, in dem Bewusstsein jedoch, dass es sich nur um eine Annäherung handelt, denn dieser Bruch hat zu zahllosen Vermutungen und zermürbenden Gesprächen zwischen Lorenza und mir geführt, viele davon bis tief in die Nacht und alle ins Leere laufend, Gespräche, die zweifellos die Wahrheit verfälscht haben.

Zwei Jahre zuvor hatte Lorenza ein kleines Erbe von ihrer Taufpatin bekommen. Keine schwindelerregende Summe, aber genug, um sich zu fragen, was man am besten damit anstellte. Am Ende vertraute sie das Geld Fabrizio an, der in einer Bank arbeitete. Eine völlig natürliche Entscheidung, so sehr, dass ich an dem Abend, als sie es mir gegenüber erwähnte, nichts einzuwenden hatte. In der Tat überflog ich den Investmentplan, den er ihr geschickt hatte, nur flüchtig, da ich nicht sah, was ich dazu hinzufügen könnte.

Das Geld blieb einige Monate liegen, offiziell, um Zinsen zu generieren, und wenn mit der Post Depotauszüge kamen, nahm ich sie nicht wahr, aber ich glaube, es kamen keine. Lorenza hatte es in gewisser Weise vergessen, bis die Vorbereitungen für Eugenios Auslandsjahr es nötig machten, einen Teil davon abzuheben. Sie bat Alma, Fabrizio gegenüber die Abhebung zu erwähnen.

Nachdem sie ihr versichert hatte, dass sie mit ihm reden würde, antwortete Alma nicht mehr. In all den Jahren war das nie vorgekommen. Sie schickte Lorenza lakonische Entschuldigungsbotschaften, offenbar war sie sehr beschäftigt, dann blieben auch die aus. Lorenza versuchte mehrmals am Tag, sie zu erreichen, immer verwirrter, bis sie mich bat, an Fabrizio zu schreiben, um zu erfahren, ob etwas passiert war. Er antwortete mir, in der Tat, es drehe sich um Almas Gesundheit: Auch wenn er das Wort Krebs nicht aussprach, ließ er wenig Zweifel daran.

Ich sehe Lorenza vor mir, als wäre es heute, in der Küche sitzend und schockiert von der Tatsache, dass Alma ihr gegenüber so zurückhaltend gewesen war, ebenso wie von der Nachricht an sich. Es kam ihr gar nicht in den Sinn, auf die Frage des investierten Geldes zurückzukommen. Vorerst würde sie ihren Vater um einen Kredit bitten, auch wenn das das Letzte war, was sie gern tat.

Ein paar Tage später verreiste ich, ich weiß nicht mehr wohin. Während ich weg war, postete Alma ein Foto auf Facebook, ein Foto, das Lorenza zufällig entdeckte und auf dem Alma auswärts beim Abendessen war und bestens in Form schien. Lorenza versuchte sie zu erreichen, um Erklärungen zu bekommen, aber erneut verweigerte sich Alma. Lorenza konnte ihr jetzt auch nicht mehr auf WhatsApp schreiben oder sie über Social Media kontaktieren, als ob Alma sie blockiert hätte (hatte sie in der Tat).

Der Verdacht, den wir beide unterschwellig in uns trugen, wurde schließlich manifest. Eines Morgens ging Lorenza persönlich zur Bank. Sie musste lange warten, bis sie von Fabrizio empfangen wurde. Später erzählte sie mir, dass sie ihn in seinem würfelförmigen Büro sah, sehr beschäftigt mit wer weiß was, wobei er nicht derart beschäftigt wirkte, um sie nach einer halben Stunde, einer Stunde und nach anderthalb Stunden immer noch zu ignorieren. In all dieser Zeit hatte er gerade mal ein verlegenes Lächeln für sie übrig. Als Lorenza vor ihm Platz nahm, erwartete sie nur noch die Bestätigung dessen, was sie mittlerweile wusste, und das Ausmaß. Das Gespräch war sehr kurz. Fabrizio druckte ihr eine Grafik aus, auf der man die Bewegungen des Fonds in den letzten Monaten sah, das Guthaben am Ende, praktisch gleich null. Als wir das Papier später gemeinsam durchgingen, sollten wir sehen, wie viele nie abgesprochene oder absolut unsinnige Operationen Fabrizio vorgenommen hatte, ausgestattet mit der Vollmacht, die ihm erteilt worden war.

Lorenza überwies die übrig gebliebenen wenigen tausend Euro auf Eugenios Prepaid Card, als wollte sie das Geld keinen Moment länger auf diesem Konto lassen. Dann machte sie sich auf die Suche nach Alma. Sie passte sie eines Nachmittags vor ihrem Haus ab. Von dem, was während ihres Treffens geschah, hat sie mir nie etwas erzählt, aber in den folgenden Tagen war sie schweigsam wie nie, verlor laufend Gegenstände und verletzte sich aus Unachtsamkeit.

Eine der Konsequenzen des Verschwindens von Alma und Fabrizio war, dass wir keine Pläne mehr für den Sommer hatten. Sonst hätten wir wahrscheinlich nicht in Erwägung gezogen, die Ferien mit Novelli und seiner Familie zu verbringen, die Lorenza überhaupt nicht kannte. Aber es stellte sich heraus, dass sie in einer Ferienanlage in Sardinien etwas angemietet hatten, das Haus hatte direkten Zugang zum Meer und ein weiteres Doppelzimmer. Warum also nicht?, schrieb Novelli mir. Ja, warum nicht, schlug ich Lorenza vor. Sie wollten nicht einmal, dass wir uns an den Kosten beteiligten. Sie stimmte fast sofort zu. Als ich sie darauf aufmerksam machte, dass es zu leicht gewesen war, sie zu überzeugen, antwortete sie mir: Seien wir ehrlich, in diesem Moment haben wir nicht viel Lust, miteinander allein zu sein, du und ich.

Das Haus in Sardinien war Teil einer Wohnanlage, die man über eine Privatstraße erreichte, versehen mit einem Wächter, der dich jedes Mal aufmerksam musterte, bevor er die Schranke hob. Sie stammte, so Novelli, aus der goldenen Epoche der Bauspekulation, als es in Italien kein Halten gab und praktisch alles erlaubt war, einschließlich schauerliche Häuser direkt am Strand zu bauen. Umso besser für uns, schloss er, befriedigt den Meereshorizont betrachtend, die Arme auf den Rücken gelegt, die Daumen in den Gummizug der Shorts gesteckt.

Das Haus war nicht besonders, Tür- und Fensterrahmen waren aus Aluminium und die Einrichtung billig. Auch Klimaanlage war keine da, nach Aussage der Eigentümer aus Respekt vor der ursprünglichen Struktur, nach Aussage Novellis aus purem Geiz. Aber das Drumherum war fantastisch, und die meiste Zeit verbrachten wir draußen. Ein Kiesweg schlängelte sich durch einen Kakteengarten, beherrscht von einer enormen, fleischigen Agave, die ihre sehr hohe Blüte zum Himmel reckte. Folgte man dem Weg, gelangte man an eine kleine Bucht. Vom Ufer aus war sie schwer zu erreichen, nur ein paar unerschrockene Pärchen kamen dahin, also hatten wir sie die meiste Zeit für uns. Auf dem Meeresgrund, den ich in diesen Tagen mit Taucherbrille und unter Anleitung Novellis Meter für Meter erkundete, gab es Krakenhöhlen, Anemonen und Seeigel und intakte, mindestens eine Handbreit hohe violette Korallen.

Morgens war ich der Erste, der aufstand. Ich ging allein zum Strand. Das Meer war glatt, und ich nahm mir vor, weit hinauszuschwimmen, aber meist machte ich nur den Toten Mann. Wenn ich zum Haus zurückkam, liefen Novellis Kinder ein wenig desorientiert herum, suchten nach etwas Essbarem, zerrten Tüten mit Keksen aus dem Küchenschrank und ließen sie an den unmöglichsten Stellen liegen. Manchmal ging ich zurück ins Bett zu Lorenza, die zu dem Zeitpunkt wach war, aber zögerte, das Zimmer zu verlassen. Auf den Laken war immer ein Geriesel von Sand, vor allem bei den Füßen, und beide waren wir froh, dass es unmöglich war, miteinander zu schlafen, die anderen Zimmer waren so dicht an unserem.

Amüsierst du dich nicht?, drang ich in sie.

Es ist schön hier.

Du amüsierst dich nicht. Aber wir haben jahrelang die Ferien mit Alma und Fabrizio verbracht.

Und was soll das heißen?

Nichts. Aber du könntest dir etwas mehr Mühe geben.

Hast du dir mit Alma und Fabrizio Mühe gegeben?

Es waren mehr deine als meine Freunde.

Ich wusste nicht, dass du das so siehst. Das hättest du mir sagen müssen.

Jeden Tag telefonierten Novelli und ich, um auf Jachten hinzuweisen, die zu nah an die Küste herankamen, auch wenn die Küstenwache nie erschien. Am späteren Vormittag fuhren wir zum Einkaufen nach San Teodoro, wir kauften Gemüse und einheimische Süßspeisen mit Ricotta, die letztlich niemand aß. Dann stellten wir uns in der Fischhalle an. Als Ligurer hatte Novelli solide Kenntnisse in Sachen Fisch, er diskutierte und feilschte manchmal mit übertriebenem Nachdruck, als wollte er es mir beibringen, der ich die DNA des Supermarktkäufers habe. Beim Rausgehen wiederholte er: Siehst du? All das kannst du in Frankreich vergessen.

Seine Haltung gegenüber Italien war ambivalent. Er wechselte zwischen einem Gefühl der Überlegenheit, dem Zurschaustellenwollen, dass er in einer funkelnden und kosmopolitischen Stadt wie Paris lebte, und Äußerungen einer fast kindlichen Nostalgie. Im Gegensatz dazu war Carolina sehr explizit in ihrer Unduldsamkeit gegenüber Frankreich. Sie äffte die Pariser nach, mit all ihren Oh-là-là und Ah-bon und Voilà und Hop!, sie bezeichnete sie kurz und bündig als elitär und faul. Eines Abends, als wir auf der Terrasse aßen, verlor Lorenza die Geduld. Das sind doch bloß Vorurteile, sagte sie. Ich versichere dir, sie sind so. Und ich versichere dir, dass das nicht stimmt.

Der Schlagabtausch ging in diesem Ton weiter und wäre aus dem Ruder gelaufen, wenn Novelli nicht eines seiner Wortspiele angebracht und gerade noch rechtzeitig das Thema gewechselt hätte.

Er und ich nahmen die Gewohnheit an, ein letztes Mal nachts baden zu gehen, wenn alle schon schliefen. Im Vergleich mit der abgekühlten Luft schien das Wasser lauwarm, und man hielt es lange darin aus. In dieser Ruhe haben wir einige unserer konzentriertesten Gespräche geführt. Um die Wahrheit zu sagen, beschränkte ich mich die meiste Zeit darauf, ihm zuzuhören: Novelli war mehr der Typ Antworten statt Fragen, und ich umgekehrt. Die Nacht, in der wir den Streit abwendeten, gab es im Süden der Bucht einen Brand, er zeichnete eine rote Wunde in die dunkle Silhouette des Gebirges.

Ich glaube, Carolina ist fertig mit Paris, sagte Novelli ein wenig düster. Sie regt sich so sehr auf über die Franzosen, aber eigentlich hat sie dort einfach nur keine Beschäftigung gefunden. Jetzt ist sie darauf fixiert.

Fixiert worauf?

Er fuhr sich mit den nassen Händen über den Kopf, um die Haare zu glätten. Auf die Idee zu arbeiten. Wir brauchen kein zweites Gehalt. Wir schwimmen zwar nicht im Geld, aber wir kommen zurecht.

Würdest du dich ohne Arbeit verwirklicht fühlen?

Was hat das damit zu tun? Das ist nicht symmetrisch. Und außerdem war ihr das immer recht so. Carolina hat nie eine, sagen wir mal, besonders starke Berufung verspürt.

Er sagte das mit einer Härte, die mich überraschte. Dann setzte er hinzu: Im Übrigen gehen wir im nächsten Winter zurück nach Italien. Das ist beschlossene Sache.

Es würde eine Ausschreibung für eine Professorenstelle geben, in Genua, seiner Heimatstadt. Sie war für externe Kandidaten vorgesehen, aber praktisch wurde sie für ihn ausgeschrieben. Das will ich sehen, sagte er, bei den Fördermitteln, die ich mitbringe.

Ein Weilchen betrachteten wir das Leuchten des Brands an der Küste. Die Canadairs flogen unaufhörlich hin und her, schütteten Salzwasser in die Flammen. Sie schienen nicht sehr effektiv.

Wäre es nicht ein Drama, sagte Novelli, müsste man zugeben, dass es ein unglaubliches Spektakel ist.

In der zweiten Woche blieb Lorenza für sich. Sie las viel in einer abgelegenen Ecke am Strand, oder sie hielt sich im Zimmer auf. Bei den Mahlzeiten, wenn es unausweichlich war, dass wir alle zusammenkamen, sprach sie fast nicht. Das Ausmaß von Unverträglichkeit zwischen ihr und Carolina war eklatant. Ich bemerkte, dass es mir nicht leichtfiel, für sie Partei zu ergreifen, obwohl viele gute Gründe für sie sprachen. Es stimmte, dass Carolinas Heftigkeit ärgerlich war, und es war auch wahr, dass Novelli die Unterhaltung fast immer dominierte: Wenn er nicht sehr interessiert war an dem, was ich ihm zu sagen hatte, waren ihm Lorenzas Meinungen völlig egal. Aber das war noch lange kein Grund, so zu reagieren.

Ich benehme mich doch, sagte sie eines Abends im Zimmer zu mir, als ich versuchte, das Problem wieder einmal anzusprechen. Ich bedeutete ihr, sie solle die Stimme senken, und sie wiederholte leiser: Ich benehme mich doch gut, wie um zu unterstreichen, dass es dem wirklich nichts weiter hinzuzufügen gab.

Aber am vorletzten Tag mieteten wir ein Boot, ein Motorboot, auf dem wir auch zu sechst bequem Platz hatten und das Novelli lenken konnte, weil er den Bootsführerschein hatte. Wir umrundeten die Insel Tavolara und machten ein paar Stunden Halt in einer Bucht, wo das Wasser karibisch blau war. Novelli fischte mit einem Messerchen nach Austern, auch wenn das verboten war. Er würzte eine mit Zitronensaft für Lorenza, die sie ihm aus der Hand schlürfte. Ihre Laune hatte sich gebessert.

Wir aßen rohe Garnelen und tranken Weißwein auf dem Boot, während die Kinder mit Taucherbrillen drum herum schwammen. Als wir zurückkamen, war es fast Abend und wir waren euphorisch. Wir machten noch mehr Wein auf und blieben bis spät, bis zur Dunkelheit, auf der Terrasse, weil niemand die Kraft hatte, sich vom Sessel zu erheben und den Lichtschalter zu betätigen. Ich schlug vor, an den Strand hinunterzugehen, es war der letzte Abend, und es war absolut windstill. Lorenza war unentschlossen, aber es lief alles so gut, an diesem Punkt wollte sie nicht die Stimmung verderben. Sie sagte, ich gehe meinen Badeanzug anziehen, aber wir hielten sie zurück: Das würde uns den Schwung nehmen.

Torkelnd brachen wir auf, erleuchteten den Weg zwischen den Steinen mit den Handytaschenlampen. Ich glaube, es schien kein Mond, oder ich erinnere mich jedenfalls an komplette Finsternis, denn als ich vom Strand aus den Lichtkegel zum Meer hin richtete, nur einen Augenblick lang, erschien Carolinas nackte Gestalt, bis zu den Knien im Wasser. Auch Lorenza muss sie gesehen haben, sie muss das nur leicht dunklere Dreieck ihrer Scham gesehen haben, und vielleicht verspürte sie dasselbe wie ich, nämlich dass Carolina uns erwartete. Ich weiß nicht, ob es das war, was sie zurückhielt, Tatsache ist, dass sie sagte: Ich gehe nicht ins Wasser.

Novelli war schon unterwegs zu seiner Frau, ich hörte das Schwappen seiner Schritte im Wasser und sah flüchtig seine weißen Pobacken wie schwebende Bälle. Jetzt waren wir schon mal hier, nicht ins Wasser zu gehen, wäre unhöflich gewesen. Bitte, sagte ich. Geh du, sagte Lorenza mit plötzlicher Müdigkeit in der Stimme. Ich ging zu ihr hin und flüsterte bitte, und in diesem Moment sagte sie den Satz, an den ich zukünftig noch oft denken würde: Es tut mir leid für dich.

Was tut dir leid?

Es tut mir leid für dich, wiederholte sie. Aber du hast noch Zeit. Du kannst gehen. Ja, du solltest gehen. Die Gelegenheit nutzen.

Ich konnte ihr nicht nein sagen, sagen, dass ich nichts dergleichen tun wollte. Novelli und Carolina erwarteten uns, und es kann sein, dass mich das mehr sorgte. Gib mir das Handy, ich nehme es für dich. Sie richtete die Taschenlampe auf einen seitlichen Punkt an dem Strand, wo sie niemanden erleuchtete, nur einen leblosen Felsvorsprung.

Ich zog mich aus. Carolina rief, wir sollten uns beeilen, sie musste etwas weiter hinausgeschwommen sein. In ein paar Zügen war ich bei ihnen.

Und Lorenza?, fragte Novelli im Wasser.

Ihr ist kalt.

Schade! Doch das schien ihm nicht besonders wichtig zu sein. Carolina sagte: Schaut nach oben, es ist fantastisch! Ich jedoch wandte mich dem Strand zu, wo Lorenzas Gestalt nur zu erahnen war, weil sie in der Zwischenzeit das Licht ausgemacht hatte. Oder vielleicht, dachte ich, war sie schon gar nicht mehr dort, war sie allein den Weg hinaufgegangen bis zum Haus.

Auf meinem Handy habe ich Fotos von diesen Tagen in Sardinien: wir vier gemeinsam auf der Terrasse / Carolina, die über etwas lacht, das Bein auf einen Stuhl gestellt und eine Zigarette zwischen den Fingern / Novelli, der mit Lorenza in einem Ruderboot davonfährt (ein Stich völlig irrationaler Eifersucht, als sie hinter den Felsen verschwanden und erst eine halbe Stunde später wieder auftauchten) / die Kinder, bewehrt mit Wasserpistolen / noch einmal Lorenza, auf dem Bug des Motorboots liegend. Auf den Fotos sieht alles glücklicher aus, als ich es in Erinnerung habe.

So kann ich den Sommer 2017 in weniger als einer Minute an mir vorbeiziehen lassen, indem ich nur den Daumen bewege und nichts verstehe: der Screenshot eines Online-Horoskops, das mich und andere Schützen vor einer Woche warnt, in der wir es an »intellektueller Unbefangenheit« fehlen lassen würden / das Video eines Mannes von hinten, auf der Bungee-Jumping-Plattform: Er ist schon angegurtet, sagt okay zu dem, der ihn filmt, dann stürzt er sich mit einem Schrei hinunter. Nach einem Rucken in der Aufnahme sieht man ihn viele Meter weiter unten über einem Fluss baumeln. Es war Karol, der es mir geschickt hatte, und der Springer war er selbst / jede Menge Artikel über das Attentat in Barcelona vom 17. August / das Foto einer Decken-lampe, die Lorenza gefiel oder mir und die wir nicht kaufen sollten / ein schlafender Mann, von dem ich nicht weiß, wer er ist / ein weiterer schlafender Mann (Wer schickte mir diese Bilder und warum? Ist es möglich, dass ich sie an jemanden schickte? Die Galerie liefert keinen Kontext, nur das Da-tum) / die Teller eines Restaurants in Apulien / ein weiterer Screenshot mit Nachrichten, zunächst über den Tod eines Ehepaars aus dem Veneto, das sich ein Risotto mit giftigen Blumen zubereitet hatte, danach ein Hintergrundbericht über gewisse Formen des Mundhöhlenkrebses, die vielleicht in Verbindung mit Oralsex standen.

Da gibt es eine Fotomontage, mit viel Musik unterlegt, die Eugenios Aufbruch in die USA dokumentiert. Das iPhone schlägt sie mir in Abständen immer wieder vor, ich hätte lieber, wenn es das nicht täte, wenn es vorsichtiger mit meiner Erinnerung umginge, aber ich sehe sie mir immer wieder an. Auf einem Foto hat Eugenio den Koffer neben sich und macht mit den Fingern das Victory-Zeichen, aber man ahnt, dass er verwirrt ist. Auf einem anderen umarmt er Lorenza, die weint. Und auf einem noch späteren sieht man ihn nunmehr von hinten, jenseits der Sicherheitskontrollen. Das iPhone hat als Soundtrack *Born To Be Wild* ausgewählt, was perfekt zu den Bildern zu passen scheint, was aber auch zeigt, dass der Algorithmus nichts von diesem Morgen in Fiumicino begriffen hat, nichts von der Verlegenheit, als wir in der Halle alle vier zusammenkamen, ich, Lorenza, Euge-nios Vater und dessen Partnerin; er hat nichts von mir be-griffen, der ich registrierte, in welcher Reihenfolge Eugenio sich von uns verabschiedete, nichts von der Traurigkeit, die mich überkam, als ich ihn in der Schlange der Kontrollen verschwinden sah, eine Traurigkeit, die ich nicht vorhergesehen hatte und von der ich nicht weiß, ob sie mehr ihm galt oder mir.

Weiter zum September: Ein Resort in Koh Lanta, wohin Lorenza und ich nur erwogen haben zu fahren / Novellis Tochter, die in der U-Bahn *Wonder* liest / Eugenio in seinem neuen amerikanischen Leben / eine Karikatur mit Donald Trump und Kim Jong-un, nachdem Nordkorea eine Wasserstoffbombe mit hundert Kilotonnen gezündet hat. Ich bin mir sicher, dass ich mit Curzia darüber diskutiert habe, dass wir uns gefragt haben, ob eine reale Gefahr der Eskalation bestand, und dass wir abschließend feststellten, dass diese Angst vor allem meine war, weil die Atomkraft nunmehr zur fixen Idee für mich geworden war.

Ein Ticket des Centre Pompidou und der französische Flyer eines Films belegen, dass ich im Oktober nach Paris zurückgekehrt bin. Der Zeitpunkt war gekommen, meine Aussage über Giulio und Adriano abzugeben. In den Monaten davor hatte ich mir viele Notizen zu ihnen gemacht, darunter eine Liste von Ausdrücken, von Abstrakta wie Bemühung, Vergnügen, Einvernehmen. Aber ich wollte nicht, dass das Ergebnis wie eine Sammlung von Phrasen wirkte, es sollte prägnant sein, daher hatte ich am Ende beschlossen, mich auf eine Episode im Besonderen zu konzentrieren.

Eines Tages waren wir im Galerienviertel von Saint Germain vor einem Geschäft mit afrikanischen Masken stehen geblieben, und Giulio hatte Adriano die Herkunft und magischen Fähigkeiten jeder einzelnen Maske mit solcher Kompetenz beschrieben, dass auch der Verkäufer es durch die Glasscheibe hindurch bemerkte. Er bat uns hinein und gab uns selbst weitere Informationen. Die Masken hatten schwindelerregende Preise, in der Tat waren es Luxusgegenstände für die Wohnungen der Pariser, die dem Mythos des primitiven Afrika anhingen, aber nicht das war für uns das Ausschlaggebende. Ausschlaggebend war, dass Adriano all die Zeit über ruhig und konzentriert war, ohne die üblichen Anwandlungen von Ungeduld oder Fahrigkeit, die die Kindergärtnerinnen kurze Zeit zuvor dazu gebracht hatten, Giulio einzubestellen und von Aufmerksamkeitsdefiziten und Hyperaktivität zu sprechen. Im Geschäft warf Giulio mir einen verstohlenen, aber doch beredten Blick zu, wie um zu sagen, siehst du, siehst du, wie er wirklich ist? Warum tun sie mir das also an? In der Tat war Adriano so aufmerksam, dass der Verkäufer ihm am Schluss ein geschnitztes Stück Holz schenkte. Wahrscheinlich war es nichts wert, aber in den folgenden Stunden hielt er es umklammert wie das kostbarste Objekt, das er je besessen hatte.

Ich reichte Giulios Rechtsanwältin den Text, wobei ich mich für die schlechte Übersetzung entschuldigte. Sie würde das bestimmt in Ordnung bringen können. Wenn der Sinn erhalten bliebe, war ich einverstanden.

Sehr berührend, sagte sie, nachdem sie ihn gelesen hatte. Um die Wahrheit zu sagen, hatte sie einen Entwurf für meine Aussage parat. Es war gar nicht nötig gewesen, dass ich mir die Umstände machte, nach Paris zu kommen, ich hätte die Seite ohne Weiteres unterschreiben, scannen und per Mail schicken können. Aber wenn ich nun schon einmal da war.

Über ein internes Telefon rief sie ihre Assistentin und bat sie, ihren Entwurf auszudrucken. In den Minuten, die wir warteten, unterhielten sich Giulio und die Anwältin. Sie hatten eine Vertrautheit miteinander, die ich nicht erwartet hätte, und es war klar, dass Giulio sich ganz auf sie verließ.

Der neue Text war nüchtern. Im Wesentlichen bestätigte ich, dass Giulio, mit dem ich seit langen Jahren befreundet war, ein Mensch mit moralischen Wertvorstellungen war und dass das Verhalten seinem Sohn gegenüber, soweit ich es mitbekommen hatte, immer korrekt gewesen war. Ich unterschrieb und fragte mich dabei, wie man ein Adjektiv wie »korrekt« wählen konnte, um eine Vater-Sohn-Beziehung zu kennzeichnen.

Giulio und ich verließen die Kanzlei und spazierten eine Weile, aber die Atmosphäre war seltsam. Nachdem wir die Mission, die uns in den letzten Monaten geeint hatte, beendet hatten, schien es, als hätten wir uns nicht mehr viel zu sagen. Ich war auch ein wenig enttäuscht. Ich hatte mir vorgestellt, in dieser Sache eine entscheidendere Rolle zu spielen, Protagonist in einem Leben, das mit dem meinen nichts zu tun hatte.

Giulio berichtete mir von den neuesten Entwicklungen in dem Rechtsstreit mit einer gewissen Müdigkeit, als fühlte er sich verpflichtet, das zu tun, nur weil ich zum x-ten Mal ein Flugzeug genommen hatte, obendrein unnötigerweise. Den Kampf um die Schule hatte er verloren. Adriano besuchte nun die französische Grundschule, im 7. Arrondissement. An dieser Lösung gefiel ihm gar nichts: weder die Methoden noch die Lehrer, noch das elitäre soziale Umfeld.

Ich verstehe wirklich nicht, was sich die Mutter in den Kopf gesetzt hat, sagte er. Sie würden nicht in der Lage sein, Adriano einen mit dem seiner Schulfreunde auch nur annährend vergleichbaren Lebensstil zu ermöglichen. Es sei denn, man verließ sich auf Luc, natürlich.

Doch für den Richter war Cobalts Überlegung überzeugend gewesen: Ausgehend von dieser Schule würde Adriano Zugang zu einigen der besten Pariser Gymnasien haben, und von dort stünde ihm der bevorzugte Eintritt in die Grandes Écoles offen und damit eine Zukunft in Wohlstand.

Eine gezielte Strategie der herrschenden Klassen, sagte Giulio. Mit sechs Jahren wird die weitere Laufbahn festgelegt. Mit einer streng reglementierten schulischen Karriere kann nichts schiefgehen. Eine garantierte Kristallisation der Privilegien.

Natürlich hatte er sich kundig gemacht. Er hatte Lehrbücher gelesen, hatte die eigene Situation mit gewissen abstrakten ökonomischen Mechanismen in Beziehung gesetzt. Die Politik trat in völlig unerwarteter Weise wieder in sein Leben, aber wo er mit zwanzig aktiv Politik betrieben hatte, erlitt er sie jetzt fast nur noch. Und wo er mit zwanzig noch Demonstrationen organisiert und ein Übermaß an Sozialkontakten gehabt hatte, war Politik für ihn jetzt die einsamste Tätigkeit der Welt.

Während Giulio die neuen Formen sozialer Ungerechtigkeit studierte, hatte Cobalt eine erstaunliche Menge an Material gegen ihn herangeschafft. Ausgehend von einem Papier der Kindergärtnerinnen, die von einem feindseligen, wenig konstruktiven Verhalten von Adrianos Vater ihnen gegenüber berichteten. Auch das Gutachten von einer Kinderpsychotherapeutin lag vor, wonach das Kind nach längeren Phasen beim Vater somatische Anzeichen von Unwohlsein zeigte: Hautausschläge, Verstopfung. Was er seit jeher hat, erläuterte mir Giulio.

Im Übrigen hatte er nicht seine Einwilligung gegeben, dass das Kind einer Untersuchung dieser Art unterzogen wurde. Seine Anwältin hatte Einspruch erhoben, und der Richter hatte ihr recht gegeben. Vielleicht würde sich Cobalts Initiative gegen sie selbst wenden.

Tut mir leid, dass ich dich für nichts habe kommen lassen, sagte er.

Wir waren auf der Brücke, vor dem Institut der arabischen Welt, und in zehn Minuten würden wir uns trennen. Kein Problem.

Nein, es tut mir wirklich leid.

Da er nichts weiter hinzufügte, sagte ich einfach: okay. Dann verabschiedeten wir uns. Vielleicht würden wir uns vor meiner Abreise noch mal sehen, aber keiner von beiden war wirklich überzeugt davon.

Ich hatte beschlossen, zu Novelli zu ziehen. Die offizielle Begründung war die, dass es bei ihm ein freies Zimmer gab, das bequemer war als das Sofa und in dem ich mich würde konzentrieren und arbeiten können. In Wirklichkeit, das war auch Giulio klar, hatte sich meine Zuneigung nach dieser Seite hin verschoben, vor allem nach den gemeinsam verbrachten Ferien. Giulio hatte die Neuigkeit gleichmütig aufgenommen. Da war kein Platz für Eifersucht zwischen erwachsenen Männern wie uns. Aber sich in dieser neuen Konstellation zu treffen, war anders gewesen, in gewisser Weise peinlich, als ob auf dem Grund von allem ein Verrat läge. Bevor wir in die Kanzlei der Anwältin gingen, hatte er mich in forschem Ton, der etwas ganz anderes beinhaltete, gefragt: Und, ist es besser dort?

Ja, es war besser. Wenigstens lebte man in der Wärme einer Familie: Wenn ich ehrlich gewesen wäre, hätte ich ihm das geantwortet. Und hätte hinzugefügt, dass es unnötig war, sich darüber aufzuregen oder es allzu persönlich zu nehmen. Meine Suche nach dieser Wärme war eine Schwäche, die ich an mir kannte, sie begleitete mich schon seit jeher, auch wenn ich ihren Ursprung nicht kannte. Schon in der Grundschule verbrachte ich so viel Zeit wie möglich bei meiner vietnamesischen Nachbarin, deren Name übersetzt Wolke, die sich langsam bewegt, bedeutete. Ihre Mutter legte Puzzles mit Tausenden Teilen, die den ganzen Fußboden bedeckten, und abends aßen wir in der Küche eingelegte Litschi.

Ein paar Stunden später leitete Giulio mir eine Mail weiter, die wiederum von der Anwältin weitergeleitet war. An dem Betreff sah ich, dass es sich um ein Dokument zum Sorgerechtsprozess handelte, aber ich hatte keine Lust, es zu lesen. Ich war bei Novelli, und zum Abendessen hatten wir uns Pizza aus einem italienischen Restaurant kommen lassen, italienisch, italienisch wiederholten die Kinder, deshalb war der Teig so gut. Mir erschien er nicht besonders, aber das war nicht relevant. Mir genügte das gedämpfte Licht der Wohnung im obersten Stock, die Pizzareste in den Schachteln und die Kinder mit nackten Füßen auf den Sofakissen oder in der Luft. Am nächsten Tag würde ich nach Rom zurückkehren, und ich wollte diesen Frieden ungestört genießen.

Aber so sollte es nicht kommen. Während Carolina den Kleinen im Nebenzimmer zu Bett brachte, sahen wir uns einen Film an, und ich war schon dabei einzuschlafen, als wir Explosionen hörten. Carolina kam ins Wohnzimmer und war sofort sehr blass geworden. Novelli und ich griffen zu den Handys, während auf Twitter die ersten Meldungen kamen. Wie es aussah, waren die Detonationen beim Eiffelturm, also ziemlich weit entfernt. Trotzdem gingen wir auf den Balkon und lauschten dort angestrengt. Die Straße unter uns war verlassen.

Nach einer Weile kam die Tochter zu uns. Man hörte eine Art Gewehrsalve. Sind das Schüsse oder Bomben?, fragte sie. Klingt wie ein Maschinengewehr, antwortete ihr Novelli.

Sie erzählte mir, dass sie in der Schule einmal im Monat eine Übung machten. Der Rektor gab Alarm, indem er in ein Horn stieß (ein Horn wie im Mittelalter, wer weiß warum), die Lehrerin schloss die Fenster, zog die Vorhänge zu und machte das Licht aus. Unterdessen verrammelten einige Schüler mit Stühlen die Tür zum Klassenzimmer. Sie mussten sich unter die Bänke hocken, die Handys ausschalten, nicht nur den Klingelton abstellen, richtig ausschalten, weil im Bataclan, als sich alle tot stellten, die Killer von den Rängen aus ins Parkett schossen und dabei auf die ausgestreckten Körper zielten, wo ein Handy blinkte. Dann musste man stillhalten und warten, sagte Novellis Tochter. Warten worauf? Dass jemand mit einer Kalaschnikow in den Raum stürmt, dachte ich. Dass das Horn zum zweiten Mal erklingt, sagte sie. Sie erzählte, dass ihre Schulfreunde bei den ersten Übungen weinten, sie auch, aber mittlerweile hatten sie sich daran gewöhnt, und bei der letzten war sie sogar eingeschlafen.

Ich schrieb Curzia und fragte sie, ob sie etwas über den Anschlag wüsste, wodurch ich mitbekam, dass sie in Frankreich war, ein Zusammentreffen, das ich als bedrohlich empfand. Allerdings nicht in Paris, sie war in Calais angekommen für eine Reportage über das, was sie den Migrantendschungel nannten, ein Jahr nach der Räumung. Sie wusste nichts über das Attentat, auch sie versuchte, über Twitter mehr zu erfahren. Ich fühlte Novellis Blick auf meinen Fingern, und bevor er etwas sagte, rechtfertigte ich mich: Ich frage wegen der Zeitung. Vielleicht sollte ich vor Ort sein.

Schließlich gingen wir wieder in die Wohnung und sahen uns weiter den Film an. Ein paar Stunden später stellte sich heraus, dass es kein Attentat gegeben hatte. Es war ein Feuerwerk, sogar ein genehmigtes: an einem Set für eine Serie der Wachowski-Schwestern, produziert von Netflix.

Am nächsten Tag gab es einige Polemik. Die Behörden hatten die Bewohner des Viertels über Nachrichtensysteme informiert, aber das Feuerwerk war auch in größerer Entfernung gehört worden, vielleicht wegen der Wetterlage.

In seiner Radiosendung war Novelli sarkastisch geworden. Dann aber sprach er ernsthafter darüber, wie Realität und Suggestion sich in unserem Leben in wirklich seltsamer Weise vermischten. Ich war beim Frühstück und hörte ihm zu, sah ihn mit dem Handy am Ohr auf und ab gehen und mit der freien Hand gestikulieren, und einmal mehr wunderte ich mich über sein rhetorisches Talent.

Seit meinem Interview hatte sich sein Aktionsradius allmählich auch auf Italien ausgedehnt, er war in die Liste derer aufgenommen worden, die man im Fall von Erdbeben, Erdrutschen, katastrophalen Überschwemmungen oder Vulkanausbrüchen konsultierte. Sicherlich trug dazu die Tatsache bei, dass er im Vorspann des Artikels als Nobelpreisträger präsentiert worden war, was zwar eine Übertreibung, aber doch nicht ganz falsch war. Zehn Jahre zuvor, als der Weltklimarat zusammen mit Al Gore den Friedensnobelpreis bekommen hatte, war Novelli einer der wenigen Italiener im Komitee gewesen. Dass auch Dutzende andere Wissenschaftler ihm angehörten, war ein bloßes Detail.

Ich musste nach Rom zurück. Novelli begleitete mich zur Bushaltestelle. Der Himmel war von einer einzigen, weißen und kompakten Wolke bedeckt: einer Altostratus, wie ich in der Zeit mit ihm gelernt hatte. Diese Art von Himmel reizte den Grauen Star in meinem linken Auge. Ich stellte die üblichen Versuche an, indem ich die Augen abwechselnd zukniff, ein Tick, den Eugenio übernommen hatte.

Novelli erzählte von den Renovierungsarbeiten im Haus der Familie in Genua. Er wollte sie baldmöglichst in Angriff nehmen. Carolinas Aversion gegen Paris hatte paranoide Züge angenommen, das bemerkte auch ich. Sie fuhr nicht mehr mit der Metro. Sie wollte nicht ins Kino oder ins Restaurant gehen, nichts. Und sie fing an, diese Ängste auf die Kinder zu übertragen. Sie zwang sie, auf Geburtstagspartys zu verzichten, bloß weil sie im Freien stattfanden. Es gab keinen Weg, sie zur Vernunft zu bringen.

Als wir schon an der Bushaltestelle waren, setzte er hinzu: Ah, fast hätte ich es vergessen. Es sieht so aus, als würden wir Kollegen.

An der Art, wie er das sagte, erkannte ich, dass er es ganz und gar nicht vergessen hatte, im Gegenteil, er hatte die ganze Zeit über an diese Ankündigung gedacht.

Man hat mich gebeten, für *** zu schreiben. Eine Umweltkolumne. Verrückt, nicht wahr? Nicht, dass ich sonderlich viel Gelegenheit hätte, ehrlich gesagt, neben der Forschung und dem Unterricht. Aber es erschien mir nicht richtig, mich rauszuhalten. Sonst überlässt man das Feld den ganzen selbst ernannten Experten. Und den Leugnern natürlich. Wenn es eines gibt, was das Land braucht, dann ein Minimum an wissenschaftlicher Strenge.

Ich machte ihn darauf aufmerksam, dass *** als Zeitung

ein wenig parteiisch erschien und nicht auf einer Linie mit seinen Überzeugungen.

Die Zeitungen sind alle parteiisch, antwortete er mir. Ist es die, für die du schreibst, vielleicht nicht? Und seien wir ehrlich, im Grunde gibt es keine echten politischen Differenzen mehr. Man kann nur für oder gegen die Wahrheit sein.

Mittlerweile hatte der Bus an der Bordsteinkante gehalten. Ich begriff, dass Novelli noch länger hätte diskutieren wollen, aber er hatte sich in der Zeit verschätzt, indem er bis zuletzt wartete, um den Überraschungseffekt maximal zu steigern.

Vielleicht gibst du mir ein paar Schreibtipps, sagte er, auch wenn ich wusste, dass er nicht darum bitten würde. Wir berührten uns mit den Wangen und ich stieg ein.

Als der Bus sich entfernte, drehte ich mich um, um ihn durchs Fenster zu sehen. Er stand noch dort, wo ich ihn zurückgelassen hatte, in Gedanken und die Hände in den Taschen. Einen Moment zuvor hatte ich mir Mühe gegeben, gleichmütig zu bleiben, aber eine leichte Friktion mussten wir beide verspürt haben, denn ein paar Minuten später erhielt ich eine Mail von ihm, in der er sich nochmals verabschiedete und sich wünschte, dass ich bald wiederkäme. Das war nicht notwendig, und diese Art von Äußerung passte nicht zu uns. Ich antwortete, auch ich hoffte das, und beglückwünschte ihn zum neuen Auftrag.

Später, als ich am Gate wartete, öffnete ich die Mail von Giulio. Keine Zeile der Einleitung, nur eine Liste der weitergeleiteten Nachrichten und ein PDF-Anhang. Es handelte sich um einen Bericht, den Cobalt ihrem Anwalt geschickt hatte. Der Text war auf Französisch, aber anhand der Syntax konnte ich erkennen, dass er ursprünglich in der Ich-Form, also von Cobalt selbst geschrieben und dann in die neutralere dritte Person gesetzt worden war, wo sie als Madame V in Erscheinung trat.

Cobalt erzählte von der Zeit, als sie mit Giulio in Genf gelebt hatte, zusammen mit dem neugeborenen Adriano. Sie waren dorthin gezogen, weil sie einen Forschungsauftrag am Cern bekommen hatte. Das Stipendium war hoch, aber nicht hoch genug für die Lebenshaltungskosten in der Schweiz, und Giulio hatte keine Stelle für sich gefunden. Trotzdem schien er nicht geneigt, auf irgendeine ihrer früheren Gewohnheiten, insbesondere die Reisen, zu verzichten. An einer Stelle wurde er im Hinblick auf ihre damaligen finanziellen Verhältnisse als *irréaliste* tituliert.

Ich scrollte die Seiten durch, bis ein kursiv gesetzter Begriff meine Aufmerksamkeit erregte: *gaslighting*. Ich schlug die Bedeutung nach. In der Psychologie bezeichnet man damit ein Verfahren, womit die Erinnerungen des Opfers gezielt so weit manipuliert werden, dass es selbst an seinen Erinnerungen zweifelt. Das ist eine Technik, die sich in vielen Gewaltsituationen beobachten lässt, häufig angewendet von soziopathischen Subjekten und von gewissen repressiven Regimen. Manchmal ist diese Technik so durchschlagend, verwirrt den Geist der Person, die sie erleidet, derart, dass sie in den Selbstmord getrieben wird.

Ich hörte auf zu lesen. Eine Art von Übelkeit hatte mich überkommen. Die Flugpassagiere standen schon in der Schlange an, ich hätte ans Ende gehen müssen, aber ich blieb sitzen. Die Prozedur des Boarding hatte begonnen, die Schlange rückte Meter für Meter vor mir voran.

Als Letzter ging vor mir ein Junge vorbei, der allein reiste, mit einer gefütterten Jacke, die für Rom zu dick war. Mein Name wurde aufgerufen, ein, zwei, drei Mal. Vor der Fensterscheibe sah ich, wie das Flugzeug sich vom Flugsteig löste und auf die Startbahn zurollte. Erst da stand ich auf. Ich ging den umgekehrten Weg durch die Sicherheitskontrollen und verließ das Terminal.

ZWEITER TEIL

Die Wolken

Am 9. August 1945 hob der Jagdbomber Bockscar mitten in der Nacht von Tinian ab, einer winzigen Insel der Marianen, die kaum ein Jahr zuvor von den amerikanischen Streitkräften erobert worden war. Ziel des B-29, oder genauer, das Objekt, auf das der Bomber die in seinem Laderaum befindliche Atombombe abwerfen sollte, war die Stadt Kokura, wo sich ein Militärdepot befand.

Nachdem er eine lange Strecke den erst schwarzen, dann von der Morgendämmerung erhellten Pazifik überflogen hatte und nachdem er mit dem Warten auf einen anderen Jagdbomber, der die Mission fotografieren sollte, unnütz Zeit verloren hatte, erreichte Bockscar genau um 10:44 Uhr morgens Kokura, aber die Stadt war von einer Wolke verdeckt. Es war eine seltsame Wolke, sehr dunkel, vielleicht natürlichen Ursprungs oder vielleicht verursacht durch den Rauch der Bombardements, den der Wind in der Zwischenzeit dorthin getragen hatte. Jedenfalls verbarg sie unsympathischerweise das Zielobjekt vor den Augen des Majors Charles Sweeney.

In Erwartung, dass der Himmel aufklarte, drehte der B-29 einige Runden, aber die Wolke machte keine Anstalten, sich aufzulösen. Um nicht womöglich selbst zum Ziel zu werden, und das ausgerechnet an dem Tag, da sie eine Atombombe geladen hatten, beschloss die Besatzung, auf Kokura zu verzichten. Gegen elf drehte Bockscar nach Süden ab, in Richtung einer anderen Stadt auf der Insel Kyūshū, die nächste in der Liste der möglichen Ziele, ihr Name ist die Verbindung zweier Begriffe, die ihre geomorphologische Struktur beschreiben: *naga*, lang, und *saki*, Felsvorsprung. Der lange Felsvorsprung: Nagasaki.

All das würde Terumi Tanaka erst viele Jahre später entdecken. Im Sommer 1945 war er dreizehn Jahre alt und ging in die erste Klasse Mittelschule (das japanische Schuljahr beginnt im April). Während die größeren Schüler kontinuierlich in der Waffenherstellung arbeiteten, trugen Terumi und seine Schulkameraden an wechselnden Tagen zum Kriegsgeschehen bei: einen Morgen Schule, einen Morgen Arbeit. Die Arbeit bestand darin, aus Bambusrohren Lanzen zu fertigen, am Strand Löcher zu graben, um die feindlichen Panzer zu versenken und *kudzu* zu sammeln, deren Stärke als alternativer Treibstoff zu Benzin diente.

Während die amerikanischen Bombardements anfangs ausschließlich auf strategische Objekte gerichtet gewesen waren, sah man mittlerweile auch die Zivilbevölkerung als Kämpfer an, mithin als Angriffsziele. In den ersten Augusttagen war Nagasaki eine der noch intakten Städte, zusammen mit Hiroshima, Kokura und wenigen anderen, doch Fliegeralarm gab es auch dort oft. In diesen Fällen flüchtete Terumi sich in den Wald. Im Sommer spielte sich sein Leben also in einem sehr eingeschränkten Radius ab: Zuhause, Schule, Strand, Wald.

In Wahrheit hatte es Bombardements gegeben, erst wenige Tage zuvor, am 29. Juli und am 1. August. Insgesamt zweiundsiebzig Flugzeuge hatten die Stadt angegriffen, in Sechserstaffeln, jeweils drei Stunden lang. Doch getroffen wurde vor allem das Industriegebiet im Westen, während Terumi in dem zentralen Tal Nakagawamachi lebte. Eines Tages hatte es während des Unterrichts Alarm gegeben. Terumi und seine Freunde waren in den Wald auf den Hügel gelaufen, und von dort oben hatten sie die Flugzeuge gesehen, die eindeutig auf die Fabriken zielten. Sie hatten sich beruhigt und das Bombardement bis zum Schluss beobachtet. »Es herrschte ein merkwürdiger Friede«, sagte Terumi Tanaka mir fast achtzig Jahre nach diesem Sommer, als ich ihn interviewte.

Dann kam der 6. August. Little Boy, die erste Atombombe war auf Hiroshima abgeworfen worden, Terumi hatte das am Tag darauf erfahren, aus dem Radio oder aus der Zeitung, auch wenn er von keiner Atombombe wusste, weil derartige Waffen einfach nicht existierten. Es war ganz allgemein die Rede von einer »neuen« Bombe, deren Schäden noch erfasst wurden, und es ging das Gerücht, man solle sich weiß anziehen, nicht wegen der Strahlung (auch Strahlung gab es nicht), sondern weil die neue Bombe »enorme Hitze« verströmte.

So nahm das Leben von Terumi in Nagasaki zwischen dem 6. und dem 9. August seinen normalen Verlauf: Zuhause, Schule, Strand, Wald. Dem Wechselrhythmus zufolge war der 9. ein Schultag. Doch gegen acht wurde Alarm gegeben. Es gab davon zwei Arten: Einer, der eine große Gefahr anzeigte, der *kūshū-keihō* (in diesem Fall war die Anweisung, sich nicht vom Fleck zu rühren), und einen anderen, *keikai-keihō*, der nur zur Vorsicht aufrief. An diesem Morgen dauerte der *kūshū* nicht lange, aber der *keikai* hörte gar nicht mehr auf. Terumi dachte, er würde ohnehin bald enden, also musste er aus dem Haus gehen und sich auf den Schulweg machen. »Aber es war sehr heiß, und ich hatte mich ausgezogen. Ich blieb noch ein wenig in Unterhosen auf der Tatami und las.«

Während er dort so verweilte, nahm er das Geräusch des Flugzeugs wahr. Sein Gehör war mittlerweile geschult, er erkannte einen B-29, weil der viermotorig und sein Dröhnen lauter war. Terumi ging ans Fenster und suchte am Himmel nach dem Jagdbomber. An diesem Tag waren auch über Nagasaki Wolken, keine kompakte Schicht wie über Kukura, vereinzelte Wolken hier und da: der B-29 musste über einer von ihnen verborgen sein.

Terumi drehte sich um und wollte an seinen Platz zurückkehren, wo er bis vor Kurzem gelegen hatte. Das Zimmer war klein, insgesamt sechs Tatamimatten, er wird ein paar Schritte gemacht haben. In dem Moment kam der Flash. »Manche beschreiben ihn als blendendes Licht, das aus einer bestimmten Richtung kommt, aber für mich war das anders.« Das Licht kam aus keiner spezifischen Richtung: »Es war mit einem Mal überall.« Eine Art Licht, »das anders ist als jedes andere«, hüllte Terumi in Weiß.

Sein Zimmer lag im ersten Stock des Hauses. Der Flash hatte ihn erschreckt, also rannte Terumi die Treppe hinunter. Währenddessen sah er, wie das Licht sich mehrmals änderte: von Weiß zu Blau, dann zu Gelb, zu Rot, und am Ende zu einem sehr intensiven Rot. Die Reihenfolge könnte anders gewesen sein, aber an die Farben erinnerte er sich genau. Im Erdgeschoss lagen noch weitere Tatamimatten, Terumi legte sich auf den Bauch und hielt sich mit den Händen Ohren und Augen zu, wie man es ihm bei den Übungen in der Schule beigebracht hatte. In dieser Position, bevor die Druckwelle ihn erfasste, einen Moment, bevor er das Bewusstsein verlor, konnte er gerade noch an die Bedeutung dieses so intensiven Rot denken: Etwas sehr Großes ganz in seiner Nähe brannte.

Im Haus waren auch die Mutter und die beiden jüngeren Schwestern, sechs und zehn Jahre alt. Terumi sah sie nicht. Das Haus, das sie bewohnten, war eines der traditionellen Häuser in Nagasaki mit einem *engawa*, einer höher gelegenen Eingangshalle, eine Art Pfahlbau, und von dort waren sie hinausgestürzt, instinktiv weg vom Epizentrum.

Als Terumi wieder zu sich kam, rief die Mutter nach ihm. Er sah sie nicht, und sie sah ihn nicht, weil durch die Explosion eine Tür auf ihn gefallen war, genauer gesagt ein Holzrahmen, in dem sechs undurchsichtige Scheiben montiert waren. »Die Scheiben sind wie durch ein Wunder nicht zerbrochen. Viele unserer Nachbarn sind durch Holz- und Glassplitter verletzt worden.«

Er konnte sich befreien. Im Haus herrschte Chaos, aber es stand noch. Alle vier waren am Leben. Die Mutter beschloss, die Kinder in den Bunker zu bringen, der in etwa hundert Metern Entfernung lag. Beim Hinausgehen aus dem Haus sah Terumi zum ersten Mal die Verwüstung. »Jede Familie dachte, nur ihr Haus sei von der Bombe getroffen worden. Dabei waren es alle.«

Der Bunker füllte sich rasch mit Leuten. »Zuerst hatte jeder seinen eigenen, aber die waren nicht sicher, also wurde im Inneren des Hügels, hinter dem schintoistischen Tempel ein Bunker für das Viertel gebaut. In meiner Erinnerung war er riesig, aber als ich dorthin zurückkehrte, sah ich, dass er so groß nicht gewesen sein kann. Es war einfach ein horizontal in die Erde gegrabenes Loch, wo überall Wasser einsickerte.

»Man muss verstehen, wie Nagasaki beschaffen ist«, sagte Tanaka-san zu mir. »Die Stadt hat sich rund um eine Bucht entwickelt und besteht aus drei Tälern. Das im Westen ist das Industriegebiet. In dem in der Mitte wohnte ich, es ist eine Wohngegend, wie auch das östliche Tal. Wo die drei zusammenkommen, liegen die Präfektur und die Repräsentationsgebäude. Der B-29 hätte die Bombe dort abwerfen sollen, über dem wichtigsten und am dichtesten besiedelten Gebiet. Aber da lag eine Wolke darüber.«

Also wählte Major Sweeney den östlichen Teil, der schon zuvor bombardiert worden war. Dort waren vorwiegend Fabriken, aber es lebten da auch die christliche Gemeinde von Nagasaki und zwei Tanten Terumis: Rui, die Schwester der Mutter, und Koto, die des Vaters.

Eine ganze Weile nach der Explosion konnte, wer im mittleren Tal wohnte, das Ausmaß der Zerstörung jenseits des Hügels nicht ermessen. Und konnte sie sich auch nicht vorstellen, weil sie beispiellos war. An der Farbe des Himmels sah man jedenfalls, dass in der Gegend alles brannte. »Die Sonne war rot inmitten von Schwarz.« Trotz des Drängens ihres Sohnes hielt Terumis Mutter es für zu gefährlich, dorthin zu gehen.

Gegen vier Uhr nachmittags stand das Gebäude der Präfektur in Flammen. Terumi lief hin, er fürchtete, das Feuer könnte sein Viertel erreichen, aber der Wind drehte noch rechtzeitig. Auf dem Rückweg kam er an seiner alten Grundschule vorbei, die er bis vor wenigen Monaten besucht hatte. Als er hineinschaute, sah er, dass die große Aula voller Verletzter war. »Es werden mindestens hundert gewesen sein.

Man musste sie mit dem Auto dorthin gebracht haben.« Es gab weder Ärzte noch Krankenschwestern, nur drei Frauen, die halfen, so gut sie konnten. »Viele waren verbrannt und zitterten doch vor Kälte. Sie starben vor meinen Augen.« Da wurden sie an Händen und Füßen gepackt und in den Hof gebracht. Dort war eine Grube ausgehoben worden, um sie zu verbrennen.

Zuhause machte Terumi ein wenig Ordnung, aber zum Schlafen kehrten er und seine Familie in den Bunker zurück. Dort fühlten sie sich sicherer. In der Nacht kam eines der vermissten Mädchen wieder, die Tochter des Eigentümers der Wohnung von Familie Tanaka. Sie war Studentin und hatte an diesem Morgen in einer der Fabriken gearbeitet. Im Bunker waren alle sehr glücklich, auch weil das Mädchen keine sichtbaren Verletzungen hatte. »Sie sollte noch vor Kriegsende nach Tagen hohen Fiebers an den Strahlungen sterben.«

Am 12. August, drei Tage nach der Explosion, willigte Terumis Mutter endlich ein, mit ihm in die Westzone zu gehen, um ihre Schwester und ihre Schwägerin zu suchen. Sie beschlossen, den Weg über den Hügel durch den Wald zu nehmen. Er war ungefähr vier Kilometer lang. Als sie den Hügelkamm erreichten, öffnete sich vor ihnen das Westtal: in Schutt und Asche, platt. »Da war nichts.« Nur die Stahlgerippe der Fabriken standen noch.

Die Tante mütterlicherseits wohnte in einem etwas abgelegenen Haus. Terumi dachte, dass das Feuer vielleicht nicht bis dorthin vorgedrungen war, doch als er in die Richtung schaute, sah er nichts.

Während sie an der Flanke des Hügels hinunterstiegen,

trafen sie auf Tote oder Sterbende, bereits seit Tagen ohne Hilfe liegengelassen. »Beim Anblick der ersten Leichen waren wir geschockt, aber es waren so viele, dass wir ab einem bestimmten Punkt nichts mehr empfanden. Wir sprachen nicht mehr.«

Sie sprachen auch nicht mehr, als sie das Haus der Tante Rui erreichten. Sie war nicht verbrannt: »Sie war erdrückt worden.« Ruis Leiche war dort, und sie sollte eingeäschert werden. Aber ihr Vater war noch am Leben, »so verbrannt, dass man an seinem Arm die Knochen sah«.

Als er das sagte, machte Tanaka-san die erste vor der Webcam sichtbare Bewegung, indem er mit der Hand die ganze Länge des Unterarmknochens entlangfuhr, des bloßgelegten Knochens seines Großvaters. Dann verschwand sein Arm wieder aus dem Bild.

Der Großvater war noch so wach, dass er ihre Anwesenheit bemerkte. Er bat um Wasser. Terumi benetzte ein Stück Stoff und brachte es an seine Lippen. »Aber seine Lippen waren wie geschmolzen.«

Vor ihnen waren bereits andere Verwandte gekommen. Sie hatten eine Einäscherung arrangiert, indem sie auf einer Blechplatte Holz verbrannten. Terumi wollte zusehen, aber die Mutter weigerte sich. Während der Rest der Familie Ruis Leiche bereit machte, gingen sie weiter, um Tante Koto zu suchen.

Tanaka-sans Gesicht erstarrte auf dem Monitor. Nach ein paar Augenblicken loggte er sich aus. Ryosuke und ich warteten etwa zehn Minuten, dann versuchte Ryosuke, ihn anzurufen, und schrieb ihm eine Mail, doch wir bekamen keine Antwort. Wahrscheinlich war er müde, sagte er. In der

Tat hatte Tanaka-san fast drei Stunden lang geredet, ohne je aufzustehen oder eine Pause zu verlangen, nur ab und zu kleine Schlückchen aus einer Tasse trinkend. Mit fast neunzig Jahren.

Er antwortete uns am nächsten Tag und entschuldigte sich: Die WLAN-Verbindung war ausgefallen. Er gewährte mir ein weiteres Treffen im Abstand von zwei Wochen. Als wir alle drei wieder miteinander verbunden waren, war er bereit, genau an dem Punkt fortzufahren, an dem er seine Erzählung unterbrochen hatte. Aber vielleicht war ich nicht bereit. Es schien mir zu unvermittelt, also fragte ich ihn nach dem Gegenstand, der hinter seinem Rücken an der Wand hing: Eine Art Mantel in verschiedenen, allesamt sehr intensiven Farben, Violett, Grün, Dunkelblau. Tanaka-san hielt einen Zipfel vor die Webcam und zeigte mir, dass jedes Stück aus dem Origami eines stilisierten kleinen Vogels bestand, genauer eines Kranichs. Insgesamt waren es tausend, alle mit einem Faden verbunden. Dem Volksglauben zufolge hatte derjenige, der einen *senbazuru* zusammensetzte, einen Mantel aus tausend Origami-Kranichen, Recht auf die Erfüllung eines Wunsches. Ich wagte nicht, ihn zu fragen, was sein Wunsch gewesen war.

Die Einäscherung der Tante Rui dauerte fast zwei Stunden. Terumi und seine Mutter waren unterdessen zum Haus der Tante Koto gelangt. Es lag knapp sechshundert Meter entfernt, und normalerweise dauerte es eine Viertelstunde von einem Haus zum anderen, jetzt hingegen brauchten sie mindestens eine Stunde, weil die Gebäude verbrannt, eingestürzt, dem Erdboden gleichgemacht waren, man musste sich seinen Weg zwischen den Trümmern bahnen, den steinernen

Fundamenten der verschwundenen Holzhäuser, musste sie umgehen oder darüber hinwegklettern.

Das Haus der Tante Koto lag knapp vierhundert Meter vom Ground Zero entfernt, also im Radius der totalen Zerstörung von Fat Man. Innerhalb dieses Radius sind auch die Leichen nicht wiederzuerkennen, so verkohlt, dass man nicht einmal das Geschlecht erahnen kann. Aber an diesem Tag hatte der Ausdruck »Ground Zero« keine Bedeutung für Terumi, ebenso wenig wie »totale Zerstörung« oder Fat Man, weil es all diese Dinge noch nicht gab. Terumi und die Mutter untersuchten die Leichen eine nach der anderen. Endlich stießen sie auf die Reste eines Hauses, das sie für das der Tante hielten: Sie prüften auch die Leichen ringsum. Wenn sie sie umdrehten, »ruinierten« sie sie, das heißt, sie zerfielen ihnen in den Händen. Doch schließlich fanden sie die Tante Koto und ihren Neffen Makoto: Auf zwei Zipfeln Stoff unten an den Beinen erkannten sie das Muster eines Kimonos der Tante. Es handelte sich nicht um den eigentlichen Stoff (der war verbrannt), sondern um den Abdruck des Musters auf der Haut. Makotos Leichnam war wegen seiner überdurchschnittlichen Größe wiederzuerkennen.

Makoto war eine Woche zuvor für Ernährungsurlaub nach Nagasaki gekommen. Er studierte Mathematik an der Universität Tokyo, und deshalb wurde er nicht zum Militärdienst eingezogen. Aber in den großen Städten waren die Lebensmittel so knapp, dass die Studenten ab und an zu ihren Familien geschickt wurden, um sich aufzupäppeln. Makoto sollte am 9. August nach Tokyo abreisen, also genau an diesem Morgen.

Terumi und seine Mutter wussten, dass sie es allein nicht schaffen würden, die Leiche zu transportieren, also beschlossen sie, zum Haus von Rui zurückzukehren, zu den anderen Verwandten. Wenn auch zerdrückt, war das Haus eines der am besten erhaltenen, daher fanden sich viele Verbrannte dort ein. Ihre Wunden waren ganz schwarz. »Schwarz vor Fliegen.« Mittlerweile waren drei Tage seit der Explosion vergangen, und in der Augusthitze zog der Verwesungsgestank sie an. »Wenn du näher kamst, zerstreuten sich die Fliegen, da konntest du sehen, dass die Wunden voller Larven waren.« Weil kein Arzt anwesend war, verwendeten die Angehörigen Essstäbchen, um sie aus dem Fleisch zu holen.

Normalerweise werden in Japan menschliche Überreste in einem *kotsutsubo*, einer Totenurne, gesammelt, aber bei Tante Rui war es eine einfache Küchendose, die unbeschädigt geblieben war. Am Ende der Einäscherung sah Terumi die Knochen der Tante, die auf dem Blech noch ihre Gestalt nachzeichneten, und brach in Tränen aus. Das war das erste und einzige Mal. Als man zum folgenden Teil des Rituals überging, der darin bestand, dass jeder der Anwesenden unter Zuhilfenahme von Stäbchen die Urne mit Resten der Verstorbenen füllt, war er wieder still und gefasst.

Sie beschlossen, noch vor der Dunkelheit nachhause zu gehen, aber eine andere Strecke, nicht mehr über den Hügel, sondern ihn im Süden umgehend. Auf der Hauptstraße, die zum Hafen hinunterführte, war entlang der Straßenbahngleise zwischen den Trümmern ein Weg gebahnt worden. Terumi und seine Mutter schlugen ihn ein. Dann gingen sie ein Stück parallel zum Fluss. Unter einer Brücke in einem künstlichen kleinen See sah Terumi etwa dreißig Leichen. »Sie waren sehr aufgebläht, und ihre Münder standen offen.«

Doch noch mehr beeindruckte ihn der Anblick eines

Jungen oder vielleicht eines Mädchens. Neben dem Fluss war eine Stelle, wo ein Haus abgebrannt war, und hinter dieser Stelle eine diagonale Steinmauer: Der Junge oder das Mädchen war dort festgedrückt worden, Beine und Arme gespreizt, wie von der Druckwelle dorthin geschleudert. Terumi und seine Mutter gingen weitere vier Kilometer schweigend zwischen den Trümmern, eingehüllt von einem sehr merkwürdigen Geruch bis nach Nakagawamachi.

Ich suchte Nakagawamachi auf Google Maps und teilte den Bildschirm. Als die Landkarte erschien, beugte Tanaka-san sich vor zu seinem Monitor. Dort ist es, das ist es. Er führte mich genau zur Position des schintoistischen Tempels. Dahinter war der Hügel, und in den Hügel war der Bunker gegraben worden.

Auf dem Bildschirm rekonstruierten wir den Weg, den Mutter und Sohn genommen hatten, hin und zurück, und gaben den einzelnen Etappen ihre Namen. Der Hügel hieß Konpira, der Fluss war Urakami, das Viertel der Tante Koto war Okamachi, und nicht hier hätte die Bombe explodieren sollen, sondern weiter südlich in Hamamachi.

Wären da nicht die Wolken gewesen, hätten Terumi, seine Mutter und seine Schulfreunde sich knapp einen Kilometer vom Ground Zero befunden, innerhalb des Radius der Strahlungen, wo die Überlebenschancen verschwindend gering waren. Das hätte alles geändert: Terumi würde nicht vor mir sitzen und erzählen, und seine Mutter, Tanaka Moto, wäre nicht einhundertzwei Jahre alt geworden, indem sie sich mit traditioneller Medizin, in Salz eingelegten Pflaumen und Sake kurierte.

Ohne die Wolken wäre die Geschichte umgekehrt verlaufen: Nach der Explosion wären die Tanten Rui und Koto über den Hügel Konpira gegangen, um sie ausfindig zu machen, sie hätten die einzelnen Leichen umgedreht, auf der Suche nach einem auf die Haut tätowierten Stoffmuster, hätten sie schließlich erkannt, Mutter und Sohn, und hätten aus behelfsmäßig zusammengeklaubtem Material ihre Scheiterhaufen gebaut, inmitten der schlimmsten Verwüstung, die die Menschheit je erlebt hat.

Novelli und ich sprachen oft über die Bedeutung der Wolken in der Geschichte der Bombe, so wie wir über die Bedeutung der Wolken für ihn sprachen, und von der Bedeutung der Wolken im Allgemeinen. Insbesondere erinnere ich mich an eine Episode: Es war spätnachts, und wir hatten noch weitergetrunken, nachdem Carolina und die Kinder schlafen gegangen waren. Wir fläzten jeder auf einem Sofa, und Novelli schien merkwürdig verletzlich. Gewöhnlich spielte er die Rolle des Abgeklärten: Er schwor, das Einzige, was ihn an der Wissenschaft noch interessiere, seien die Gehaltserhöhungen und zu vermeiden, Erstsemesterkurse zu geben. Doch ich wusste, dass er im Grunde nicht so war, dass er wie jeder Wissenschaftler eine romantische Einstellung zu seinem Beruf hatte und sich wünschte, dass einmal etwas seinen Namen tragen würde, eine Gleichung oder eine Naturkonstante. Wenn du wählen könntest, fragte ich ihn in jener Nacht, was würdest du gern auf deinen Namen taufen?

Rein gar nichts.

Nur so zum Spaß, insistierte ich. Was wäre das?

Novelli seufzte, dann gestand er mir, dass es da in Wirklichkeit etwas gäbe, das aber weder eine Gleichung noch eine Konstante war.

Wenn ich wählen könnte, würde ich etwas weniger … Dauerhaftes vorziehen.

Wie eine Wolke?

Genau, wie eine Wolke. Schließlich gab es Kelvin-Helmholtz-Wolken, spektakulär und selten, die spitze Dampfwellen an den Himmel zeichnen. Warum also nicht »Novelli-Wolken«? Der Wettbewerb seiner Studenten diente auch diesem Zweck. Vielleicht würde früher oder später einer eine wirklich besondere Formation fotografieren, er würde ihre Entstehung untersuchen und ihr seinen Namen geben.

Da rutschte er vom Sofa herunter und kniete auf dem Teppich. Er hielt mir das Display des Handys eine Handbreit vor die Nase. Schau hier, schau.

Er ließ eine Galerie von Wolken vorüberziehen, einige so seltsam, dass sie wie eine Computergrafik wirkten. Die Mammatus, die Shelf Cloud: Waren sie nicht unglaublich? Die Menschheit schaute seit Tausenden von Jahren auf denselben Himmel, und doch wurden immer noch neue Formationen entdeckt und klassifiziert. Die Weltorganisation für Meteorologie hatte eben erst eine in den Wolkenatlas aufgenommen: Sie hieß Asperitas.

Ich spürte seinen warmen Wodka-Atem direkt in den Nasenlöchern, aber das störte mich nicht.

Weißt du, was das Außergewöhnlichste ist? Dass auch die Asperitas-Wolken aus Wasserdampf bestehen. Alle Wolken sind nichts als Wasserdampf. Die Bedingungen ringsum, Druck, Temperatur, Luftströmung ändern sich. Aber die Kombinationen sind so viele, dass daraus eine potenziell unendliche Vielfalt entsteht.

Er öffnete den Browser und gab etwas ein. Es erschien ein Film, wo eine gasförmige Front, hellblau und kompakt, sich im Zeitraffer über die Oberfläche eines Sees bewegte. Die Wolke war wie ein Rohr und hing in so unnatürlicher Weise mitten am Himmel, dass ich ihn fragte, ob es sich nicht um eine Fotomontage handle. Novelli schüttelte den Kopf: Das ist eine Roll Cloud. Wenn eine Masse heißer Luft schnell über eine kompakte Fläche Kaltluft strömt, kann es passieren, dass an der Schnittstelle die Wolken buchstäblich eingerollt werden. Er imitierte diesen Prozess, indem er die Finger über die glatte Innenfläche der anderen Hand laufen ließ. Sie können sich über Hunderte von Kilometern erstrecken. Sie bewegen sich, ohne die Form zu verlieren. Diese hier wurde über dem Lake Michigan gefilmt. Aber sie sind sehr selten. Unvorhersehbar.

Wir schauten uns noch einmal an, wie sich die Wolke am Himmel bewegte, und ich bemerkte, dass sie nach Gewitter aussah, aber Novelli versicherte mir, die Roll Clouds seien ungefährlich. Das müsste dich inspirieren, sagte er.

Inspirieren wozu?

Du könntest ein Buch darüber schreiben, ich könnte dir helfen.

Und womöglich willst du die Hauptfigur darin sein.

Die Entscheidung überlasse ich dir.

Es könnte *Der Wolkenjäger* heißen.

Das gefällt mir, sagte Novelli. *Der Wolkenjäger.* Klingt gut.

Ohne es zu wissen, waren wir am Kulminationspunkt unserer Freundschaft angelangt, während wir auf dem Handy Wolken betrachteten. Ein paar Stunden lang zog ich seinen Vorschlag ernsthaft in Erwägung: ein Buch über die Wolken, vierhändig geschrieben. Es wäre angenehm, mit jemand anderem zusammen ein gemeinsames Projekt zu haben. Ein gemeinsames Projekt mit ihm.

Einige Wochen später wurde *Der Wolkenjäger* zum Titel seiner Rubrik in der wöchentlichen Beilage von ***. Novelli hatte mich nicht um Erlaubnis gebeten, den Ausdruck benutzen zu dürfen, und ich unternahm nichts. Außerdem war ich mir nicht sicher, ob ich aus einer betrunkenen Unterhaltung tief in der Nacht irgendein Copyright ableiten konnte.

Im November 2017 kehrte ich für meinen Kurs nach Triest zurück. Nach Monaten der monothematischen Lektüren über die Bombe war mein Kopf angefüllt mit Biografien von Atomphysikern, also beschloss ich, meinen Unterricht auf diese Art von Narrativ zu konzentrieren. Zur Eröffnung gestand ich meinen Studenten eine Jugendschwäche, dass ich nämlich noch am selben Tag, an dem *A Beautiful Mind* herauskam, allein ins Kino gegangen war, um mir den Film mit der größtmöglichen Konzentration anzusehen. Ich erzählte, wie ich im Anschluss daran lange davon träumte, wie John Nash Fensterscheiben mit sinnlosen Formeln zu bekritzeln. Und dann sprach ich ein wenig allgemeiner über wissenschaftliche Biopics: Da war stets der Moment, in dem der Held, nachdem er gegen die allgemeine Skepsis angekämpft hat, mit tosendem Applaus bedacht wird. War ihnen das je aufgefallen? Alan Turing, Thomas Edison, Stephen Hawking: Der befreiende Applaus war für jeden von ihnen gekommen, wenigstens in der Filmversion ihres Lebens.

In diesem Moment hob eine Studentin die Hand und fragte mich, ob ich in mein Pantheon auch Wissenschaftlerinnen aufzunehmen gedächte.

Ein Raunen der Genugtuung ging durch die Reihen, als

ob viele von ihnen insgeheim eine ähnliche Frage formuliert hätten.

Von dieser Warte aus hatte ich die Sache noch nicht betrachtet, gestand ich.

Sie neigte den Kopf und lächelte, meine Naivität unterstreichend. Wirklich nicht, Prof?

Aber es ist klar, dass ich Wissenschaftlerinnen genauso sehr bewundere.

Genauso sehr.

Selbstverständlich.

Und wen bewundern Sie zum Beispiel?

Ich ging im Geist eine Reihe von Namen durch, nicht viele, muss ich gestehen, dann sagte ich: Da wäre Marie Curie.

Das Mädchen griff sich an die Stirn, eine Geste, die ihren folgenden Worten einen Anstrich von Erschöpfung gab: Maria Skłodowska, meinen Sie. Heute sollten wir wenigstens den Anstand haben, sie bei ihrem Mädchennamen zu nennen.

Maria Skłodowska, wie Sie wollen.

Nicht ich bin es, die das will, Professor. Es ist ganz einfach richtig so.

Sie hatte ein sehr mageres Gesicht, die dunklen Haare zum Pagenkopf geschnitten, mit kurzem, geradem Pony, wie man ihn in den letzten Jahren häufig sieht. Mit Sicherheit war sie Physikerin. Darf ich fragen, wie Sie heißen, fragte ich.

Fernanda Rucco.

Fernanda. Freut mich.

Ich ging im Raum auf und ab, wie immer, und ich muss ziemlich lang geschwiegen haben. Ich überlegte mir keine bestimmte Strategie. Es war eher so, als ob ich an mir selbst dieses unbekannte Unbehagen erprobte und mich fragte, ob das etwas war, das ich wirklich verdiente. Ich hatte noch dieses »Wirklich nicht, Prof« in den Ohren. Die Gruppe war sehr aufmerksam.

Fernanda, mir gefällt Ihre polemische Art, sagte ich. Das ist genau die Art der Auseinandersetzung, die ich hier etablieren möchte. Also nehme ich Ihre Provokation an und schwöre, dass ich darüber nachdenken werde. Im Übrigen ist bekannt, dass die Frauen in der Wissenschaftsgeschichte unterrepräsentiert sind. Man bräuchte nur die weiblichen Nobelpreise zu …

Da braucht man nicht lange zu zählen, unterbrach sie mich. In Physik haben in hundertzwanzig Jahren drei Wissenschaftlerinnen ihn bekommen.

Ich musste lächeln: Wusste ich's doch, dass sie Physikerin war.

Doch Fernanda überging auch diesen gutmütigen Versuch: Das war keineswegs eine Provokation, Prof. Nur eine Richtigstellung.

Später in der Mensa erzählte ich Marina, wie inadäquat ich mich Fernanda gegenüber gefühlt hatte, als ob ich falsch gedacht hätte, schon immer. Sie kommentierte das nicht, vielleicht behielt sie sich vor, diese Möglichkeit selbst in Erwägung zu ziehen. Dann gestand sie mir, dass es am Beginn ihres Kurses einen ähnlichen Moment der Spannung gegeben hatte: Sie hatte sich auf die Autobiographie von Richard Feynman bezogen; ich war auf dem Laufenden, oder? Aber sicher war ich auf dem Laufenden, das war Pflichtlektüre für jeden angehenden Physiker: na und?

Feynman war sexistisch und übergriffig.

Ein wenig war mir das aufgefallen.

Ein wenig war das auch mir aufgefallen. Aber nicht genug. Das ist der Punkt. Wir haben diese Sache nicht ernst genug genommen. Und für diese jungen Leute ist das inakzeptabel. Ich habe Teile daraus wieder gelesen, und Fernanda hat recht: Feynman nennt die Frauen, die nicht mit ihm ins Bett gehen wollen, Huren, er nennt sie auch ekelhaft, und das an mehreren Stellen. Abgesehen von der Tatsache, dass er Frauen für ungeeignet für ein naturwissenschaftliches Studium hielt.

Ich habe ihn nie sonderlich gemocht. Feynman meine ich.

Aber vielleicht hast du ihn aus den falschen Gründen nicht gemocht.

So ist es: Ich mochte ihn nicht, weil er ein Angeber war, weil er die Physik leicht erscheinen ließ, wo sie für mich überhaupt nicht leicht war, und weil er Bongo spielte. Von seinem Sexismus habe ich an der Universität kaum etwas mitbekommen.

Ich begleitete sie zum Rauchen nach draußen. Aber nochmal zu Feynman, sagte ich, an deiner Stelle würde ich mir nicht allzu viele Vorwürfe machen.

Weil ich nichts begriffen habe?

Auch die Sensibilität muss man im Kontext verstehen. Als wir an der Universität waren, war alles anders.

Marina stieß den Rauch aus. Das scheint mir eine recht bequeme Position.

Mag sein. Jedenfalls ist das alles ein wenig übertrieben.

Als wir wieder hineingingen, folgte ich ihr nicht bis zum Aufzug, sondern schlug den Weg zur Bibliothek ein. Abends bestellte ich mir einen Toast aufs Zimmer und änderte das Programm des Kurses. Ich nahm eine Erzählung von Alice

Munro über die russische Mathematikerin Sofja Kowalew-skaja mit auf, obwohl ich sie langweilig fand, dann las ich von A bis Z die Autobiografie von Marie Curie. Die erste Seite gab eindeutig Fernanda recht: »Meine Familie ist polnisch und mein Name ist Maria Skłodowska.« Am nächsten Morgen sprach ich im Kurs darüber, als ob ich das Buch seit eh und je kennen würde, aber ich vermied es sorgfältig, diese Passage zu teilen.

Zurück in Rom, erzählte ich Lorenza von meinen Diskussionen mit Fernanda und Marina, von meinem Unbehagen. Das Abendessen war vorbei, und wir waren noch immer im Wohnzimmer, sie im Sessel und ich auf dem Sofa ausgestreckt. Seitdem Eugenio in die USA gegangen war, hatten wir diesen Teil des Tages für uns wiedergewonnen, und oft hielten wir uns dort auf, zum Lesen oder um am Handy herumzuspielen, weshalb wir dann erst sehr spät aßen oder uns gar nicht an den Esstisch setzten. Es waren Momente großer Intimität, aber auch ein bisschen besorgniserregend, weil so leer.

Lorenza nahm den Bericht kommentarlos auf, fast mit Widerstreben. Dann fragte sie mich plötzlich: Bin ich zu wenig feministisch, deiner Meinung nach?

Ich war unentschieden, ob es sich um eine naive Frage oder um eine Falle handelte, daher antwortete ich mit einer Gegenfrage: Wie kommst du darauf?

Ich weiß nicht. Vermutlich wegen dem, was so passiert. Ich bekomme Selbstzweifel davon.

Was so passierte: die anormalen Wellen, die der Fall Harvey Weinstein geschlagen hatte, die Neubestimmung – vielleicht für immer – des Verhältnisses zwischen den Geschlechtern, die verbreitete Nervosität, die man in jedem Arbeitszusammenhang atmete, und allgemeiner ein neuer Zeitgeist (was auch immer das heißt), der in die Welt kam und jeden sich insgeheim schuldig fühlen ließ.

Ich sagte: Du bist auf deine Art feministisch.

Lorenza stand auf und ging in die Küche, ich hörte sie einen Apfel schälen und die Schnitze kauen, dann kam sie zurück und wir sprachen über anderes. Wenn es bei ihr, und damit in unserer Ehe, einen Mangel an Feminismus gab, dann war es besser, den auf sich beruhen zu lassen. Das war die Art von Gesprächen, aus denen selbst die vertrautesten Paare zerrupft hervorgehen, und in letzter Zeit waren wir wohl sehr ruhig, das stimmt, aber in unserer Ruhe blieb von Vertrautheit nicht viel.

Oft stellte ich mir vor, zu gehen. Mein Innenleben erschöpfte sich fast ganz in dem Bild von mir, der ich Lorenza verließ, Eugenio, unsere Wohnung. In einem Augenblick kehrte ich allem den Rücken und machte mich mit leichtem Gepäck auf in eine unvorhersehbare Zukunft. Was würde ich dort draußen vorfinden? Erwartete mich dort anderes, eine aufregendere Alternative zur Selbstkontrolle? Nach Jahren des Ehelebens schien mir, ich wisse nicht mehr viel von dort draußen. Ich stellte es mir hektisch und voller Konkurrenz vor, mit brutalen Matchingtechniken auf Tinder und schnellem Gelegenheitssex. Wer weiß, ob für intime Begegnungen auch ein Rating vorgesehen war wie für Restaurants, und wer weiß, ob es, absolut gesehen, Intimität noch gab. Da Fuß zu fassen war unmöglich.

Dann sagte ich mir, das seien alles Vorwände, um im Sicheren zu bleiben, dabei müsse ich mich doch ins Leben stürzen: Wenn alle das schafften, würde ich es auch schaffen.

Vorausgesetzt, die Hypothese, dass alle es schafften, stimmte. Sah ich beispielsweise Giulio an, war ich mir da nicht so sicher: Hatte er noch ein Sexleben, oder hatte er sich in eine Art zeitgenössischen Asketen verwandelt?

Ich musste eine Wahl treffen, und zwar bald, möglichst noch vor vierzig und dem Auftreten von schweren Pathologien: Akzeptieren, dass das, was Lorenza und ich erreicht hatten, mit unseren halbgaren Gesprächen über Feminismus, den Apfelschnitzen anstelle des Abendessens und der Sterilität, dass das der ganze Rest des Lebens war, oder sich sagen, dass Leben bedeutet, nichts unversucht zu lassen.

Die Frage musste auch vom professionellen Standunkt aus betrachtet werden: Wie lange noch würde ich als Schriftsteller durchhalten, wenn ich nur von fehlgeschlagenen Ambitionen und Erfahrungen erzählte? Musste man nicht, um schreiben zu können, zuallererst wie ein Besessener leben? Doch an diesem Punkt hielt ich immer inne. Ich richtete es so ein, dass andere Überlegungen den Gedankengang verunreinigten und mich so weit wie möglich von der Antwort ablenkten.

Novellis Rubrik *Der Wolkenjäger* erschien insgesamt sechs Monate lang, um genau zu sein, von November 2017 bis April 2018, als sie aufgrund von überzogenen Forderungen des Autors eingestellt wurde. In dieser Zeit verlieh sie ihm eine gewisse Sichtbarkeit. Er wurde mittlerweile regelmäßig in verschiedene Talkshows im Nachmittagsprogramm eingeladen, wo er sich als »zugeschaltet aus Paris« meldete.

Um den folgenden Teil dieses Berichts in Angriff zu nehmen (den Teil, in dem alles zusammenbricht), las ich noch einmal die Beiträge zur Rubrik ab Januar, suchte nach Hinweisen auf einen Stimmungswandel, auf irgendein Alarmzeichen, ohne Ergebnis. Novelli spricht von seinen üblichen Themen – Klimawandel, die Auswüchse des Konsumismus, Krise der Vernunft –, aber sein tieferes Empfinden bleibt unlesbar, als ob er beim Schreiben alles daransetzen würde, es zu verbergen, oder als ob er der Erste wäre, der sich dessen nicht bewusst ist.

Ich hatte ihn aus den Augen verloren. Oder war er es, der sich mir gegenüber rarmachte, ich weiß es nicht mehr. Freundschaften im Erwachsenenalter unterliegen häufig solchen Schwankungen, die in der Mehrheit der Fälle einfach gar nichts bedeuten.

Ich wusste, dass er Anfang des Jahres wegen der Bewerbung um die Professorenstelle in Genua gewesen war, die Berufung würde ihm endlich erlauben, nach Italien zurückzukehren. Die Anhörung würde eine reine Formalität sein, wie er mir vor der Abreise sagte, er beschrieb mir ihren Sinn mit einem kuriosen Bild: Bloß, um das Auge des Fisches zu prüfen. Weswegen? Dass er nicht verdorben ist.

In Genua hatte er vor Kollegen, die er seit zwanzig Jahren kannte, Experten für Umweltphysik, Klimatologen, von denen viele bei ihm promoviert hatten, einen Vortrag über seine jüngsten Forschungen gehalten. Er hatte seinen Applaus kassiert, und im allgemeinen Frageteil hatte er vor allem über die EU-Fördermittel gesprochen, die er der Universität sichern wollte. Nur die externe Kommissionsbeisitzerin hatte sich merkwürdig betragen, eine Dozentin aus Cagliari, die die ganze Zeit über geschwiegen hatte, außer am Schluss – glaubte man Novellis Version –, als sie mit einer Bemerkung zu etwas aufwartete, das er in einem Fernsehinterview gesagt hatte, etwas über Kernbohrungen in der Antarktis, das ihr nicht einleuchtete. Novelli erinnerte sich nicht einmal mehr an das besagte Interview, aber sie hatte mit einer völlig unangebrachten Hartnäckigkeit auf dem Punkt beharrt, bis er die Geduld verlor und sie dabei (wie er selbst zugab) »ein bisschen zu sehr von oben herab behandelte«.

Die anderen Kommissionsmitglieder hatten geschwiegen, sie schienen verlegen wegen des Verhaltens der Kollegin. Letztlich aber hatten sie das Hindernis umschifft, und alles ging planmäßig zu Ende. Novelli hatte es vermieden, mit ihnen abendessen zu gehen, um den Schein zu wahren. Er war nach Paris zurückgekehrt, und nach ein paar Tagen wurde das Ergebnis des Verfahrens publik gemacht: Sein Name war an zweiter Stelle.

Heute weiß ich, dass ich die Auswirkungen dieses Scheiterns unterschätzt habe. Auf der anderen Seite war er in den Botschaften, mit denen er die Sache mir gegenüber resümierte, einsilbig gewesen (»Sie haben mich versenkt«), und diese Einsilbigkeit konnte leicht mit einer sportlichen Form der Gleichgültigkeit verwechselt werden.

Aber als wir uns zwei Monate später im März in Rom trafen, war die Enttäuschung noch lebendig in ihm, so dass er ohne Höflichkeitsfloskeln gleich anfing, von der Bewerbung zu reden, als ob seine Gedanken seit Wochen auf diesem einzigen Gleis fahren würden. Diese Schreckschraube, die sie an meiner Stelle ernannt haben, sagte er, dann brach er sofort ab. Lassen wir das. Weißt du, was mein H-Index ist?

Eigentlich wusste ich nicht einmal recht, was der H-Index ist, nur dass er mit der Bewertung der Forschungstätigkeit eines Wissenschaftlers zu tun hat und dass die Berechnung darauf basiert, wie oft ein Artikel zitiert wird.

Achtundneunzig. Acht-und-neun-zig.

Ich tat so, als würde die Zahl mich beeindrucken, aber ich hatte keine Anhaltspunkte.

Die Berufene hat einen H-Index von vierunddreißig. Was, unter uns gesagt, nicht schlecht ist. Aber wenn man sich die Zitate genauer ansieht, bergreift man sofort, dass dahinter ein System von gegenseitigen Gefälligkeiten steckt. Sie und eine Gruppe anderer, immer dieselben, zitieren sich gegenseitig, um den H-Index hochzutreiben. Außerhalb ihres Zirkels werden sie praktisch nicht wahrgenommen. Jedenfalls achtundneunzig ich und vierunddreißig sie.

Und wie erklärst du dir das?

Novelli wischte sich mit der Serviette über den Bart und legte sie dann sorgfältig auf den Tisch. Sie mussten eine Frau ernennen. Wegen der *gender balance*, verstehst du? *Gender balance*. So weit ist es gekommen.

Wirst du Einspruch einlegen?

Mit einer summarischen Handbewegung schloss er diese Möglichkeit aus.

Er schien müde. Er war wie üblich tadellos gekleidet, und doch wirkte er ungepflegt, als ob er zu lange unterwegs gewesen wäre. Mir kam die Idee, dass er unter den Stoffschichten geschwitzt haben müsse. Es kann aber auch sein, dass meine Gemütsverfassung damit zu tun hatte. Novelli hatte mir erst im letzten Moment gesagt, dass er in der Stadt sein würde, als ob er nicht sicher wäre, dass er das Treffen auch wirklich wollte, und diese Zurückhaltung hatte mich geärgert.

Du scheinst sehr gekränkt, sagte ich mit einer gewissen Überwindung.

Er zog die Schultern hoch. Er drehte den Glasuntersetzer zwischen seinen Fingern hin und her. Essen wir? Und ohne die Antwort abzuwarten, machte er dem Kellner Zeichen.

Wir bestellten zwei Primi. Dann schwiegen wir lange, tranken Wasser. Die Gerichte kamen, und beide aßen wir sie widerwillig auf. Als die Sonne sich einen Augenblick lang verfinsterte, zeigte ich mit dem Finger nach oben. Wie heißt die, Wolkenjäger? Ich sagte das, um die Unterhaltung wieder auf freundschaftliches Terrain zu lenken, aber Novelli bewegte nicht einmal die Augen. Er beschränkte sich auf ein Schulterzucken, schlug dieses Angebot einer Komplizenschaft aus. Er muss es als unehrlich empfunden haben.

Ein paar Minuten lang redeten wir über Politik und überboten uns gegenseitig in der Empörung über das Ergebnis der Wahlen. Novelli fragte mich, ob ich das Programm der 5 Stelle gelesen hätte, und ich musste gestehen, dass nein, dass mir das nicht mal in den Sinn gekommen wäre. Dass wir uns bei einem uns fremden Thema aufhielten, machte mich noch trauriger. Als er mich schließlich nach Lorenza fragte, machte ich es lieber kurz: Lorenza alles okay.

Wir wollten schnellstmöglich dort weg und beschlossen, den Kaffee anderswo zu trinken. Nach einem kurzen Zwischenstopp in der Bar gingen wir bis zur Brücke und nahmen dann den Lungotevere. Die Wurzeln der Platanen warfen den Asphalt auf, und wir mussten hintereinander hergehen. Novelli in meinem Rücken machte sich weiterhin Luft: Carolina hatte beschlossen, nach Genua zurückzukehren, Lehrstuhl hin oder her. Mittlerweile hatten sie die Wohnung gekündigt, die andere Wohnung hergerichtet und die Kinder in der Schule angemeldet. Daher würde er sich in Paris eine kleinere Wohnung suchen, ein Einzimmerappartement, und an den Wochenenden pendeln. Oder sie würden sich scheiden lassen, und er würde einer von diesen Teilzeitvätern werden. Wie Giulio, ergänzte er.

Er bat mich, einen Augenblick stehen zu bleiben. Er stützte sich auf die steinerne Brüstung, er war etwas außer Atem. Alles in Ordnung?, fragte ich ihn.

Ja, es müssen die Pollen sein. Überall gibt es Pollen. Die Blütezeit beginnt immer früher.

Wir sahen das braune Wasser tief unter uns dahinlaufen. Novelli sagte: Weißt du, ich habe in meinem Leben Dutzende von Ausschreibungen mitgemacht. Als Kandidat und noch öfter in den Kommissionen. Einige habe ich bestanden, andere nicht. Ich habe immer gedacht, das ist richtig so, das ist Teil des Lebens eines jeden Wissenschaftlers. Aber vielleicht gibt es ein Alter, jenseits dessen man es nicht akzeptieren kann, abgelehnt zu werden, und dieses Alter habe ich überschritten. Dieses ständige Beurteiltwerden. Das hat nie ein Ende. Und diesmal ... ich weiß auch nicht. Es hat mich anders getroffen.

Das war der genau richtige Moment, ihm Nähe zu signalisieren. Es hätte genügt, ihm den Arm um die Schulter zu legen oder auch nur über den Ärmel seiner Jacke zu streichen, das würde die Dinge vielleicht ändern, nicht nur an diesem Tag, auch in Zukunft. Oder womöglich nicht, es hätte mich lediglich vor Schuldgefühlen bewahrt. Aber seitdem wir zusammen waren, hatte Novelli nur von sich geredet. Ich sagte ihm, dass ich nachhause müsse, er solle mir über Neuigkeiten aus Genua berichten und mir Bescheid geben, wenn er wieder nach Rom kam, vielleicht etwas rechtzeitiger. Wir überquerten die Straße und gingen in entgegengesetzter Richtung davon.

Ich hatte einen Google Alert für Novelli eingerichtet. Ich schäme mich ein wenig, das zuzugeben, auch weil er nichts davon wusste, aber damals rechtfertigte ich mich mit der Vorstellung, dass es sich um eine Aufmerksamkeit mehr ihm gegenüber handelte: Er wies mich fast nie auf seine Fernseh- auftritte hin, häufig vergaß er, sie auf Twitter anzukündigen, und ich ließ sie mir nur ungern entgehen. Ohne den Alert hätte ich nichts von der Tagung erfahren. Aber so bekam ich eines Samstagmorgens Ende März eine Benachrichtigung: Novelli würde an einem Kongress mit dem Titel *Women's Empowerment and Climate Change* teilnehmen.

Ich schrieb ihm beiläufig, als wäre ich per Zufall auf die Ankündigung gestoßen. Ja, das ist eine Art TEDx, bestätigte er mir, es wird im Livestream übertragen, wenn du Lust hast, dich einzuklinken. Der Ton der Antwort war neutral, schwer zu deuten, hätte er nicht nach ein paar Sekunden hinzuge- fügt: Es lohnt sich.

Es war ein unproduktiver Tag gewesen, wie so viele. Ich hatte nur im Internet herumgesurft, von einem Link zum nächsten springend, auf der Suche nach Anregungen. Das Buch über die Atombombe war festgefahren. Und immer mehr verhärtete sich der Verdacht, dass es da wirklich nichts

Neues zu sagen gab, dass es wirklich nichts Neues gab, was *ich* zu sagen hätte. *The Making of the Atomic Bomb*, das Buch von Richard Rhodes, das ich mittlerweile zwei Mal ganz gelesen und frenetisch unterstrichen hatte, enthielt schon alles über die Vorgeschichte der Explosion und hatte den Pulitzer-Preis gewonnen. *Hiroshima* von John Hersey enthielt alles über die Folgen und galt als Klassiker. Wo war da also noch Platz für mich?

Trotzdem gab ich nicht auf. Es gibt Projekte, die eine Art Unausweichlichkeit an sich haben, dich jenseits aller Vernunft fesseln, aus Gründen, die du nicht verstehst. Oft sind das Fata Morganas, das weißt du, aber du kannst nicht anders, als dich ihr so weit anzunähern, bis sie vor dir verschwindet. Die Bombe war so etwas. Ich schrieb immer langsamer und mit einer Art luzider Verzweiflung, den Moment erwartend, in dem ich mich mit nichts in Händen wiederfinden würde.

Hauptsächlich aus Langeweile loggte ich mich in den Kongress ein. Ich verlor ein paar Minuten bei der Prozedur der Anmeldung, um dann festzustellen, dass ich wegen der Pariser Klimakonferenz noch die Akkreditierung hatte. In der Tat bekam ich im Abstand von Jahren noch immer Mails, die als Betreff Worte wie *resilience* und *adaption* enthielten und die ich regelmäßig, ohne sie zu lesen, in den Papierkorb verschob.

Auf dem Podium war eine Frau, die wütende Verwünschungen gegen die Banker schleuderte, wegen dem, was deren grenzenlose Gier aus ihrer Erde und aus der Welt im Allgemeinen gemacht hatte. Ich brauchte eine Weile, bis ich begriff, dass sie einem Stamm von *native americans* angehörte, einem Stamm, von dem ich nie zuvor gehörte hatte.

Ihre Argumentation war vage, aber sie brachte sie mit einem solchen Nachdruck vor, dass sie faszinierend wirkte.

Der Beitrag dauerte insgesamt etwa zehn Minuten, danach war eine Forscherin aus Kamerun an der Reihe. Sie präsentierte Daten über den Zusammenhang zwischen der Zunahme der weiblichen Berufstätigkeit und dem Rückgang der Brände in ihrer Gegend, aber ihr Englisch war so holprig, und sie begann New-Age-Begriffe zu verwenden wie »unsere Mutter Erde« und »die Harmonie des Planeten«. Ich schaltete das Audio aus, ließ das Bild aber weiterlaufen, und studierte nebenher das Programm.

Wie bei dem Thema nicht anders zu erwarten, waren die angekündigten Beiträge fast alle von Frauen, Wissenschaftlerinnen, vor allem aber Aktivistinnen aus den unterschiedlichsten Gemeinschaften: Terena, Kanawa, Houma, Mapuche. Jede von ihnen referierte über ein mit dem Klimawandel verbundenes Problem und die Auswirkungen der weiblichen Partizipation auf die Gesellschaft. Es gab einen Fokus auf nicht-binäre Landarbeiterinnen und einen Beitrag des Kollektivs Mujeres Que Luchan. Zum Abschluss des Konferenztages war niemand Geringeres vorgesehen als der Superstar der Umweltbewegung, Naomi Klein. Jacopo Novelli war der einzige Italiener unter den Rednern und einer der wenigen Männer.

Ich schrieb ihm auf WhatsApp: Das kommt mir ein bisschen vor wie eine Studentenversammlung.

Er las die Nachricht, aber ohne zu antworten. Er war bald dran.

Die Tagungsleiterin stellte ihn mit allen Ehrenbekundungen vor, als einen der weltweit führenden Experten für Umweltschutz sowie Pionier in Studien über Cloud Brightening. Sie sagte: Herzlich willkommen dem Wolkenjäger, wobei sie den Ausdruck auf Italienisch ließ, und endlich ging Novelli aufs Podium.

Der gesamte Talk sollte ein paar Monate lang im Netz zur Verfügung stehen, versehen mit einem Haufen Kommentaren, aber irgendwann wurde er entfernt. Ich weiß nicht, von wem, ob von Novelli selbst oder von den Organisatorinnen, ebenso wenig wie ich weiß, aus welchem Grund man ihn nicht sofort entfernte. Vielleicht wollten sie abwarten, bis sich die Wogen geglättet hätten, damit die Entfernung nicht noch mehr Skandal verursachte. Jedenfalls existiert der Text nicht mehr. Ich muss ihn also aus dem Gedächtnis rekonstruieren, mit einigen unausweichlichen Ungenauigkeiten, aber auch mit der Gewissheit, seinem Sinn treu zu bleiben, so groß war der Eindruck, den er auf mich machte.

Novelli begann mit dem Satz, den ich dem Interview mit ihm vorangestellt hatte, ein Detail, das mich im Folgenden in gewisser Weise als Komplizen seines Plans fühlen ließ: Daten lügen nicht. Das tun bisweilen Menschen. Daten nicht. In Daten steckt nicht mehr als die Wahrheit über die Welt. Und von ihnen gehen wir hier aus. Was ich Ihnen vorschlagen will, ist eine datenbasierte Analyse der angeblichen Ungleichheit der Geschlechter in der wissenschaftlichen Forschung. Ich sage angebliche, weil auf diesem Feld, wie wir sehen werden, Vorurteile und Allgemeinplätze vorherrschen. Und nichts so ist, wie es scheint.

Er war ein brillanter Redner. Er hatte eine sehr italienische Art, die Hände einzusetzen, die Begriffe in der Luft vor sich zu formen, aber eine angelsächsische Art, sie darzulegen, rigoros und sehr klar. Er wusste hier und da witzige Bemerkungen einzuflechten, und in die Folien, über die er den roten Kreis des Laser Pointers hüpfen ließ, hatte er sogar humoristische Karikaturen eingefügt.

Novelli präsentierte die zentralen Kritikpunkte zur Lage der Frauen in der Wissenschaft in Form von Erklärungen aus den Medien, die er in Anführungszeichen gesetzt hatte. Verließ man sich auf diese Erklärungen oder, wie Novelli präzisierte, »vertraute man dem vorherrschenden Narrativ«, dominierten die Männer überall. Sie hatten Spitzenpositionen in Universitäten und Forschungseinrichtungen inne und bekamen die beträchtlichsten Fördergelder. Dagegen beklagten Wissenschaftlerinnen Belästigungen unterschiedlichen Grades und stellten den Missbrauch als regelrechte Kultur dar, als organisiertes System. Und es gab eine Reihe anderer diskriminierender und herabsetzender Praktiken, die alle englische Namen trugen: *mansplaining, mobbing, gaslighting* (da war es wieder).

Ich habe diese Beobachtungen sehr ernst genommen, sagte Novelli. Sehr, sehr ernst. Deshalb habe ich beschlossen, sie zu messen. Denn ich bin Wissenschaftler, und so schreitet die Wissenschaft zur Wahrheit voran: nicht durch Slogans, sondern durch Messungen. Und jetzt werden Sie mir verzeihen, wenn ich Ihnen ein paar Grafiken vorlege.

Ausgewertet worden waren die Daten von ihm selbst und einem Mitarbeiter, einem gewissen M. Ambrosini, von dem er mir nie erzählt hatte. Die Kurven zeigten klar an, dass es eine Differenz zwischen Männern und Frauen in der Wissenschaft gab: Wenn nicht bei der Bezahlung, so sicher in puncto Repräsentation. Zum Beispiel war die Zahl der Männer unter den Hauptrednern bei internationalen Kongressen sehr viel höher. Ausgenommen diesem hier natürlich, fügte Novelli ein, was beim Publikum ein Lachen der Entspannung auslöste.

Endlich waren wir jedoch ins Zeitalter der Bewusstwerdung eingetreten! Minderheiten machten sich überall bemerkbar, pochten auf ihre Zentralität, Wissenschaftlerinnen eingeschlossen. Gut, sagte er, sehr gut. Das ist eine wundervolle Nachricht. Um in der Erkenntnis fortzuschreiten, brauchen wir frische Energien, Fantasie und Willen.

Die Kamera war nur selten auf die Zuhörer gerichtet, aber in diesem Moment schon, und das genügte mir, um zu bemerken, wie emotional beteiligt das Publikum war. Endlich ein Mann, ja, ein berühmter Professor, der sich dieser Problematik annahm, der klare Position bezog. Die Kamera richtete sich wieder auf ihn.

Aber, sagte Novelli, nachdem man ein Phänomen gemessen hat, stellt sich gleich die anschließende Frage: warum? Warum diese Unterschiede? Was ist ihr Ursprung? Sind das bloß soziale Konstrukte, oder stecken andere Gründe dahinter? Es handelt sich um eine korrekt gestellte Frage, scheint mir. Und alle korrekt gestellten Fragen sind für die Wissenschaft auch legitim. Ja, obligatorisch. Also erlauben Sie mir, zum zweiten Teil der Analyse zu kommen.

Er brauchte eine Weile für die Erklärung der Untersuchungskriterien, die er gemeinsam mit M. Ambrosini entwickelt hatte, um die Leistungen der Wissenschaftler und Wissenschaftlerinnen zu quantifizieren. Mit einer in diesem Kontext übertriebenen Ausführlichkeit benannte er die mathematischen Definitionen der Indikatoren. Die Kurven berücksichtigten in unterschiedlicher Weise die Anzahl der Veröffentlichungen, die Note der Dissertation, die erreichte akademische Position und den H-Index. In jeder Grafik wurden die männlichen und weiblichen Trends in verschiedenen Farben einander gegenübergestellt. Folie für Folie begann sich seine Vision abzuzeichnen.

Diesen Daten zufolge traten die Frauen mit denselben Chancen in die wissenschaftliche Welt ein wie die Männer, blieben dann aber bald zurück. Wenn sie sich in den Prüfungen als genauso talentiert erwiesen hatten wie ihre männlichen Kollegen, ja, sogar als überlegen, ließen ihre Leistungen in der Forschung rasch nach. Von einem bestimmten Punkt an gingen die Kurven auseinander, und die Publikationen der Frauen erwiesen sich als denen der Männer qualitativ unterlegen. In einer Zeit, in der man sich gewöhnlich um Stellen bewirbt, also zwischen dreißig und vierzig, »performten« die Wissenschaftlerinnen bedeutend schlechter als ihre männlichen Kollegen.

Kurz und gut, nach der Analyse von Novelli und Ambrosini gab es ein Machtgefälle, aber dieses war keineswegs durch soziale Ungerechtigkeit bedingt. Es beruhte auf einem logischen Grund: Die Wissenschaftlerinnen hatten weniger Erfolg im Bereich der Wissenschaft, weil sie im Schnitt weniger fähig waren.

Ich war etwas verwirrt. Ich hatte den Eindruck, Novellis letzte Worte missverstanden zu haben, als hätte ich ein Problem mit seinem Englisch. Hatte er wirklich gesagt, die Wissenschaftlerinnen seien »im Schnitt weniger fähig als ihre männlichen Kollegen«? Oder war mir da eine Nuance entgangen?

Er war jedoch noch nicht fertig. Mit der folgenden Reihe an Grafiken gelang ihm ein Zauberkunststück. Die These, die er in knapp zehn Minuten beweisen konnte, war das glatte Gegenteil von seiner Ausgangsthese: Es gab Geschlechterdiskriminierung in der Wissenschaft, und ob, aber zu Ungunsten der Männer! Weil der Zeitgeist – diesen Ausdruck benutzte er – sie benachteiligte. Die aktuellen Versuche, an den Universitäten zwangsweise Geschlechtergleichheit durchzusetzen, waren regelrechte »Staatsstreiche«, um das Leistungsprinzip auszuhebeln.

Hätte er mit diesen Worten geschlossen, hätte sich die Situation noch retten lassen. Es hätte Kritik gehagelt, natürlich, aber die Sache wäre auf die akademische Welt beschränkt geblieben. Eine provokante Position, die Professor Novelli da vortrug, unsympathisch, aber alles in allem ein für die Diskussion nützlicher Beitrag: So würde es heißen. Er würde jemanden finden, der bereit war, ihn in der universitären Welt zu verteidigen, und die Polemik wäre gleich erloschen. Aber nicht das war es, was Novelli wollte, oder jedenfalls genügte es ihm nicht.

Nach einer sehr kurzen Pause zum Luftholen wurde seine Stimme tiefer. Ich möchte das alles mit einer kleinen persönlichen Geschichte illustrieren, sagte er. Eine anekdotische Ausschmückung, wenn Sie wollen. Unlängst habe ich am Auswahlverfahren für eine Professorenstelle in meiner Stadt, Genua, teilgenommen. Sie wissen ja, wie das ist, man wird älter und der Ruf der Heimat stärker.

Er suchte Zustimmung im Publikum, aber diesmal war nichts wahrzunehmen, jedenfalls online nicht, außer einer starken Spannung.

Es gab ein Verfahren, fuhr Novelli fort, und am Ende wurde die Stelle durch den unkontrollierbaren Beschluss der Kommission einer Kollegin zugeteilt. Er breitete die Arme aus. Das kommt vor, bei Auswahlverfahren gibt es einen, der gewinnt, und einen, der verliert. Doch bevor ich zum Schluss komme, möchte ich Ihnen noch eine Folie zeigen. Die letzte, ich verspreche es. Es ist ein bibliometrischer Vergleich zwischen der Anzahl an Veröffentlichungen in meiner Forschertätigkeit und denen der Kollegin, die den Posten bekommen hat, Frau Doktor Gaia Sensi.

Dieser Name, Gaia Sensi, schallte durch den Raum wie eine Ohrfeige, auch weil der ganze Vortrag sich auf dem anonymen Terrain der Statistik bewegt hatte. Als ob das nicht genügte, erschien auf dem Bildschirm hinter Novelli das Foto der Dozentin, etwas grobkörnig, wie über Gebühr von einem Foto mit niedriger Auflösung vergrößert. Auf der anderen Seite war das von Novelli selbst, viel schärfer und mit einem strahlenden Lächeln. In der Mitte die Grafik. Wir waren nun schon mit den Variablen auf den Achsen und ihrer Bedeutung vertraut, Novelli hatte uns gut instruiert, und daher erschien die Ungleichheit zwischen den Leistungskurven, jedenfalls so, wie er sie angelegt hatte, erdrückend.

Es bleibt mir wenig hinzuzufügen, sagte er. Die Daten, meine Damen und Herren. Die Daten lügen nie. Ich habe heute sehr viele Vorträge voller Inspiration gehört, und viel Aufforderungen zur Gleichheit. Die Gleichheit ist ein wunderbarer Begriff, einverstanden. Vorausgesetzt, sie gilt für alle. Ich danke Ihnen sehr für Ihre Aufmerksamkeit.

Er verließ das Podium. Es wurde geklatscht. Schwach und unsicher, aber es wurde geklatscht. Gewohnheiten sind stärker als alles andere, und einem Professor am Ende seines Vortrags zu applaudieren, war für dieses so wohlerzogene und zivilisierte Publikum ein antrainierter Reflex.

Sogar der Tagungsleiterin, die gleich darauf das Wort ergriff, fehlte die Geistesgegenwart für einen Kommentar. Sie dankte Novelli mit den üblichen Floskeln, aber so, als ob es sie große Mühe kostete. Dann stellte sie die folgende Vortragende vor, eine englische Ökosystemforscherin.

Die öffnete den Mund, um ihren Vortrag zu beginnen, aber es kam nichts heraus. Dagegen ließ sie ihren Blick über den Hörsaal schweifen, nach links und nach rechts, sehr langsam. Schließlich sagte sie: Haben Sie auch gehört, was ich gehört habe? Oder habe ich das nur geträumt? Denn mir kommt es so vor, als würde ich aus einem bösen Traum erwachen.

Da brach ein anderer Applaus los: rauschend, befreiend. Der Applaus, der Novelli lebendig begraben würde.

Danach erinnere ich mich an ein Gefühl der Desorientiert-heit, auch wenn ich nicht sagen könnte, wie lange es anhielt. Mit Sicherheit bin ich vom Schreibtisch aufgestanden, bin in die Küche gegangen und herumgeschlendert, habe viel-leicht etwas gegessen. Lorenza war nicht im Haus, und ich bedauerte es, nicht mit ihr reden zu können.

Als ich zurückging an den Rechner, hatte die Tagung wie-der ihren normalen Verlauf genommen. Das iPhone lag da-neben, aber ich wagte es nicht, es in die Hand zu nehmen, als spürte ich ein Kribbeln in seinem Inneren. Also blieb ich ruhig sitzen, bis eine Nachricht von Giulio kam: der Link zu einem Tweet, begleitet von einem Fragezeichen.

Der Tweet war von einer amerikanischen Soziologin, Fi-ona McMulligan, die Novellis Auftritt als »mittelalterlich und grotesk« definierte. Sie wünschte sich, der italienische Wissenschaftler solle umgehend von den Universitäten, de-ren Mitarbeiter er war, ausgeschlossen werden (allesamt ge-taggt) sowie aus allen Gremien, deren Mitglied er war.

Ich öffnete ihr Profil: McMulligan war seit 2011 bei Twitter, sie hatte das blaue Häkchen und so etwas wie neunhundert-tausend Follower. Natürlich taggte sie auch Novelli. Unwill-kürlich klickte ich den Tag an, und als sein Profil erschien, sah ich, dass die Zahl seiner Follower in Echtzeit zunahm, in Hunderterschritten.

In meinem Feed sprachen alle von ihm. Ich wusste, dass es sich dabei um eine digitale Illusion handelte, dass es eine Eigenheit des Algorithmus war, das hervorzuheben, was einen interessieren würde, aber es war trotzdem verblüffend. Es waren schon drei oder vier verschiedene Hashtags entstanden, aber vorherrschend war der einfachste: #Novelli.

In der Zwischenzeit war das Video des Vortrags zerstückelt und in explosiven Schnipseln im Netz verteilt worden. Aus dem Kontext gelöst, waren seine Aussagen noch skandalöser. Giulio muss sich schnell ins Bild gesetzt haben, denn er schrieb mir: Unser Mann hat hier an der Uni alle in Aufruhr versetzt. Ich fragte ihn, was er glaube, dass jetzt passieren werde, und er schickte mir das Emoji eines Totenkopfs.

Ein Anruf von B. S. unterbrach unseren Chat. Unbewusst muss ich irgendwie damit gerechnet haben. Gewöhnlich sprach ich mit B. S. meine Texte für den *Corriere* ab. Ich erwog die Möglichkeit, gar nicht ranzugehen, aber das würde das Problem nur aufschieben. Hast du Novelli gesehen?, fragte sie mich.

Gerade eben.

Du hast doch dieses Interview für uns gemacht, richtig? Du hattest es vorgeschlagen.

Ich schwieg, es war besser, nichts zu bestätigen.

B. S. sagte: Es wäre interessant, wenn du ihn für ein paar Statements gewinnen könntest. Mir scheint, es gibt da eine gewisse … Reaktion von Seiten der wissenschaftlichen Community. Und nicht nur von ihr.

In der Redaktion betreute B. S. alle Beiträge, die die Lage der Frau in der zeitgenössischen Gesellschaft betrafen, sie hatte auch einen Blog zum Thema gestartet und ein Festival ins Leben gerufen. Ich hatte ein paar Mal für den Blog geschrieben und war Gast auf dem Festival gewesen, wo ich wohlabgewogene und vernünftige Sätze zur Geschlechtergleichheit gesagt hatte.

Ich höre schon eine Weile nichts von ihm, log ich. Ich glaube, ich habe nicht einmal mehr seine Nummer.

Du könntest einen Kommentar schreiben, wenn du ihn nicht persönlich kontaktieren kannst. Es gibt schon einen Bericht im Lokalteil, aber wir könnten ihn da dazusetzen.

Ich kann nicht, sagte ich.

Meiner Meinung nach dauert das nicht lange. Dreißig Zeilen genügen. Nur, um diese Art wahnwitzige Analyse, die er präsentiert hat, einzuordnen.

Ich kann nicht, wiederholte ich.

Entschuldige, erklärst du mir, warum?

Weil Novelli mein Freund ist.

Nach dem Telefonat (und nachdem ich B.S.s implizite Botschaft in den letzten drei oder vier Sekunden Schweigen aufgenommen hatte) kehrte ich zurück zu Twitter. Etwas hektisch sah ich mir die Kommentare an, die ich in der Zwischenzeit verpasst hatte. Es waren Hunderte, in verschiedenen Sprachen, und sicherlich war ich nicht imstande, mehr als nur einen Teil davon zu sehen. Novelli wurde angeklagt, angeschwärzt, beschimpft, kalt abgefertigt oder mit Memes lächerlich gemacht.

Der Algorithmus zeigte mir einen Thread von Marina an, argumentativ und traurig, in dem sie direkt auf ihn antwortete, von Wissenschaftlerin zu Wissenschaftler, von Physikerin zu Physiker, sie ging auf seine Analyse ein, indem sie sowohl deren Voraussetzungen als auch die Interpretation kritisierte. Wenn er aufwies, wie die Leistungskurven von Männern und Frauen nach der Dissertation auseinanderstrebten (vorausgesetzt, das stimmte), hatte Novelli die Schlüsselbegriffe jeder sinnvollen Untersuchung zur Geschlechtergleichheit unberücksichtigt gelassen: den in der akademischen Welt tief verwurzelten Chauvinismus, die Care-Arbeit, die sozialen Rahmenbedingungen. Hatte der Herr Professor sich gefragt, warum die jungen Wissenschaftlerinnen um die dreißig solche Schwierigkeiten hatten zu publizieren, nachdem sie ausgezeichnete Studentinnen gewesen waren?

Am Ende des Threads bekannte Marina überraschenderweise etwas von sich persönlich. Als sie sich mit der Struktur der Materie beschäftigte, war ihr ein Forschungsauftrag an der ETH in Zürich angeboten worden. Sie sollte ein Team leiten. Aber sie hatte schon die Zwillinge, damals waren sie noch klein. Ihr Mann hatte sich prinzipiell einverstanden erklärt, doch zwischen diesem prinzipiell und einer wirklichen Bereitschaft spielte sich viel Typisches der weiblichen Lebensbedingungen ab. Marina hatte auf die Stelle verzichtet, die einem männlichen Kollegen gegeben wurde. Binnen kurzer Zeit hatte das Team bedeutende Ergebnisse vorzuweisen, es gab Publikationen, der H-Index des Kollegen war gestiegen, während ihrer gleich blieb. Schlussendlich hatte Marina auf die Forschung verzichtet. Wo fand sich all dies in den Kurven des Professors wieder?

Instinktiv klickte ich auf das Herz am Ende des Threads, dann stellte ich mir Novellis Display vor, auf dem ein »P.G. gefällt ein Tweet, in dem du erwähnt wurdest« prangte. Ich machte es rückgängig, auch wenn ich nicht sicher war, wie viele dieser Operationen reversibel waren.

Einige Studierende meines Kurses kommentierten Marinas Thread, einschließlich Fernanda Rucco, die eine Reihe von ausdrucksstarken Grafiken postete.

Ich aktualisierte noch einmal, und gleich an erster Stelle erschien ein Tweet von Curzia, das Bild eines Mannes, der wie von einem Flugzeug aus ins Leere stürzt, unter ihm eine Wolkenschicht. Curzia schrieb: Der Wolkenchauvinist #Novelli. Wir hatten einen hektischen Nachrichtenaustausch. Es sieht so aus, als hättest du Spaß an der Sache, schrieb ich ihr. Wegen des Bilds? Ich fand es lustig. Du hingegen scheinst bestürzt … Aber du kennst ihn doch, Curzia, ihr seid Freunde! Sie antwortete, sie sei einmal bei ihm zuhause gewesen (sicher erinnerte ich mich daran), und wenn sie in diesen Begriffen denken würde, dann müsste sie auch al-Baghdadi auf die Liste ihrer »Freunde« setzen. Wenn es mir so leidtat um Novelli, warum twitterte ich dann nicht etwas zu seiner Verteidigung?

Aber ich unternahm nichts. Ich habe ihn weder verteidigt noch angeklagt. Mein Twitter-Profil ist völlig neutral geblieben, als ob ich nichts bemerkt hätte.

Als Lorenza nachhause kam, saß ich auf dem Sofa und starrte ins Leere. Sie fragte mich, warum ich so blass sei, und ich gab ihr eine Zusammenfassung dessen, was geschehen war, und zeigte ihr ein paar Ausschnitte aus Novellis TEDx. Wie ekelhaft, kommentierte sie, mit einer Fähigkeit zur Synthese, die mir fabelhaft erschien. Also wirst du nicht darüber schreiben?

Aber wie soll ich das machen?

Wie immer. Du schreibst darüber. Beziehst Position.

Wenn ich Position beziehe, muss ich das gegen ihn tun. Explizit.

Also vermeidest du es lieber und basta.

Aber wie soll ich das machen?, wiederholte ich.

Genau in dem Moment begann das Handy zu klingeln. Curzias Name erschien auf dem Display. Und ich begegnete dem Blick meiner Frau. Das Klingeln hörte auf, um gleich wieder anzufangen.

Geh ran, sagte Lorenza.

Lieber nicht.

In sehr rascher Folge kamen Botschaften, alle von Curzia. Sie hatte die fragwürdige Angewohnheit, ihre Sätze auf mehrere Botschaften zu verteilen.

Wer ist das?, fragte mich Lorenza sehr ruhig, wie aus echter Neugier.

Niemand. Das heißt, sie ist ein Freelancer. Vielleicht will sie mich zu diesem Debakel interviewen, ich weiß nicht.

Vielleicht solltest du also rangehen. Sie kommt mir sehr zudringlich vor.

Wir sind auch ein bisschen Freunde, sagte ich.

Ihr seid auch ein bisschen Freunde?

Sie wird wohl nur kommentieren, was geschehen ist. Aber jetzt mag ich nicht.

Seltsam, du hast mir nie von ihr erzählt.

Sicher habe ich dir von ihr erzählt.

Lorenza schüttelte den Kopf, als versuche sie sich zu erinnern. Dann bekräftigte sie: Nein, du hast mir nicht von ihr erzählt. Unterdessen kamen weitere Nachrichten von Curzia, ich wusste nicht, was sie gepackt hatte. Wenn ich das Handy mit dem Display nach unten gedreht hätte, wie mein Instinkt mir riet, oder wenn ich es irgendwohin geworfen hätte, wäre es schlimmer gewesen, also ließ ich zu, dass sich die Botschaften unter dem immer kälter werdenden Blick meiner Frau vervielfachten.

Soll ich lieber rübergehen?, sagte sie irgendwann. Dann kannst du in Ruhe antworten.

Red keinen Unsinn.

Ich gehe rüber, das ist besser.

Sie verschwand im Schlafzimmer. Ich hörte, wie sie die Tasche ablegte, die Schuhe, andere Gegenstände bewegte. Ich nutzte die Zeit, um den Flugmodus einzuschalten und die Flut von WhatsApps zu stoppen.

Meinst du wirklich, ich soll mich über Novelli äußern?, fragte ich mit lauter Stimme. Aber Lorenza antwortete nicht.

Ich wiederholte noch einmal lauter: Meinst du wirklich, ich soll mich über Novelli äußern, oder nicht?

Sie ging durchs Wohnzimmer, aber so, als hätte sie nicht die Absicht, zu verweilen oder weitere Zeit mit dieser Geschichte zu vergeuden, oder mit mir.

Frag Curzia.

Dann begann eine endlose Nacht, eine von diesen Nächten, die vielleicht in jeder Ehe vorkommen, ich weiß es nicht, bei uns ist sie jedenfalls vorgekommen.

Stundenlang gingen Lorenza und ich uns aus dem Weg und verfolgten uns an verschiedenen Stellen der Wohnung, auch wenn wir am Ende, wie unwiderstehlich angezogen, immer zum Sofa zurückkehrten, denn das Sofa war das Baryzentrum der Wohnung, also unseres Lebens, ein Sofa, das uns begeistert hatte, als wir es kauften, und das uns jetzt nicht mehr überzeugte: zu bunt, zu bizarr, es repräsentierte uns nicht mehr.

Und auf diesem Sofa – demselben, auf dem Eugenio eines Abends Eis ausgekippt hatte, was einen unauslöschlichen, ringförmigen Fleck hinterlassen hatte – sagte ich, dass ich mir unter uns nichts mehr vorstellen könne. Ich weiß nicht, wie wir an diesen Punkt gelangt waren, ausgehend von Novelli und den Nachrichten Curzias, ich weiß nicht, welcher Verlauf von Erschöpfung mich dahin gebracht hatte, aus der Unendlichkeit möglicher Sätze diesen einen vorzubringen, aber die Worte waren genau diese: Ich kann mir unter uns nichts mehr vorstellen.

Ich sagte zu Lorenza, dass ich versuchte, mir uns beide in zwei, in fünf, in zehn Jahren vorzustellen, und ich sah nichts. Ich wusste nicht, wer wir sein würden. Ich wusste nicht einmal, *wo* wir sein würden. Unsere Zukunft war weiß geworden, wie Blindheit.

Alles war sehr langsam und zugleich sehr schnell gegangen, und bis zu diesem Augenblick war sie feindselig gewesen, doch nach diesem Bekenntnis veränderte sie sich plötzlich. Ich saß noch auf dem Sofa, den Rücken wie an der Lehne festgeklebt, und sie näherte sich von hinten. Sie nahm meinen Kopf zwischen die Hände und streichelte ihn mit kreisrunden Bewegungen, so als könnte sie meine Gedanken dadurch in Ordnung bringen, dass sie die Muskeln mechanisch bewegte, als könnte sie aus der Stirn, aus den Wangenknochen, aus dem Kiefer diese Vorstellung von uns hervorgehen lassen, die mir fehlte.

Wir hatten schon sehr viel geredet, aber ohne dass wir uns zu berühren vermochten, daher hatte dieser physische Kontakt etwas absolut Neues. Lorenza kam um das Sofa herum, setzte sich neben mich, schmiegte sich an mich, wie sie das manchmal tat, die Beine untergeschlagen und die Zehenspitzen angespannt. Sie hatte, ich wusste nicht wann, die Socken ausgezogen.

Weißt du, was mir dagegen in den Sinn kommt? Mir kommt dieser Ort in Lanzarote in den Sinn, das Dörfchen, wo wir einmal zum Mittagessen waren.

Das mit den nackten Deutschen?

Genau das, ja.

Warum, denkst du, landen wir immer unter nackten Leuten, du und ich?, fragte ich, auch wenn ich ein wenig Mühe hatte, mich auszudrücken.

Ich weiß nicht, aber ich denke gerade nicht wegen des Nudismus daran. Ich denke daran, weil sie alle alt waren, erinnerst du dich? Nudistenpaare, die es bis dorthin gebracht hatten, nach all den Lebensjahren und Enttäuschungen. Und da sage ich mir, auch wir könnten so sein, in ein paar Jahren. Ohne Scham, die Blicke von niemandem auf uns gerichtet. Das scheint mir nicht so schrecklich, als Zukunft.

Unter Deutschen mit verkohlten Arschbacken.

Das ist dumm, ich weiß.

Alte Schlager von Plastic Bertrand hören.

Da erwiderte sie nichts mehr, sie sagte nicht mehr, dass es dumm war, also sagte ich es: Nein, das scheint mir nicht dumm.

Aber in der Zwischenzeit?, setzte ich nach ein paar Sekunden hinzu.

Lorenza hob den Kopf, wie um das, was sie mir vorschlagen würde, physisch zu unterstreichen, aber ohne meinen Arm loszulassen: In der Zwischenzeit könnten wir umziehen. Sie dachte schon eine Weile daran. Eugenio würde bald zur Universität gehen, und wir würden eine kleinere Wohnung nehmen, womöglich mit einem Außenraum, so würde ich endlich ein Arbeitszimmer haben.

Das wäre also dann die Lösung, eine Wohnung.

Diese Aggressivität überraschte sie, und in gewisser Weise überraschte sie auch mich.

Lösung wofür?

Eine Terrasse anstelle eines Kindes, alles gelöst, genial. Ist gut, kaufen wir eine neue Wohnung.

Bis vor einem Augenblick waren wir einander sehr nah gewesen, aber nach diesem Satz löste sie sich aus dem Knäuel, das wir bildeten. Doch sie hatte nicht den Mut aufzustehen, noch nicht.

Weißt du, sagte sie, manchmal spürt man den Altersunterschied zwischen uns, auch ich spüre ihn deutlich. Aber nicht aus den Gründen, die du dir vorstellst, nicht wegen des Körpers, der dich so beschäftigt. Ich spüre ihn, weil du deine Wünsche immer noch behandelst wie ein Junge. Du bist nur auf das konzentriert, was dir fehlt, ständig.

Und ist das ein Fehler?

Ich weiß nicht, ob das ein Fehler ist. Aber es ist schade.

Ich erinnere mich, dass ich geradeaus auf das Regal schaute, wo wir die Souvenirs von unseren Reisen stehen hatten, so viele, dass ich einige davon nicht ihren Herkunftsorten zuordnen konnte. Jedem dieser Gegenstände hatten wir einen Moment Aufmerksamkeit gewidmet, uns beratend, den Preis aushandelnd. Jetzt sah ich sie und fand nichts Besonderes daran. Ich sah auf die Souvenirs und sagte: Als ich das letzte Mal in Paris war, habe ich sie aufgesucht. Curzia. Ich bin zu ihr gegangen.

Lorenza rührte sich nicht, oder wenigstens nahm ich am Rand meines Blickfelds keine Bewegung wahr. Sie wartete, verarbeitete die unvollständige Information und analysierte vermutlich die Seltsamkeit des Verbs »aufsuchen« in diesem Kontext. Dann fragte sie: Wie alt ist sie?

Ich fühlte nicht viel, außer vielleicht eine Art Brennen im Gesicht, als ob wirklich etwas aus den Muskeln hervorkäme. In meinem Alter, sagte ich, ungefähr.

Ich trete nicht an, das musst du wissen.

Was heißt das, du trittst nicht an?

Ich bin zu sehr im Nachteil. Ich trete nicht an.

Da stand sie auf. Und schon im Stehen sagte sie, zu den Reisesouvenirs gewandt, die sicher auch sie mittlerweile als Sammelsurium betrachtete, bereit, in einem Karton zu landen, aus dieser Position heraus sagte sie: Du solltest dich ausleben.

Ausleben worin?

Aber das war zu viel verlangt, Lorenza war nicht bereit, mir auch diesen Hinweis zu geben, das war allein meine Sache. Sie ging in Richtung Küche, wo es etwas zu tun gab, denn zwangsläufig war in der Küche etwas zu tun, jeden Tag, immer.

Später redeten wir weiter, und dann – es musste zwei oder drei Uhr morgens sein – kam es auch zum Sex, wie es in gewissen endlosen Ehenächten geschieht: Sex, um all dieses Reden einzudämmen, denn das Reden musste ganz einfach gestoppt werden, und einen anderen Weg gab es nicht.

Wir absolvierten die Rituale, die immer auf den Sex folgen, nur eine Spur trauriger als üblich: einer nach dem anderen im Bad, mit dem feuchten Schwamm über das Betttuch, die erklärte Absicht, es am nächsten Morgen zu wechseln.

Ich nahm ein Songar, schlief aber trotzdem sehr wenig. Zum Ausgleich träumte ich viel, und in einem der Träume waren Lorenza und ich im Auto, sie fuhr, merkwürdigerweise, denn seit wir in Rom lebten, wagte sie sich nicht ans Steuer. Das Navi schien verrückt zu spielen, es führte uns auf eine Gebirgsstraße. Wir fuhren höher und höher hinauf, und das Panorama von dort oben war unglaublich, so dass Lorenza sagte, das sei der schönste Ort, den sie je gesehen habe. Aber gleichzeitig waren wir erschrocken, weil wir wussten, dass wir nicht wieder hinunterkommen würden, entfernt erschrocken, wie das in Träumen vorkommt. Ich setzte mich ans Steuer, und nach einer Kurve verschwand die Straße, wir verloren den Halt und stürzten Hunderte von Metern in die Tiefe, senkrecht und ohne uns zu überschlagen, auf das Meer darunter zu.

Ich notierte mir den Traum auf dem Handy, ich tippte im Dunkeln, auch wenn Lorenza hätte glauben können, dass ich im Herzen der Nacht mit jemandem schrieb. Das war eine weitere Gewohnheit, auf die ich nicht verzichten konnte.

Beim Erwachen waren wir der Klarheit ausgeliefert. Es war Palmsonntag, und ich hatte Karol versprochen, dass wir in die Messe kommen würden, er hatte sehr darauf bestanden, und ich war eingeknickt. Also machten Lorenza und ich uns fertig, in Stille, praktische Informationen austauschend.

Rom draußen war im Kriegszustand: Carabinieri in kugelsicheren Westen, Polizei im Auto, Polizei zu Fuß, Polizei zu Pferd, Soldaten mit Maschinengewehr im Arm, Spezialkräfte, Panzerwagen, Hubschrauber in der Luft. Ein anonymes Schreiben hatte die tunesische Botschaft informiert, dass ein Atef M. in der Stadt ein Attentat plante, genau während des außerordentlichen Besucherstroms in der Karwoche. Man hatte seinen Steckbrief mit Fotos von vorn und im Profil verteilt, und tatsächlich, wenn man ihn ansah, konnte es keinen Zweifel geben, dass es sich um ein gefährliches Individuum handelte: gerader Haaransatz, Hoody, den Reißverschluss salopp zum V geöffnet, intensiver, grimmiger Blick.

Ein paar Tage später sollte *Chi l'ha visto?*, die TV-Vermisstensendung, Atef M. in Mahdia an der tunesischen Südküste ausfindig machen, wo er wohnte: Der Brief war die Rache eines Kollegen gewesen, wahrscheinlich wegen einer ungelösten Geldfrage. Unterdessen aber war Rom im Belagerungszustand, Lorenza und ich gerieten in eine Straßensperre. Um sie zu umgehen, brauchte man, wenn man die anderen gesperrten Straßen und die Staus berücksichtigte, allein schon rund vierzig Minuten, ohne Garantie auf Erfolg. Unsere Proteste bedachte der Carabiniere mit einem Schulterzucken. Lassen wir es sein, sagte Lorenza, fahren wir zurück nach Haus.

Versuchen wir es trotzdem.

Wenn wir Glück haben, kommen wir an, wenn die Messe aus ist!

Aber ich habe es Karol versprochen.

Wir standen noch vor dem schräg gestellten Transporter der Carabinieri, und der Mann in Uniform machte uns Zeichen, wir sollten da wegfahren. Lorenza studierte mich ein paar Augenblicke lang. Dann sagte sie: Diese Treue gegenüber deinen Freunden verblüfft mich. Echt.

Es gab unendlich viele Subtexte in diesem Satz, so viele, dass ich sie nicht hätte aufzählen können und sie vielleicht auch nicht. Wir hatten wenig und schlecht geschlafen, wir hatten uns all diese Dinge gesagt.

Und im Grunde ist diese Treue sehr ironisch. Fahr du ruhig zu Karol. Ich steige hier aus.

Sie begann, in ihrer Handtasche herumzukramen, suchte etwas, wollte sichergehen, dass sie die Hausschlüssel oder was weiß ich dabeihatte, in Wirklichkeit aber ließ sie mir damit Zeit, es mir anders zu überlegen und sie zu unterstützen. Ich hätte diese Gesten unterbrechen können und sagen, fahren wir ans Meer, aber ja, wen kümmert die Messe, wen kümmert Karol, es ist ein herrlicher Tag, wir sind zusammen, und das ist alles, was zählt! Aber das tat ich nicht.

Ich schlug ihr vor, sie nachhause zu bringen, aber jetzt war es sie, die sich weigerte. Sie stieg aus dem Wagen aus, und ich kehrte um. Der Carabiniere hatte die Szene durch die Windschutzscheibe beobachtet, wer weiß, was er über uns gedacht hat. Sein Blick legte nichts anderes als Gleichgültigkeit nahe.

Als ich in die Kirche eintrat, las Karol gerade das Evangelium. Da waren noch freie Plätze auf den Bänken, aber ich blieb stehen, damit er mich sah. Ich nahm mir vor, ihm später die Mühe vorzuhalten, die es mich gekostet hatte, die Verabredung einzuhalten.

In der Predigt sprach er in etwas kryptischer Weise über die Chance, die jeder Bruch in sich barg. Was war die Auferstehung Christi, wenn nicht der tiefste Bruch der menschlichen Geschichte? Er schien sich an mich zu wenden, aber das war genau der Trick bei den Predigten, dachte ich, bei der Religion im Allgemeinen: Immer den Eindruck zu erwecken, dass es dich persönlich angeht. Ich verlor jedenfalls den Faden, bevor er seine Überlegungen beendete. Ich hatte den kurzen Wortwechsel mit Lorenza im Auto im Kopf. Ich wollte rausgehen und sie anrufen, um alles so schnell wie möglich einzurenken. Ich wollte immer alles so schnell wie möglich einrenken. Mein Verhältnis zu Brüchen ließe sich nicht besser definieren.

Als die Messe vorbei war, tippte ich am Fuß der Treppe die Nachricht, die ich mir sorgfältig zurechtgelegt hatte, eine Kombination aus Unbefangenheit und Zerknirschung, dann wartete ich auf die Antwort.

Eine weibliche Stimme ließ mich aufschauen: Bist du das?

Vor mir stand eine junge Frau, etwas über zwanzig, die

kastanienbraunen Haare von einem Stirnband aus dem Gesicht gehalten. Ich brauchte nicht einmal eine Sekunde, um zu begreifen, dass es sich um *dieses* Mädchen handelte.

Du bist sein Freund, richtig?

Ich glaube ja. Ciao Elisa.

Ich gab ihr die Hand und drückte die ihre, und aus irgendeinem Grund verspürte ich den Impuls, sie vor Blicken in Sicherheit zu bringen. Aber Elisa war ruhig. Sie betrachtete mich von ganz nah, mit einer etwas gierigen Intensität, als wollte sie jedes Detail eines Menschen erkunden, den sie sich lange Zeit vorgestellt hatte.

Würdest du mitkommen?, sagte sie. Damit wir reden.

Instinktiv drehte ich mich um zum Eingang der Kirche, wo Karol jeden Gläubigen einzeln verabschiedete.

Er kommt nach, das haben wir schon vereinbart.

Ich folgte ihr, es blieb mir kaum eine andere Wahl. Als wir zum Parkplatz kamen, fragte sie mich, ob wir mein Auto nehmen könnten, sie war mit den öffentlichen Verkehrsmitteln gekommen. Wir stiegen ein. Während sie mir Hinweise gab, sah ich die Szene einen Moment lang mit Lorenzas Augen, als säße sie in der Mitte des Rücksitzes.

Den ganzen Weg über sagten wir nichts mehr. Elisa zeigte auf das Schild einer Pizzeria: Da.

Wir setzten uns an einen für vier Personen gedeckten Tisch, reserviert auf ihren Namen.

Deine Frau ist nicht mit dabei?

Im letzten Moment ist ihr etwas dazwischengekommen.

Schade, ich hätte sie gern kennengelernt. Aber vielleicht ist das besser. So können wir in Ruhe reden.

Man brachte uns Wasser und Grissini, wir öffneten jeder eine Packung und begannen sie zu knabbern.

In diesem Lokal trefft ihr euch?, fragte ich unwillkürlich. Sie war wirklich sehr jung, es machte mich etwas verlegen, zu zweit hier mit ihr zu sitzen, daher ließ ich den Blick anderswohin schweifen, auf die Trompe-l'œil an den Wänden, auf das mit Bröseln bedeckte Tischtuch.

Es ist nichts Besonderes, ich weiß, aber wir mögen es gern. Außerdem ist die Pizza gut, sie machen sie superdünn.

Ich weiß, dass du Biologie studierst.

Ich bin aber nicht mehr so überzeugt. Ich hätte was Humanistisches wählen sollen, das begeistert mich mehr, aber jetzt ist es zu spät.

Zu spät? Das bezweifle ich. Du hast Zeit, dich auszuleben, worin du willst.

Ich war aggressiver gewesen als beabsichtigt, und wegen der seltsamen Kontamination, die sich manchmal zwischen den Worten breitmacht, war ich auf den Begriff »ausleben« verfallen, denselben, den Lorenza mitten in der Nacht gegen mich verwandt hatte. Ich fühlte mich ein bisschen ausgetrickst: von Karol, weil er mich in das mit hineinzog, was offenbar ein Plan war, und von Elisa selbst, weil ich keinen Grund sah, zum Mittagessen dort zu sein und mir ihr Lamento über das Studium anzuhören, während gleichzeitig meine Ehe in die Brüche ging.

Sie sagte: Du warst es, der Karol das iPhone geschenkt hat. Also ist es in gewisser Weise auch dein Verdienst. Ohne das iPhone hätten wir nicht so in Kontakt sein können.

Das stimmte, ich hatte ihm vor ein paar Jahren ein iPhone geschenkt, ein 5S, das ich aus Ungeduld zum dritten Mal gewechselt hatte, weil die Flüssigkristalle kaputtgegangen waren.

Deswegen bist du für mich der geeignetste Mensch, an

den ich mich wenden kann. Na, in Wirklichkeit bist du auch der einzige.

Sie lachte vor Aufregung. Einen Augenblick lang ließ ihre Haltung nach, und sie entpuppte sich als so jung, wie sie war.

Karol und ich haben uns ineinander verliebt, das hat er dir gesagt, glaube ich.

Ich wusste nicht, wie ich reagieren sollte, also blieb ich gleichmütig.

Für mich ist das in einem besonderen Moment geschehen. Ich hatte eine Geschichte mit einem Gleichaltrigen hinter mir. Einer, der sich wirklich wie ein Scheißkerl benommen hat. Das heißt wie ein richtiger Scheißkerl. Sie sog die Wangen ein, wie um von innen daraufzubeißen, während sie das glänzende Papier der Grissini zusammendrehte. Ich lebe praktisch am anderen Ende von Rom. Weißt du, wo der Raccordo ist? Da wohne ich. Und jetzt sind wir hier.

Diametral entgegengesetzt.

Diametral entgegengesetzt, genau. So habe ich die Kirchengemeinde gewählt. Ich wollte einen Zufluchtsort, neue Menschen, die mich nicht kennen, und ich habe mir gesagt, das müsste möglichst weit weg sein. Dadurch habe ich Karol kennengelernt. Aber vielleicht hat er dir das alles schon erzählt.

Eigentlich nicht.

Ah, okay.

Elisa ließ eine kleine Enttäuschung erkennen, wog sie kurz ab. Das ist jedenfalls die Geschichte in Kurzform, schloss sie. Und wenn ich es recht bedenke, kommen mir Zweifel.

Woran im Besonderen?

Es kommt mir ein wenig zu zufällig vor. Das heißt, ich habe dieses Viertel und diese Gemeinde zufällig gewählt. Wenn ich in einer anderen gelandet wäre, auch näher dran, wäre es dann dasselbe gewesen? Hätte ich dann wen anderen gefunden? Womöglich einen anderen Priester? Ich möchte nicht oberflächlich erscheinen, ich weiß nicht, ob du mich verstehst. Aber kann es nicht sein, dass ich in dem Augenblick so entschlossen war, mich zu verlieben, dass Karol da hineingeraten ist?

Der Kellner kam, um zu fragen, ob wir bereit waren zu bestellen. Ich sagte ihm, dass wir noch jemanden erwarteten, und er wies uns darauf hin, dass sich das Lokal bald füllen würde und die Wartezeiten länger würden.

Als er gegangen war, atmete Elisa die Luft aus, die sie in der Lunge zurückgehalten hatte. Im Juli mache ich meinen Abschluss. Dann würde ich mich gern im Masterstudiengang in Padua einschreiben. Karol ist überzeugt, dass er mit mir kommen will.

Nach Padua? Das heißt, er will sich versetzen lassen?

Ich fürchte, die Situation ist uns etwas entglitten!

Plötzlich kamen ihr die Tränen. Kindliche Tränen, nicht eigentlich aus Trauer, eher aus Anspannung. Ich möchte, dass du ihn zur Vernunft bringst.

In dem Moment kam Karol herein, in Jeans und Hemd. Dem Kellner, der ihm entgegenging, machte er Zeichen und deutete auf uns. Strahlend näherte er sich, während ich Elisa zunickte, um ihr zu sagen, dass ich verstanden hatte und dass ich ihr helfen, dass ich alles nur Mögliche für sie tun würde. Auf ihrem Gesicht war keine Spur der Rührung mehr.

Das Mittagessen war mühsam. Wir bestellten drei verschiedene Pizzen und teilten sie in gleich große Stücke, um sie alle zu probieren. Karol und Elisa hatten eine schier endlose Serie an Scherzen, die sie miteinander teilten und von denen sie erwarteten, dass ich an ihnen teilnähme, wobei sie wie selbstverständlich davon ausgingen, dass auch ich mich dabei amüsierte, aber das war unmöglich. Mehrfach wiesen sie auf den Tisch, an dem sie saßen, wenn sie allein waren. Aber jetzt waren sie einmal nicht allein, jetzt sah jemand anderes sie, jemand anderes, der Zeugnis von ihnen beiden geben konnte.

Beim Kaffee legte Karol seine Hand auf die Elisas, mit einem Mut, den er die ganze Zeit über bei sich zusammengenommen haben musste. Er ließ sie dort liegen, streichelte kaum merklich rhythmisch mit dem Daumen über die Handinnenfläche, eine gute Viertelstunde lang, wie um mir zu sagen, hast du gesehen? Alles, was ich dir gesagt habe, ist wahr, *sie* ist wahr!

Elisa entzog sich dieser Berührung nicht, aber einen Augenblick bevor wir aufstanden, warf sie mir einen ähnlich intensiven Blick zu wie anfangs, wie um ihre Bitte um Hilfe erneut zu bekräftigen. Lorenza hatte noch nicht auf meine Nachricht geantwortet.

Auf dem folgenden Bild, das ich von diesem Wochenende bewahre, sitze ich am Rand eines Bettes in einem Hotelzimmer mit hellbraunen Wänden. Neben mir eine Reisetasche, die für wenige Tage oder für die Ewigkeit gedacht sein könnte. Es war eines derjenigen Hotels für Geschäftsreisende, die sich an der Via Aurelia aneinanderreihen. Ich war oft im Auto daran vorbeigefahren, hatte mir aber nie träumen lassen, dort je eine Nacht zu verbringen.

Zuhause hatte es eine weitere Auseinandersetzung gegeben, viel kürzer und in anderen Tönen, vor allem von Lorenzas Seite, aber auch diese Auseinandersetzung schien, obwohl sie eben erst stattgefunden hatte, nun schon fern.

Die Abendessenszeit war vorbei, und ich hatte nicht viel Hunger. Ich ging trotzdem ins Erdgeschoss hinunter. Der Speisesaal war ein Exerzierplatz. Hinter den Fensterscheiben gab es einen Springbrunnen, der synchron mit wechselnder Beleuchtung Wasserspiele darbot. Ich suchte mir einen Platz mit Blick auf den Bildschirm des Fernsehers, nur um die Augen auf etwas zu richten. Im Endeffekt hatte es in der Stadt kein Attentat gegeben.

Während ich das Abendessen auf dem Teller kalt werden ließ, bekam ich eine Nachricht von einer Nummer, die ich nicht eingespeichert hatte. Ich bin's, Elisa. Hast du zufällig schon mit Karol gesprochen?

Ich antwortete ihr, ich hätte effektiv noch keine Zeit dafür gehabt.

Umso besser!!! Denn ich bin mir nicht mehr so sicher. Ich muss noch einen Moment darüber nachdenken.

Und dann: Ich will eine so schöne Sache nicht wegwerfen, das wäre sinnlos.

Und dann noch: Was soll ich tun, deiner Ansicht nach?

Ich versicherte ihr, dass ich die für derlei Fragen am wenigsten geeignete Person sei, insbesondere an diesem Abend, aber ich ging nicht ins Detail, und sie hat die Anspielung nicht verstanden. Sie hatte Karol um meine Telefonnummer gebeten, unter dem Vorwand, mir einige ihrer Gedichte schicken zu wollen. Ja, wenn wir schon mal dabei wären, es würde sie ernsthaft freuen, meine Meinung darüber zu erfahren, wenn es mir nicht lästigfiel. Es waren Verse, die sie für sich selber schrieb, ohne Anspruch.

Wenn sie sie für sich selber geschrieben hatte, warum wollte sie dann, dass ich sie las?, provozierte ich sie. Dann ergänzte ich, dass ich von Lyrik nichts verstünde, aber sicher, sie konnte sie mir schicken, wenn sie mochte.

Wir tauschten noch eine Weile Nachrichten aus, bis Elisa mir ein Word-Dokument schickte und ich mich daran machte, ihre Gedichte zu lesen, dort in dem Speisesaal, ohne zu wissen, was ich davon denken sollte, ohne mich das auch nur zu fragen.

Ich blieb fünf Nächte in dem Hotel an der Via Aurelia. Eines Abends sah ich im Speisesaal Novelli im Fernsehen. Er war Gast in einer Sendung auf Mediaset. Der ganz ihm gewidmete Block hatte den Titel: NOBELPREISTRÄGER UNTER BESCHUSS: Ich bat den Kellner, freundlicherweise den Ton lauter zu drehen.

In den vorangegangenen Stunden war eine Reihe von Ereignissen aufeinander gefolgt, an denen ich nur von fern teilgenommen hatte, wie hinter einer Schallschutzscheibe. Montagmorgen war in Paris die Fakultät zu einer Dringlichkeitssitzung zusammengekommen und hatte die Suspendierung Novellis von all seinen Lehrverpflichtungen beschlossen, auf unbestimmte Zeit. In einer Presseerklärung distanzierte sich die französische Hochschule öffentlich von den schwerwiegenden Äußerungen des Professors, die nicht nur in keiner Weise die Positionen der akademischen Gemeinschaft widerspiegelten, sondern sich auch für sämtliche Wissenschaftlerinnen als schädigend erwiesen, insbesondere für die Kollegin Gaia Sensi, der vollumfängliche Solidarität versichert wurde.

Wie jeder Professor seines Ranges war Novelli mit einer Vielzahl von Institutionen in Europa, den USA, in China und Australien vernetzt. Der Brief der französischen Universität hatte als Schleusenöffner gedient. In weniger als vierundzwanzig Stunden war er überall abgesetzt. Ich verfolgte auf Twitter die Etappen seines Sturzes. Nur das Emerging World Climate Forum hatte sich bemüßigt gefühlt, seiner Bekanntmachung hinzuzufügen, dass man Novelli, indem man ihn seines Postens als Berater enthob, für die wertvolle Zusammenarbeit der vergangenen Jahre danke.

Mittwoch war eine Mail von ihm gekommen, auf Englisch. Novelli wandte sich an uns, Kollegen, Freunde und Bekannte, damit wir ihn unterstützten in dem, was kein persönlicher Feldzug war, sondern ein Kampf, um die Wahrheit wieder in ihr Recht zu setzen. Er resümierte den Inhalt des TEDx von seinem Standpunkt aus (nochmals betonend, dass er sich darauf beschränkt habe, Fakten zu präsentieren) und die darauffolgende Lynchaktion. Wir bewegen uns auf eine Wissenschaft zu, die Angst hat vor dem, was sie entdeckt, vor dem, was sie sagt, schrieb er. Ist das der Fortschritt, den wir wollen? Wenn wir, wie er, eine andere Zukunft im Sinn hatten, wenn uns an der Unabhängigkeit der Forschung etwas lag, dann war es wichtig, dass wir den Brief zu seiner Verteidigung unterschrieben, den der Kollege Robert T. Friedman spontan verfasst hatte und der bis zum Abend des folgenden Tages an diverse Tageszeitungen in verschiedenen Ländern verschickt würde. Der Brief befand sich im Anhang.

Ich erinnere mich, dass ich halb ausgestreckt dalag und den Laptop auf dem Bauch hatte. Ich las den Anhang einmal, dann noch einmal. Ich hatte Robert Thomas Friedman gegoogelt und gesehen, dass er in einen angeblichen Skandal auf dem Campus einer Universität von Missouri verwickelt war. Er schien schon eine Weile keine bedeutenden wissenschaftlichen Arbeiten mehr zu veröffentlichen. Dann sah ich mir die Mail genauer an. Novelli hatte sie nicht speziell an mich geschickt. Sie war an ihn selbst adressiert und in BCC an eine Unzahl von Personen. Ich beschloss, alles bis zum nächsten Tag aufzuschieben.

Am Morgen kam eine zweite Nachricht, die als Betreff REMINDER trug, ich öffnete sie nicht und ließ weitere Stunden verstreichen. Schließlich suchte Novelli direkten Kontakt. Ich war gerade beim Zähneputzen und sah das iPhone auf dem Schreibtisch vibrieren wie ein Insekt. Hast du den Brief gesehen?, schrieb er mir ein paar Augenblicke später. Also unterzeichnest du? An diesem Punkt war Leugnen nicht möglich. Tut mir leid, schrieb ich. Ich bin nicht einverstanden mit dem, was du gesagt hast. Und der Brief scheint mir ein weiterer falscher Schritt.

Ich ging ins Bad zurück und setzte mich hin, um die folgende Nachricht abzuwarten. Ich verstehe, schrieb Novelli. Ich erwartete, dass er etwas hinzufügte, doch da kam nichts, also war es noch einmal ich, der schrieb. Ich weiß, dass es eine dunkle Zeit war, J.

Ich verwendete bewusst den Anfangsbuchstaben seines Vornamens, um ihm ein kleines bisschen Wärme zu zeigen, trotz allem. Aber er wollte meine Wärme nicht: Er wollte meine Unterschrift. Du hast Zeit bis um sieben, wenn du es dir anders überlegst, schrieb er. Das klang wie ein Ultimatum, und das war es auch, aber es betraf nicht nur den Brief, es war weitreichender als das: Es setzte meiner Loyalität zu ihm eine Frist, unserer Freundschaft, uns beiden.

Und da war er nun, der Professor Novelli, auf dem zu hoch angebrachten Bildschirm in meinem neuen Esszimmer auf der Via Aurelia, etwas schief saß er auf dem Sesselchen in der Mitte des Fernsehstudios.

Sein Auftreten war weder bescheiden noch gekränkt, er wirkte vor allem verärgert, als ob der Medienrummel, der um ihn losgebrochen war, ein kolossaler Zeitverlust wäre, der ihn von wesentlich schwerwiegenderen Dingen wie die beschleunigte Gletscherschmelze in der Arktis abhielt.

Die Diskussion musste schon eine Weile in Gang sein, aber Google Alert hatte versagt, und ich hatte den Anfang verpasst. Der allgemeine Tenor der Diskussion war ziemlich klar. Es handelte sich um eine der Talkshows, die sich jedwede Minderheitenmeinung, ob richtig oder falsch, zu eigen machten, Hauptsache, sie stand im Gegensatz zu den etablierten Medien: Zu diesem Zeitpunkt war Novelli zu verteidigen genau eine Position dieses Typs.

Der Talkmaster nannte ihn immer Herr Professor, wenn er sich an ihn wandte, während er von seiner abwesenden Rivalin, Gaia Sensi, nur als Gaia Sensi sprach, aber diese Ungleichbehandlung löste bei niemandem Protest aus. Nach einer Runde Stellungnahmen, die sich diffus um den Begriff der freien Meinungsäußerung drehten, kehrte das Mikrofon wieder zu Novelli zurück. Mit einem seiner Wortspiele sagte er, dass er sich zur freien Meinungsäußerung lieber nicht äußern wolle. Das seien Themen für Journalisten und Intellektuelle. Er sei Wissenschaftler, und in der Wissenschaft war die Meinungsfreiheit ein Problem, das sich nicht stellte. In der Wissenschaft gab es Hypothesen, Daten, die Überprüfung im Experiment und die Anerkennung durch die wissenschaftliche Gemeinschaft. Mehr nicht.

Der Talkmaster drang in ihn: Stimmte es, dass die Zeitschrift, der er seinen Artikel über Gleichstellung der Geschlechter vorgelegt hatte, dessen Veröffentlichung nicht in Betracht gezogen hatte? Es sieht so aus, antwortete er. Da wandte sich der Talkmaster direkt an die Kamera. Ist das zu fassen? Ist das zu fassen, dass wir im Namen der *political correctness* dahin gelangt sind, die wissenschaftliche Arbeit eines Professors zu zensieren? Nicht zu kritisieren: Sie nicht einmal in Betracht zu ziehen! Ist das nicht eine neue Form von Regime? Immerhin hat Professor Novelli, vergessen wir das nicht, den Nobelpreis bekommen!

In dieser Form war die Zuerkennung des Nobelpreises übertrieben, aber zweifellos publikumswirksam. Novelli machte keine Anstalten, sie zu korrigieren.

Es folgte eine weitere Runde von Beiträgen, während denen er, der Wolkenjäger, kaum merklich nickte. Er wirkte immer distanzierter. Schließlich sprach der Talkmaster ihn mit veränderter, mehr väterlicher Stimme an: Wie fühlen Sie sich jetzt, Herr Professor?

Vielleicht war Novelli auf diese plötzliche Wendung nicht gefasst. Er veränderte seine Haltung auf dem Sessel, indem er die Beine voneinander löste und andersherum übereinanderschlug. Er räusperte sich. Dann redete er ein wenig konfus, murmelte etwas von wegen, wir seien nicht mehr an den Begriff der Wahrheit gewöhnt, wir lebten in einer Welt, in der die Fakten abgeschafft waren, ein ums andere Mal ersetzt durch bequeme Interpretationen. Er beschäftige sich seit über zwanzig Jahren mit dem Klimawandel, niemand könne das besser wissen als er.

Ja, aber wie fühlen Sie sich *innerlich*?

Da zog Novelli eine Grimasse, die ich kannte, sie bestand darin, dass er die Lippen plattdrückte und einen Punkt irgendwo unten fixierte. Ein wenig enttäuscht, sagte er. Aber nicht von den Universitäten oder Zeitungsredaktionen, das sind nur … Institutionen. Sie sind abstrakt.

Wovon dann, Herr Professor?

Von den Menschen. Ich fühle mich von den Menschen enttäuscht.

Der Speisesaal hatte sich geleert, aber der Springbrunnen draußen wiederholte immer noch seine Farbenspiele. Als die Sendung vorbei war, schrieb ich eine Nachricht an Novelli, einen Witz, um die Sache zu entdramatisieren, ich erinnere mich nicht, was genau, aber ich erinnere mich, dass er nicht wirklich zum Lachen war. Ich sah, dass die Nachricht gelesen worden war, und rund zwanzig Minuten saß ich dumm da und wartete auf die Antwort. Ich ließ mir das Abendessen auf die Zimmerrechnung schreiben, dann ging ich zu den Aufzügen.

Ein paar Tage später fuhr ich nach Turin. Das schien eine logische Reaktion: Rückzug, Rückkehr zum Vorher. Außerdem ging mir Rom auf die Nerven, mir schien, die Stadt hätte etwas mit dem zu tun, was geschah. Der Schmutz, die Unordnung, das Dunkel in den Straßen nach Sonnenuntergang, die Massen von verblödeten Touristen, Straßensperren: Dort zu leben, hatte mir geschadet. Vielleicht deshalb, vielleicht weil sie das vor mir begriffen hatten, schickten meine Eltern mir Ansichtskarten von Turin. Ein paar jedes Jahr, als ob ich mittlerweile in Australien leben würde.

Bevor ich zu ihrem Appartement hinaufging, inspizierte ich die Gartenanlage des Wohnhauses. Sie war seit meiner Kindheit gleich geblieben, aber die Vegetation war an manchen Stellen dichter geworden: Vielleicht betrat sie niemand mehr.

Dass ich ohne Lorenza kam, sorgte nicht für Verwunderung. Ich besuchte sie fast immer allein, wie ein Gespenst ohne Bindungen und ohne Gegenwart. Meine Mutter ließ sich ein paar Sekunden Zeit, um mich auf der Schwelle zu begutachten. Sie sagte, ich hätte Augenringe, ich solle mich ein wenig schonen. Die Begrüßung fiel sehr kurz aus, wir setzten uns sofort an den Tisch.

Im Lauf der Jahre hatten die kleinen Vorträge, mit denen mein Vater die Abendessen begleitete, mehrmals gewechselt, auch wenn bestimmte Themen zyklisch wiederkehrten: die Ölkrise, die kalte Fusion, die Inflation, die Theorie, derzufolge es genügen würde, von der Zahl der Erdbevölkerung eine Null zu streichen, um mit einem Schlag alle Probleme zu lösen. Vorherrschend war das Thema Energie, als ob ihn die Angst plagte, unversehens in einer Welt ohne Kraft aufzuwachen.

An diesem Abend aber sorgte er sich ums Wasser. Ein ungewöhnliches Argument, aber doch nicht ganz neu (ich erinnerte mich daran, wie ich als Kind Erklärungen über das unmittelbar bevorstehende Ende der Wasservorräte lauschte). Ob ich wisse, dass heute in dem zum menschlichen Verzehr bestimmten Wasser sehr hohe Konzentrationen von Sexualhormonen, insbesondere Östrogen, gefunden worden waren?

Nein, das wusste ich natürlich nicht. Ich wusste fast nie die Dinge, die mein Vater wusste. Ja, es war verblüffend, dass er immer wieder neue fand. Ich hatte den Verdacht, dass er sich vor meinem Besuch zu bestimmten Themen vorbereitete, mit dem Ziel, mich zu beeindrucken.

Praktisch trinken wir jeden Tag einen Cocktail aus weiblichen Sexualhormonen. Ob wir in Rom etwa Leitungswasser verwendeten?

Ich erklärte ihm, dass wir einen Wasserfilter im Haus hatten, vor allem aus ökologischen Gründen.

Das Wasser in Rom ist schrecklich.

Für dich ist alles in Rom schrecklich, sagte ich, um die Unterhaltung etwas aufzulockern, doch ohne Erfolg.

Endokrine Disruptoren, fuhr er fort, die wir alle miteinander, *mich inbegriffen*, tagtäglich zu uns nähmen, hätten verheerende Auswirkungen vor allem auf die geschlechtliche Fortpflanzung. Und vor allem auf die Männer. Ist doch klar, oder? Die Evolution habe nicht vorgesehen, dass wir uns mit Östrogenen vollpumpten. Die Datenlage zur Demaskulinisierung von Fischen sei sehr klar, aber es sei nicht anzunehmen, dass es bei den menschlichen Wesen anders verlaufen werde. Und tatsächlich sei die Länge des männlichen Glieds allein in den letzten sechzig Jahren um durchschnittlich zwei Zentimeter zurückgegangen.

Meine Mutter sagte: Dein Augenlid zittert ein wenig, das linke.

Ich legte den Zeigefinger darauf, während mein Vater etwas zur Zahl der Spermien hinzufügte.

Ich fragte mich, ob das Thema dieses Abends mit einer bestimmten Absicht gewählt worden war. Ich hatte nie etwas von Lorenzas und meinen missglückten Versuchen erwähnt, aber die ausbleibende Fortpflanzung war mittlerweile eine offenkundige Tatsache.

Schmeckt gut, das *bollito misto*, sagte ich.

Ich habe keinen Kopf genommen, antwortete meine Mutter. Der Metzger hat mir davon abgeraten.

Besser so, murmelte ich. Vor dem Kopf hat mich immer ein bisschen geekelt.

Dieser Ausflug ins Kulinarische brachte den Monolog meines Vaters zum Stillstand. Er musterte mich, wie um den rechten Moment zum Weitermachen abzupassen. Am Ende muss er drauf verzichtet haben, denn er sagte: Und dieser Novelli? Ein merkwürdiger Typ.

Wir haben ihn im Fernsehen gesehen, bestätigte meine Mutter. Das ist der, bei dem du in Urlaub warst.

Er kommt mir etwas wirr vor, sagte er.

Ihr wart gemeinsam auf Sardinien, präzisierte meine Mutter.

Das waren alles Aussagesätze, also konnte ich vermeiden, mich zu äußern. Beiden schien die Situation jedenfalls sehr klar zu sein: Das war der Wissenschaftler, bei dem ich im Sommer zu Gast gewesen war, und dieser Wissenschaftler wurde als Vertreter eines überholten Sexismus zu Talkshows eingeladen.

Bist du sicher, dass es den Begriff Demaskulinisierung gibt?, fragte ich meinen Vater.

Sicher gibt es den!

Klingt ein wenig seltsam. Demaskulinisierung. Ich kann es kaum aussprechen.

Nach dem Abendessen setzten wir uns auf die Sofas und betrachteten eine Weile lang alte Dias, die mein Vater digitalisiert hatte. Seit Neuestem brachte er viel Zeit damit zu. Am Ende würde ein regelrechtes Archiv daraus entstehen. Einige drucke ich aber lieber aus, sagte er. Die Vorstellung, dass ein ganzes Leben auf einem USB-Stick Platz findet, ist etwas frustrierend.

Da war ein Foto vom Po, an dem Tag, an dem er die Deiche durchbrochen hatte, aufgenommen vom Balkon der Wohnung aus. Die Keller standen unter Wasser, und sämtliche Ausgaben von *Le Scienze*, die mein Vater dort vom ersten Heft an aufbewahrte, waren zu schlammigen Klumpen verklebt. Mit einer Schubkarre schafften wir sie weg, abwechselnd, er sehr still, vermutlich schmerzte ihn der Verlust.

Erinnerst du dich an das Hochwasser?, sagte er, als er bemerkte, dass ich mich besonders bei dem einen Foto aufhielt.

Ich erinnere mich, sicher.

Ich überlegte, ihn meinerseits zu fragen, ob er sich an all die *Le Scienze*-Ausgaben erinnerte, doch dann vermied ich es. Das ist eines der Dinge, die ich bei meinem Vater nie verstanden habe: Ob meine Wahl, Physik zu studieren, ihn befriedigt hatte oder nicht, und ob er wusste, dass bei dieser Wahl seine katastrophische Prägung und die überschwemmte Sammlung der Magazine eine Rolle gespielt hatten. Als ich bereits fertig war mit dem Studium, zitierte er häufig einen vielleicht apokryphen Ausspruch von Einstein: »Ein Forscher, der seinen signifikanten Beitrag zur Wissenschaft nicht unter dreißig Jahren geleistet hat, wird ihn vermutlich niemals leisten.« Als ich die Forschung aufgab, ohne einen signifikanten Beitrag zu hinterlassen, hatte er nicht protestiert. In der Tat hatte er gar nichts gesagt, außer einmal mit verschränkten Armen vom Sofa aus: Und die Physik? Nichts Physik, hatte ich geantwortet. Aha, Physik nichts.

Vielleicht hatte er diese Abkehr von der Wissenschaft als persönlichen Verrat gedeutet. Ich gab die Physik auf, um mich womit zu beschäftigen? Auf welchem Gebiet würde ich als Schriftsteller von nun an Experte sein? Er hatte mir diese Fragen nie gestellt, aber wenn er das getan hätte, hätte ich ihm geantwortet, dass die Inkompetenz nach all den Jahren des Studiums genau das war, was ich suchte: endlich ein Experte für nichts sein.

Ich hatte vorgehabt, über Nacht zu bleiben, aber ich hatte meinen Eltern nichts davon gesagt, und die Reisetasche war noch im Auto. Ich umarmte sie und fuhr eine halbe Stunde durch die Straßen des Viertels, auf der Suche nach etwas, das mir selbst nicht so klar war: ein wenig Rührung, ein Gefühl der Zugehörigkeit. Dann fuhr ich rechts ran, um ein Hotelzimmer zu buchen. Ich ging die verfügbaren Last-Minute-Angebote durch und wählte dann das Boston. Es hatte mich immer neugierig gemacht wegen seiner eklektischen Fassade, und ich wusste, dass die Zimmer alle verschieden waren. An der Rezeption fragte ich, ob ich das mit dem Krokodil unter der Decke haben könnte, das hatte ich auf Trip Advisor gesehen, aber es war belegt.

Mein Zimmer hatte schwere Vorhänge und knarrendes dunkles Parkett, das dazu einlud, barfuß zu gehen, also zog ich die Schuhe aus. Es gab keinen Menschen auf der Welt, der wusste, wo ich mich in diesem Moment aufhielt, mit Ausnahme der Rezeptionistin natürlich, für die ich jedoch keine Bedeutung hatte.

Ich zog mich aus, machte auf dem iPad Musik an und tanzte in Unterhosen auf dem Raum zwischen Bett und Fenster. Als Kind habe ich viel getanzt und dabei die Ohren gespitzt, ob nicht jemand zur Tür hereinkommen und mich überraschen würde. Die Dinge, die man tut, wenn einen niemand sieht: War das nicht genug, um weiterzumachen? Tanzen, sich für nichts verantwortlich fühlen, leben für den Moment der Euphorie.

Ich sah in den Innenhof hinunter: Dafür, dass er mitten im Zentrum Turins lag, war er üppig. Da war sogar ein kleines dunkles rechteckiges Becken, in dem glänzende rote Karpfen schwammen. Der Himmel über den Dächern war der typische für die Stadt, niedrige Stratocumulus-Wolken ohne Form und ohne Ränder. Dahinter erkannte man schwach den diffusen hellen Fleck des Mondes.

Die folgenden Monate lebte ich im Orbit. Nicht, dass ich nicht nachhause zurückgekehrt wäre, ich kehrte immer wieder dahin zurück, blieb aber so kurz wie möglich. Dann nahm ich einen weiteren Zug, einen weiteren Flug oder das Auto, wenn das Ziel es erlaubte, und mietete mich in einem weiteren Hotel ein, für eine Woche oder mehr. Ich fuhr weg, kehrte heim, fuhr weg, ohne Unterlass.

Die offizielle Version war, dass es um Recherchen für das Buch ging. Schreiben hat den unzweifelhaften Vorteil, (fast) jede Extravaganz zu rechtfertigen. Mit Ausnahme von Lorenza und Karol kannte niemand die Gründe für meine Unrast. Auf der anderen Seite hielten Lorenza und ich uns nicht für verpflichtet, irgendjemandem die Wahrheit über das mitzuteilen, was uns zustieß, noch nicht wenigstens, auch weil nicht einmal wir, wären wir gezwungen gewesen, es hätten benennen können.

Die Städte besichtigte ich nie. An Städten lag mir nichts, sie waren alle gleich oder sie waren das, was man sich von ihnen erwartete. Mich interessierten nur die Hotelzimmer, und ich war umso zufriedener, wenn sie auf einen Parkplatz im Innenhof gingen.

Nach dem Check-in tat ich immer die gleichen Dinge

in der gleichen Reihenfolge: masturbieren, ausgiebig heiß duschen, an die Minibar gehen, einen Toast aufs Zimmer bestellen, Lorenza anrufen, bevor ich zu betrunken war, um das Gespräch führen zu können, noch mehr trinken, nochmal masturbieren, wenn ich die Kraft dazu hatte. Ich kann nicht ermessen, wie viel Zeit ich abends im Kampf mit den Lichtschaltern zubrachte, aber ich weiß, dass die Elektroanlage des Hotels mich länger aufhielt, als man sich vernünftigerweise vorstellen sollte. Gegen neun Uhr abends erreichte ich eine Art von Katharsis, ein flüchtiger Zustand aus purer Abwesenheit, dann schlief ich ein.

Was das Buch über die Bombe angeht, so lag es seit einer Weile brach. Überall schleppte ich den Band über die atomare Abschreckung mit mir herum, als ob seine schlichte Anwesenheit meinen Einsatz garantierte. In diesen Monaten werde ich nicht mehr als etwa dreißig Seiten geschrieben haben, zusammen mit ein paar Artikeln für die Zeitung: das unerlässliche Minimum, damit man mich von außen nicht für tot hielt. Im Gegensatz zu dem, was ich mir vorgestellt hatte, lieferte die emotionale Instabilität überhaupt keinen Ansporn zum Kreativsein, oder wenigstens bei mir funktionierte das nicht. Prekarität und Angst waren vielleicht romantische Zustände, aber sie waren auch sehr gute Gründe, nicht zu schreiben.

All die Zeit in Hotels zuzubringen war, auch wenn sie nicht erstklassig waren, jedenfalls teuer. Ich liebäugelte mit der Idee einer Künstlerresidenz, informierte mich auch, aber sie schienen alle für Ausländer bestimmt, vorzugsweise Amerikaner. Und dann hätte eine Künstlerresidenz die Verfolgung eines Projekts bedeutet, Momente des Austauschs, Vorträge und zwangsweises Sozialleben, während ich mich nur nach anonymen Räumen und Stille sehnte, Zimmer im Halbdunkel mit gefalteten Handtüchern, jeder Verantwortung enthoben.

Ich beschloss, die Situation systematisch anzugehen. In den Mails der vergangenen Jahre sichtete ich die Einladungen, die ich abgelehnt hatte, in Italien und im Ausland: Festivals, Buchmessen, Workshops, Seminare. Ich schrieb etwa fünfzig, fast gleichlautende Nachrichten, in denen ich vorschlug »nachzuholen«. Sich selbst vorzuschlagen, war sicher ungewöhnlich, um nicht zu sagen peinlich, in der Tat antworteten viele Veranstalter nicht, aber einige doch. Wenn der Kontakt zustande kam, wies ich darauf hin, dass es mir aufgrund innerer Notwendigkeiten des Schreibprozesses lieb wäre, länger als unbedingt notwendig bei ihnen zu bleiben.

Utrecht Cosenza Bratislava Hannover Görz Frankfurt: Google Maps bewahrt treu die Spur meiner Reisen in dieser Zeit, und die daraus entstehende Landkarte ist ein Gewirr von Linien.

Abu Dhabi Lemberg Jerusalem Lima Cartagena de Indias: Ich bevorzugte die ferneren Ziele, aber da waren die Einladungen auch am schwersten zu bekommen. Auf den Interkontinentalflügen durchsuchte ich das Unterhaltungsprogramm auf der Suche nach den *Herr der Ringe*-Filmen und ich sah sie mir hintereinanderweg an, wobei ich mich mit Erdnüssen und Prosecco vollstopfte. Wenn es keine Filme gab, döste ich gegen die Verdunkelung des Fensters gelehnt. Eines Nachts bat mich eine Frau, die neben mir saß, freundlich, etwas zur Seite zu rücken, damit sie das Polarlicht fotografieren könne, aber ich rührte mich nicht. Ich sagte ihr, das sei nichts Besonderes, nur elektrisch geladene Teilchen, die lotrecht in das Magnetfeld der Erde stürzten.

Dass Lorenza und ich noch miteinander sprachen, sogar mehrmals am Tag, könnte wie ein Widerspruch wirken, und vielleicht war es das ja auch. Die Inkohärenz ging aber noch viel weiter: Während ich den Großteil meiner Zeit im Hotel verbrachte, machten wir uns auf die Suche nach einer neuen Wohnung. Wir schickten uns gegenseitig Links von Immobilien, und ein paar Wohnungen haben wir sogar besichtigt und dabei diskutiert, wie wir die Möbel aufstellen würden, wie Anfänger ließen wir uns von fehlerhaften Details beeindrucken, eine Veranda ohne Baugenehmigung, ein Originalfußboden, der eigentlich entfernt werden musste. Wir zogen die Möglichkeit in Betracht, dass wir als Paar ans Ende gekommen waren, und gleichzeitig planten wir unsere gemeinsame Zukunft.

Zu behaupten, ich hätte um die Jahreswende 2018/2019 meist in Hotels gewohnt, ist zwar richtig, ist aber nur ein Teil der Wahrheit. In diesen Monaten der Distanz gab es weiterhin eine Vielzahl von Dingen, die Lorenza und ich zusammen managten: ein Leck im Bad, das uns zwang, ein paar Wochen lang mithilfe eines Eimers zu duschen, Eugenios Abitur und der Tag, an dem er mir, als wir gemeinsam lernten, eine Hand auf den Unterarm legte, wie um mich dort festzuhalten. Sogar Sex gab es noch, selten und auf der Hut, aber es gab ihn. Wir schliefen nie am Abend meiner Rückkehr nach Rom miteinander, zuerst musste das angehäufte Misstrauen verdaut werden, aber irgendwann passierte es dann. Nach so vielen Jahren waren Lorenza und ich nicht nur eine in die Krise geratene Liebesgeschichte, wir waren auch unendlich viele andere unentwirrbare Aspekte: ein System von eingespielten Gewohnheiten, ein Netzwerk von Sozialkontakten, ein bürokratischer Apparat. Wir mussten weiter funktionieren. Und weiter zu funktionieren, kostete uns sehr wenig.

Die bezahlten Reisen brachten einige soziale Verpflichtungen mit sich: Präsentationen, Podiumsdiskussionen, Events. Am Ende tat ich alles, um den Abendessen und Drinks zu entgehen, aber nicht immer gelang mir das. An solchen Abenden konnte es geschehen, dass jemand mit mir aufs Zimmer kam, aber es geschah selten, und sie blieb nie bis zum Frühstück. Ich hatte keine Schuldgefühle wegen dieser unvorhergesehenen Begegnungen, im Gegenteil: War nicht genau das der Grund, warum ich dieses Nomadenleben führte, war es nicht in dieser Weise, dass ich Lorenzas Gebot gehorchte, du solltest dich ausleben? Nach meinem Verständnis bedeutete sich ausleben vor allem, sich mit einer Person im Lift zu befinden, mit irgendeiner Person, die nicht sie war.

Bei einer dieser Gelegenheiten ist mein iPhone verschwunden, zusammen mit dem Bargeld aus dem Geldbeutel. Ich war in Barcelona, und es war mitten in der Nacht, ungefähr vier Uhr. Ich begann schon Momente von Dissoziation zu entwickeln: Nachdem ich aufgewacht war, wusste ich ein paar Sekunden lang nicht, wo ich mich befand. Ich erinnere mich, dass das Zimmer in Barcelona eine Tapete mit Längsstreifen in zwei Blautönen hatte. Ich stand auf und hob die Hose vom Boden auf. Ich durchsuchte die Taschen und suchte im Rucksack, aber das Handy war auch da nicht. Der Geldbeutel dagegen lag auf dem Nachttisch, auch wenn ich mich nicht erinnere, ihn dort abgelegt zu haben. Als ich ihn öffnete, war ich nicht überrascht, dass er leer war. Karten und Dokumente waren noch da, es fehlte nur das Bargeld.

Ich ging ins Bad und betrachtete mich lange im Spiegel. Ich hatte einen violetten Fleck auf der linken Schulter, die Spur eines Bisses. Ich berührte ihn mit dem Gefühl des Geheimnisses. Es drehte sich mir ein wenig der Kopf, und ich hätte Wasser trinken und duschen sollen, aber ich ging zurück ins Zimmer, brachte das Bett in Ordnung, dann legte ich mich auf die Seite, die zuhause die meine war, den Rücken schön gerade gegen die Kissen gelehnt.

Es gelang mir nicht, wieder einzuschlafen, ich versuchte es erst gar nicht. Ich betrachtete das Licht des Morgengrauens, wie es durch die dünnen Vorhänge drang, aber erst gegen acht rief ich Lorenza vom Festnetz aus an. Alarmiert fragte sie mich, warum diese Nummer, und ich erklärte ihr, dass ich das Handy verloren hatte. Sie schwieg einen Augenblick, indem sie die implizite Botschaft dieser Information in sich aufnahm, dann sagte sie, dass sie dabei sei, aus dem Haus zu gehen, ja, sie sei schon spät dran, wir würden uns zuhause sehen. Vielleicht schaffte ich es, bevor sie auflegte, tut mir leid zu murmeln.

Diese Episoden sollten zwischen uns in der Schwebe bleiben, unfasslich wie Wolken, so wie in der Schwebe geblieben war, was im vorherigen Herbst in Calais geschehen war, eine Anspielung im Lauf einer Nacht, die nie wieder aufgenommen wurde. Aber von Calais kann ich hier und heute, dem 16. März 2022, wagen zu erzählen, weil in der Zwischenzeit unvorstellbare Dinge auf der Welt geschehen sind, wir alle immer mehr Überlebenden ähneln, und es aus der Perspektive von Überlebenden vielleicht möglich ist, alles zu erzählen.

Nachdem ich am Flughafen Orly die Maschine hatte abheben lassen, nahm ich einen Thrifty-Leihwagen, ein günstigeres Modell, das aber doch einen USB-Anschluss hatte, ich stöpselte das Handy ein und hörte während der Fahrt auf der Autobahn *Skeleton Tree*. Nick Cave hatte dieses Album mit dem schwarzen Cover nach dem Tod seines Sohnes Arthur herausgebracht, der von einem weißen Kreidefelsen über dem Ärmelkanal gestürzt war. Das Album war zum großen Teil vor dem Unfall komponiert worden, aber jeder Vers, jeder Akkord sprach von Verlust. In dieser Zeit hörte ich *Skeleton Tree* dauernd und dachte oft an Arthur.

Es war wie eine Art Kur. Wenn die Zeugung eines Kindes die Möglichkeit einer so traumatischen Trennung einschloss, dann war Vaterschaft wirklich nichts für mich. Ich hatte keine Chance verpasst: Ich war *verschont* geblieben. Ich hörte Nick Caves Klage über den vorzeitigen und unzulässigen Tod Arthurs immer wieder, und das würde mich schließlich von dem Wunsch, ein eigenes Kind zu haben, läutern.

Auf die Nachricht, die ich ihr geschrieben hatte – ich komme zu dir nach Calais, wenn du mir sagst, wo du bist –, hatte Curzia, ohne eine emotionale Regung erkennen zu lassen, nur mit dem Link eines Hotels geantwortet. Von einem Rastplatz aus hatte ich ein Zimmer reserviert, ich war mir sicher, dass es mir nur dazu dienen würde, das Gepäck abzustellen, vielleicht um zu duschen, aber so erschien es mir eleganter.

Das Hotel hatte Ibis-Standard. Im Zimmer war ein großes Fenster, auf das direkt die Sonne prallte. Ich setzte mich auf den einzigen Sessel und blieb eine Weile so sitzen, mit merkwürdig leerem Kopf. Ich hatte Lorenza geschrieben, ich hätte wegen einer Verspätung des Busses den Flug verpasst, ein Unfall auf der Straße zum Flughafen. Ich würde mir ein

Zimmer suchen, wo ich die zusätzliche Nacht verbringen konnte, ich hatte keine Lust, zu Novelli zurückzukehren, ich hatte ihm auch nicht Bescheid gegeben. Wenn ich schon einmal da war, würde ich die Gelegenheit nutzen und am nächsten Tag das Curie-Museum besuchen, das konnte für mein Buch nützlich sein.

Alles in allem war die Situation, in der ich mich befand, von der Wahrheit nicht so fern: Ich hatte tatsächlich den Flug verpasst, ich war in einem Hotelzimmer, ich hatte Novelli nicht benachrichtigt, und es gab konkret die Möglichkeit, rechtzeitig für das Museum nach Paris zurückzukehren. Abgesehen davon war noch nichts geschehen. Ich hätte zuvor nicht gedacht, dass ich mich an der Schwelle zum Ehebruch so ruhig und entschlossen fühlen könnte. Die Erregung war nur eine Schwingung im Hintergrund, wie ein Kupferdraht mit schwacher elektrischer Ladung.

Ich öffnete die Minibar, nahm eine Tüte mexikanischer Chips heraus und schrieb eine weitere Nachricht an Lorenza: Zimmer grauenhaft! Zum Glück nur für eine Nacht. Ich verspürte den völlig unpassenden Impuls, sie anzurufen, aber ich widerstand ihm. Ich zog die Schuhe aus und wartete weiter.

Als Curzia zurückkam, war es fast dunkel. Sie schrieb mir, ich solle in die Lobby kommen. Ich war schon fertig, geduscht und frisch angezogen, aber ich ließ eine weitere Viertelstunde verstreichen, um nicht überstürzt zu wirken. Ich fand sie in einer Zone mit kleinen Sofas, auf einer Vierergruppe hinten im Raum. Auf dem Tisch lag Fotoausrüstung herum, und einer der Sessel war bedeckt mit schwerer Kleidung. Bei ihr war ein junger Mann. Ohne aufzustehen, sagte Curzia: Hey, da bist du ja! Ich beugte mich zu ihr hinunter und küsste sie auf die Wangen. Dann stellte ich mich ihrem Kollegen vor, einem gewissen Sasha. Beide trugen schlammverschmierte Sportstiefel und Pullover von Decathlon und hatten rote Wangen von der Kälte. Ich sagte, man sähe, dass sie aus einem Flüchtlingslager kämen, und stellte ein paar wohlerzogene Fragen über das, was sie gesehen hatten. Sasha zeigte mir ein paar Aufnahmen auf dem Display der Spiegelreflexkamera, dann fragte er mich, was ich dort mache. Recherchen für ein Buch. Hat das mit dem Zweiten Weltkrieg zu tun? Ich weiß nicht. Er machte ein komisches Gesicht und warf Curzia einen Blick zu. Das heißt, in gewisser Weise hat es damit zu tun.

Mittlerweile war es fast acht, und ich hoffte, er würde bald verschwinden, aber Curzia sagte: Ich habe Hunger, gehen wir was essen?, und nach dem, wie sie uns ansah, war klar, dass die Einladung für beide galt. Wir stiegen in ihren Mietwagen, Sasha am Steuer und ich auf dem Hintersitz. Curzia drehte die Musik auf und begann sich im Rhythmus eines arabischen Liedes zu bewegen. Ich fragte sie, ob ihr diese Musik wirklich gefalle, und sie antwortete, ich liebe sie. Aber verstehst du den Text? Nein, nur *habibi*. Und was heißt das? Sasha sah mich im Rückspiegel wieder so befremdet an. Ach komm, *habibi* heißt mein Liebster, mein Liebling, das weiß doch jeder.

Curzia bewegte die Hände wellenförmig in der Luft. Ich sagte: Haben dir die Attentate nicht gereicht? Magst du noch arabische Musik hören? Ich wusste nicht, wie mir der Kommentar entschlüpfen konnte. Schlagartig hielt sie inne und sagte: Aber was verdammt noch mal hat das damit zu tun?

Wir gingen in einen Pub, wo sie schon am Abend zuvor gewesen waren. Nie und nimmer hätte ich ein solches

Lokal ausgesucht, wenn ich mit Lorenza gewesen wäre, es wäre nicht einmal auf die Liste der möglichen Kandidaten gekommen. Nach wie vor sah ich alles auch mit ihren Augen, vielleicht sind so lange Beziehungen wirklich eine Krankheit. Eine andere Form von juvenilem Katarakt, der sich im Lauf der Jahre bei mir entwickelt hatte.

Curzia und Sasha beharrten darauf, dass ich das Welsh probieren müsse, ein typisches Gericht aus der Gegend, und nein, ich dürfe die Ingredienzien nicht vorher anschauen, ich musste es bestellen und basta. Also gut.

Ein Tiegel zerlassener Cheddar, in dem fettige Toastscheiben eingetunkt waren und obendrauf, auf diesem Meer von Fett schwimmend, ein Spiegelei: Das war das Welsh. Okay, okay, ich würde es ganz aufessen, wetten wir.

Curzia und Sasha begannen wieder über ihren Artikel zu sprechen. Sie stimmten einige Details der Abgabe ab, während ich schon unter dem schweren Essen zu leiden begann.

Wir kehrten zurück zum Hotel. Auf dem Parkplatz drehte Sasha zwei Zigaretten und gab sie uns, dann sagte er, er ginge hinauf ins Zimmer, um die Fotos nachzubearbeiten. Curzia und ich blieben auf diesem verlassenen Platz stehen, wie um abzuwägen, was zu tun war, bis sie sagte, ich gehe auch hinauf, ich bin kaputt. Das war sie wirklich, sie war den ganzen Tag im Freien gewesen und hatte geflüchtete Jugendliche interviewt, hatte Kälte und menschliches Leid in sich aufgenommen. Sicher, sagte ich. Ich fühle nicht einmal mehr meine Füße. Sicher, wiederholte ich, aber es muss wie eine Beschwerde geklungen haben, denn es trat noch einmal Stille ein, eine längere, dann sagte Curzia: Ich weiß ja nicht, was du dir für Vorstellungen gemacht hast, aber so funktioniert das nicht.

Sie kam näher und umarmte mich mitten auf dem Parkplatz. Den Kopf an meine Brust gelehnt, gönnte sie sich ein paar Sekunden Ruhe. Dann gab sie mir einen Kuss auf die Wange und ging in die Lobby.

Am Morgen ging ich sehr früh zum Frühstück hinunter, um ihr nicht zu begegnen. Aber Sasha war da, wir nickten uns zum Gruß zu, dann setzte ich mich an einen anderen Tisch. Ich checkte aus und setzte mich ins Auto.

Nach dem Unfall seines Sohnes gab Nick Cave monatelang keine Konzerte. Wie konnte man nach einer so absoluten Trauer wie dieser wieder singen und auftreten? Und doch hatte er vor Kurzem wieder angefangen. Als er zum ersten Mal sein Publikum begrüßte, sagte er: Wir waren an einem seltsamen Ort. Jetzt komme ich von dort wieder und blinzle ins Licht. Und ich habe ... Tasmanier gesehen.

Für seinen ersten Auftritt hatte er eine Konzerthalle in Hobart auf Tasmanien gewählt. Der Insel, auf der Novelli zufolge für jeden die Möglichkeit der Rettung bestand.

Auf dem Weg zurück, weg von der Nordküste Frankreichs und von den Felsen, von denen Arthur gestürzt war, auf der Flucht vor meinem ersten fehlgeschlagenen Ehebruch, nahm ich mir vor, dass ich Eugenio in ein Konzert von Nick Cave mitnehmen würde. Ich würde das bei der ersten Gelegenheit tun, wenn er aus den USA zurück war. Und wenn er wollte, würde ich auch seine schweigsame Freundin, die lieber Trap hörte, mitnehmen. Ich schickte ihm sogar eine Nachricht, auf die er mit dem GIF eines Säuglings antwortete, der einen Freudentanz aufführt. Ich verstand seine GIFs fast nie, dieses hier aber doch.

Nach dem Handydiebstahl in Barcelona hielt ich mich von zuhause lieber etwas fern. Im Frühjahr 2019 lebte ich eine Weile bei Curzia. Nicht, dass ich meine Sachen in ihren Schrank eingeräumt hätte oder so etwas, sie war ganz einfach mein Stützpunkt, der Trolley offen im Wohnzimmer. Das in Calais Geschehene, oder genauer, das Nicht-Geschehene, hatte das Feld freigeräumt von einer Fantasie über uns, die monatelang in der Möglichkeitsform gewesen war, ohne sich je wirklich realisieren zu wollen, und die vermutlich mehr meine war als ihre. Die Tage von Calais waren in unseren privaten Anekdotenschatz eingegangen unter dem Titel »das Große Französische Missverständnis« oder GFM, nach dessen Überwindung wir eine unbeschwerte Freundschaft eingehen konnten, gegründet auf dem soliden Pfeiler des Sarkasmus.

Das Viertel Monte Sacro kannte ich nicht, daher war es leicht, so zu tun, als befände ich mich in einer anderen Stadt und nicht wenige U-Bahn-Stationen von dem Leben entfernt, das ich weiterhin in der Schwebe hielt. Vormittags machte ich lange Spaziergänge am Fluss entlang, das half mir beim Nachdenken, aber vor allem dabei, mich ein paar Stunden lang zu verdünnisieren. Curzia arbeitete zuhause, genau wie ich, aber wir besaßen nicht das Minimum an Vertrautheit, das nötig ist, um sich lange Zeit im gleichen Raum aufzuhalten.

Eines Tages landete ich in einem Stadtteilmarkt und ließ mich zu Einkäufen hinreißen. Als sie mich die Einkaufstüten auf der Arbeitsfläche in der Küche abstellen sah, wandte sie einen Moment lang den Blick vom Computer: Oh Gott! Du wirst doch nicht die Absicht haben, uns abends jetzt immer zu bekochen?

Die Wohnung war ständig in Unordnung, da kreuzten plötzlich Leute an der Wohnungstür auf, die dann bis tief in die Nacht herumhingen, drinnen durfte geraucht werden, und der Müll musste nur rausgebracht werden, wenn es strikt notwendig war. Ich vermute, allein die Tatsache, dass mir gewisse Aspekte in Curzias Leben auffielen, machte aus mir den Bourgeois, der zu sein sie mich bezichtigte. Aber ich hatte nie so gelebt, nicht einmal als Student, als ich mit Giulio zusammenwohnte. Wir waren beide zu ordentlich und lernten ständig, jeder verkrochen in sein Zimmer, der Putzdienst wurde am Monatsanfang festgelegt, und wir wären gar nicht auf die Idee gekommen, uns nicht daran zu halten.

Nach dem falschen Schritt mit dem Einkauf gab ich die Idee zu kochen ganz auf. Wir machten übermäßigen Gebrauch von *to go*-Essen und Lieferdiensten, auch wenn ich immer dagegen war, wegen des wiederkehrenden Bildes von dem Zusteller, der von einem Auto erfasst wird, während er mir mein Sushi bringt. Aber Curzia zufolge waren gewisse, von der Höhe meines privilegierten Daseins aus eingenommene Positionen pure Heuchelei, abgesehen von der Tatsache, dass es viel bequemer war, zuhause zu Abend zu essen.

Abgesehen von den ständigen Provokationen war sie

zufrieden, dass ich da war. Es lief bei ihr gerade nicht gut. Der Erfolg von Journalisten ist schwankend, und das Ende der Attentate in Europa hatte für sie arbeitsmäßig eine Flaute bedeutet. Die Agentur, für die sie schrieb, hatte sie so lange mit dem islamischen Terrorismus identifiziert, dass sie jetzt nicht wusste, wo sie sie einsetzen sollte. Der Rest der Wirklichkeit wurde unter ihren Kollegen aufgeteilt: die Migranten für den einen, Europawahlen für einen anderen, die parlamentarischen Auseinandersetzungen für noch einen anderen. Jeder verteidigte sein Gebiet mit Zähnen und Klauen. Curzia schimpfte, auch wenn sie wusste, dass sie sich an ihrer Stelle genauso verhalten würde. Morgens sah ich sie auf der Suche nach einem Aufhänger das Internet durchforsten, dann sich ans Telefon hängen, nur um vom Chefredakteur einen Augenblick der Wertschätzung zu bekommen. War es ein guter Tag, machte sie sich nachmittags ans Schreiben, aber dann musste sie zehn Zeilen kürzen, dann weitere zehn, dann noch mal zehn. Der Abend endete fast immer mit einer Nervenkrise: Sie haben mir nur eine verdammte Notiz gelassen!

Sie beklagte sich viel, beinahe manisch. Ob mir bewusst war, dass die Zeitungen mittlerweile für die Texte von freien Mitarbeitern vierzig Euro zahlten? Vierzig! Mit Putzen würde ich mehr verdienen.

Schade, dass du dazu keine Begabung hast.

Immer wieder Sarkasmus, der einzige zwischen uns zulässige Code. Denn wenn ich mich darangemacht hätte, Curzias Situation ernsthaft zu analysieren, hätte sie mich beschuldigt, ich wisse nicht, was ich sage, wo ich doch meinen Arsch im Trockenen hatte.

Ich sprach viel von Lorenza, für die sie eine Schwäche

hatte, auch wenn sie sie nie gesehen hatte: Sie hatte eine Schwäche für die Art, wie ich sie beschrieb. Sie quälte mich wegen des Ausdrucks, den ich einmal gebraucht hatte, »mir Zeit für mich nehmen«: Ich nehme mir Zeit für mich, hatte ich gesagt. Fast jeden Abend fragte Curzia mich, was ich an dem Tag Außergewöhnliches gemacht hatte, mit der Zeit, die ich mir für mich nahm, und fast immer musste ich zugeben, dass ich nichts gemacht hatte.

Wir sprachen auch über Novelli, und dabei kam es häufig vor, dass wir im Lauf weniger Minuten widersprüchliche Meinungen zum Ausdruck brachten. Curzia zum Beispiel war ebenso empört darüber, dass ich nicht öffentlich gegen ihn Position bezogen hatte, wie darüber, dass ich ihm meine explizite und moralische Unterstützung verweigert hatte. Wie kommt man aus dem Dilemma raus?, sagte ich zu ihr. Was hättest du getan?

Ich?, antwortete sie. Ich wähle meine Freunde *vorher* aus.

In den letzten Monaten war der Klimaschutz Mode geworden. Für die erste Demonstration Jugendlicher in Rom hatte Curzias Agentur schon jemand anderen beauftragt, aber nach Stunden akuter Nervosität verkündete sie mir, dass sie trotzdem hingehen werde. Ich schlug vor, sie zu begleiten: Ich kann Fotos machen, ich kann dein Sasha sein.

Aber du machst scheußliche Fotos, und Sasha ist ein Genie.

In beängstigendem Tempo fuhren wir die Via Nomentana entlang, ich auf dem Roller an sie geklammert, und einen Moment später waren wir mitten in einem Strom von jungen Menschen. Ich fühlte mich ein wenig fehl am Platz, wie eine Art Tourist. In der Schulzeit hatte ich an sehr wenigen Demonstrationen teilgenommen, es waren die Jahre der *No Global*-Bewegung, und ich gab meine Distanz als intellektuelle Überlegenheit aus. Ich fragte mich, was ich getan hätte, wenn ich an diesem Tag achtzehn Jahre alt gewesen wäre, ob ich regulär zur Schule gegangen wäre, zusammen mit drei weiteren Schülern und der Lehrerin, die sich etwas einfallen ließ, um uns zu beschäftigen, während sie uns aller Wahrscheinlichkeit nach verachtete.

Ich verlor Curzia aus den Augen und ging einfach im Rhythmus des Demonstrationszugs mit. Ein federleichter Globus aus Pappmaché wurde von einer Seite zur anderen geworfen. Während ich seiner Flugbahn folgte, bemerkte ich Eugenio auf dem Gehweg. Klar, dass er da war, warum hätte er es nicht sein sollen? Der Globus überraschte ihn von hinten, berührte ihn sacht. Trotzdem fuhr Eugenio herum. Er war immer auf der Hut, mit angespannten Nerven, auch als Kind, ich hatte nie verstanden, warum, oder wie man ihm beibringen konnte, das abzulegen.

Er versetzte dem Globus einen leichten Schlag und warf ihn wieder in die Luft. Er war zusammen mit einer Gruppe Mädchen da, auch Sara war dabei. Aus ihren Gesten entnahm ich, dass er sich etwas auf den Arm schreiben lassen sollte. Schließlich gab er nach. Etwas theatralisch krempelte er den Ärmel der Jacke hoch und wartete geduldig ab, dass Sara ihm mit einem Stift etwas darauf schrieb oder vielleicht etwas zeichnete.

Die offizielle Version – das heißt, dass ich wegen der Recherchen zu meinem Buch viel unterwegs war – galt auch für ihn. In Wirklichkeit hatte ich den Verdacht, dass er und Lorenza redeten, sie erzählten sich immer viel mehr Dinge, als ich wusste, und in den letzten Monaten hatten sie etliche

Abendessen zu zweit gehabt. Falls das so war, ließ Eugenio es sich nicht anmerken. Wenn ich weg war, verursachte mir der Gedanke an ihn ein Schuldgefühl, das ein wenig stärker war als normal, also tat ich das so wenig wie möglich. Ich hatte ihm nie erlaubt, mir zu fehlen.

Auch bei der Demo hielt ich mich auf Distanz. Während er dastand und verziert wurde, ließ er den Blick einen Moment lang schweifen, auch in meine Richtung. Ich fürchtete, er könne mich gesehen haben, aber seine Augen gingen über mich hinweg. Als er sich mit seinen Schulfreundinnen wieder in Bewegung setzte, folgte ich ihnen ein Stück weit, dann bog ich in eine Seitenstraße ein.

Auf der Piazza Venezia fand ich Curzia wieder. Ich müsste genug haben, sagte sie. Fahren wir nachhause.

Dort angekommen, zog sie sich ins Schlafzimmer zurück, um sich zu konzentrieren, und so blieb ich allein im Wohnzimmer. Ich setzte mich aufs Sofa und schrieb an Eugenio: Bist du auf die Demo gegangen?

Klaro. Und wo bist du?

Ich war auch dort, aber nur, um einen Blick darauf zu werfen.

Schade, dass wir uns verpasst haben. War das für einen Artikel?

Da ich ihm nicht antwortete, schrieb er wieder. Kommst du heute Abend nachhause?

Ich muss wieder los.

Er schickte mir ein trauriges Emoji.

Ich rief B.S. beim *Corriere* an. Ich erklärte ihr, ich sei in den Klimastreik in Rom hineingeraten, ein bisschen aus Zufall. Sicher hatten sie ihre Seiten schon voll mit Greta Thunberg, aber in Anbetracht der Tatsache, dass ich vor einigen Jahren über den Pariser Klimagipfel geschrieben hatte, ich weiß nicht, vielleicht konnte es da eine sinnvolle Verbindung zwischen den beiden Dingen geben. Sie gab mir siebzig Zeilen.

Als Curzia wieder ins Wohnzimmer kam, feilte ich noch an dem Artikel. Sie warf sich aufs Sofa und blieb ein paar Sekunden lang so.

Sie haben ihn genommen. Gehen wir raus? Ich habe Lust auf Pizza.

Gib mir nur eine halbe Stunde.

Ich sah, wie sie von der Seite einen Blick auf den Laptop-Bildschirm warf. Was schreibst du?

Eine Sache für die Zeitung.

Über?

Die Demonstration.

Haben sie dich angefragt?

Wo ich schon einmal da war.

Sie richtete sich gegen die Rückenlehne auf. Nach einer Pause sagte sie: Du bist wirklich unglaublich.

Ich hatte die Kopfhörer nur auf einer Seite runtergeschoben, aber jetzt nahm ich sie ganz ab.

Du wolltest mich begleiten, und jetzt klaust du mir den Artikel.

Komm, es ist doch nur ein Kommentar.

Sicher, einer von deinen Kommentaren. Setzen sie ihn auf die erste Seite?

Wir schreiben nicht für dieselbe Zeitung, was kümmert dich das?

Sie setzen ihn dir auf die erste Seite, oder?

Das weiß ich nicht.

Sie sprang auf und raffte ihre Sachen zusammen. Hör zu,

ich geh essen, ich habe Hunger. Wenn du fertig bist, ruf mich an oder mach, was du willst. Einen Augenblick später war sie aus dem Haus.

Ich schickte den Artikel los, der nichts Besonderes war, oder mir doch als nichts Besonderes mehr erschien. Nachdem ich die Adjektive ausgedünnt hatte, klang er noch immer weitschweifig, süßlich. Eugenio auf der Demo zu sehen, hatte mich vielleicht beeinflusst.

Ich duschte, dann widmete ich mich ein wenig Twitter. Um zehn hatte Curzia noch nichts von sich hören lassen. Obwohl mir das zu sentimental vorkam, nahm ich ein Post-it von ihrem Schreibtisch und schrieb ihr eine Nachricht. Ich fand nicht, dass ich mich entschuldigen müsste, nicht wirklich, also tat ich es auch nicht, aber ich schrieb ihr, dass mir das gegenseitige Missverständnis leidtat, und das stimmte. Wir durchlebten beide eine zu chaotische Zeit, um einander hilfreich zu sein. Es war jedenfalls ein Vergnügen gewesen, all diese Tage gemeinsam mit ihr Alexa zu quälen.

Ich nahm ein Taxi. Ohne das Ziel noch angegeben zu haben, schrieb ich an Lorenza, ob es sie störe, wenn ich um diese Zeit nachhause käme, ohne Vorankündigung. Sie antwortete nein. Sie fände es eher merkwürdig, wenn ich um Erlaubnis bitte, zu mir nachhause zu kommen.

Etwas später kam Giulio nach Rom. Er musste seinen Reisepass mit einer Arbeitserlaubnis für Südafrika abholen, wir trafen uns vor der Botschaft. Da die Universität es ihm gestattete, hatte er beschlossen, ein halbes Jahr Sabbatical zu nehmen. Die Bestimmungen sahen vor, dass er anderswo eine für die akademische Ausbildung nützliche Aktivität ausübte, also würde er, zumindest offiziell, an der Universität für Wirtschaftswissenschaften in Kapstadt eine Reihe von Seminaren halten.

Während du in Wirklichkeit was machst?

Während ich mich in Wirklichkeit für einen Kurs eingeschrieben habe, um Ranger zu werden. Im Kruger-Nationalpark.

Im Kruger-Nationalpark, wiederholte ich. Da wird es Löwen geben, nehme ich an.

Jede Menge. Neben Hyänen, Flusspferden und Büffeln.

Schlangen?

So viel du willst.

Seit einer gemeinsamen Bergwanderung in Studentenzeiten wusste Giulio von meiner unkontrollierbaren Angst vor Schlangen.

Davon ausgehend, dass die Sache mich interessieren

würde, begann er mir von der Speikobra zu erzählen. Einigen Ethologen zufolge hatte die Speikobra die Fähigkeit, Gift zu verspritzen, speziell gegen den Menschen entwickelt. Unsere Vorfahren jagten sie mit Lanzen, also aus der Distanz, und die Schlangen hatten einen Weg gefunden, sich zu verteidigen. Der Kanal in den Stoßzähnen hatte sich im rechten Winkel gebogen, damit das Gift, wenn es hindurchströmte, beschleunigt wurde.

Praktisch hat die Natur sie ausgewählt, um uns zu töten, fasste Giulio zusammen. Man hat Tests durchgeführt, in denen die Forscher als Ziel dienten. Auf drei Meter Entfernung wurden sie zehn von zehn Malen getroffen. Möchtest du ein Video sehen?

Lieber nicht.

Aber in den meisten Fällen macht die Speikobra nur blind. Die Schwarze Mamba dagegen nicht, die ist wirklich gefährlich. Sehr schnell und sehr aggressiv. In einem Kurs werden wir lernen, wie man mit ihnen umgeht.

Wie man mit ihnen umgeht, wiederholte ich bei mir, verstehe.

Er war euphorisch, ich sah ihn ab und zu die Hand in die Jackentasche stecken und den Reisepass berühren, wie um sich zu vergewissern, dass er noch da war. Er hatte sich die Haare wachsen lassen. Ich fragte mich, ob das eine Verwandlung in Hinblick auf seine Zukunft in der Wildnis war. Er würde monatelang weg sein. Und Adriano?, fragte ich mit einer unwillkürlich vorwurfsvollen Note.

Giulio steckte das Handy wieder in die Tasche. Ich glaube nicht, dass es uns schadet, uns ein Weilchen nicht zu sehen. Einen Moment später fügte er hinzu: Ich weiß nicht, bis zu welchem Punkt du die Sache mitbekommen hast.

Bis zu dem Punkt, dass du und Cobalt eine schriftliche Vereinbarung erzielt habt.

Ja, die Vereinbarung gibt es, bestätigte er mir. Aber sagen wir mal so, sie funktioniert nur auf dem Papier.

Das Dokument legte die Aufteilung der Ausgaben und der Zeiten exakt fest, aber als Giulio eines Freitags mit einer halben Stunde Verspätung kam, weil die U-Bahn ausgefallen war, eine halbe Stunde, nicht mehr, hatte Cobalt sich geweigert, ihm Adriano zu überlassen. Sie hatte ihm das ganze Wochenende mit ihm genommen. Wenn der Junge auch nur den Anflug einer Erkältung hatte, war das der Vorwand, ihn ihm nicht zu geben. Und jedes Mal, wenn es in der Schule Elternbesprechungen gab, unterließ Cobalt es, ihm Bescheid zu sagen, nur um ihn im Nachhinein der Nichterfüllung seiner Pflichten zu beschuldigen. Solche Situationen am laufenden Band, sagte Giulio. Ziemlich lästig.

Zu Weihnachten hatte er eine Reise nach Norwegen organisiert, aber zwei Stunden vor der Abreise war Adrianos Reisepass auf mysteriöse Weise verschwunden. Auf sehr mysteriöse Weise, unterstrich er. Er zeigte mir eine Serie von Screenshots, die den blutigen Schlagabtausch zwischen ihm und Cobalt darstellten.

Hebst du alle deine Chats auf?

Nur die schlimmsten. Am Anfang habe ich das auf Anraten der Anwältin getan. Dann habe ich nicht wieder aufgehört damit.

Wegen dieser Geschichte mit dem Reisepass habe ich ein wenig den Kopf verloren, gab er nach einer Pause zu, erläuterte allerdings nicht, in welcher Weise.

Einige Wochenenden hatte er Adriano in Anwesenheit einer Sozialarbeiterin gesehen, die sie schweigend überwachte.

In dem für die Treffen vorgesehenen Zimmer gab es Plastik-spielzeug, das krebserregend aussah und das Adriano sich weigerte, auch nur zu berühren, so blieben Vater und Sohn oft stumm und gingen sich gegenseitig auf die Nerven. Bei Giulios extrem ausgeprägtem Schamgefühl erschienen mir diese Stunden mit Adriano unter Beobachtung einer Unbe-kannten wie eine moderne Foltermethode. Ab einem gewis-sen Punkt weigerte sich Adriano, zu diesen Treffen zu gehen, also auch ihn zu sehen.

Ich sollte sein Geburtstagsgeschenk im Lift ablegen, sagte Giulio. Da muss Cobalt klar geworden sein, dass die Situation aus dem Ruder gelaufen war. Sie bat mich um ein Treffen zu zweit, nach wer weiß wie vielen Jahren. Es war sehr merkwürdig. Wir sollten über Adriano reden, statt-dessen sprachen wir über uns, über bestimmte Ereignisse von vor hundert Jahren, als es Adriano noch nicht gab. Die Menschen fixieren sich auf die unglaublichsten Dinge. Es schien alles so gut zu laufen, wir waren so … zivilisiert. Aber Cobalt musste Schuldgefühle haben. All dieses Reden über uns hatte sie vielleicht überrascht, sie brachte Luc ins Spiel, ihren Partner. Auf einmal war alles nur noch Luc. Luc sagt, Luc meint. Glaubte man ihr, hatte Luc ganz klare Vorstel-lungen über alles und jedes, angefangen beim Big Bang. Ich habe sie ein bisschen gehänselt, Luc hatte mit dieser ganzen Angelegenheit wirklich nichts tun, das schwör ich dir. Da geriet sie außer sich. Untersteh dich, ihn zu beurteilen!, sol-che Sätze. Okay, okay, schon klar. Auch wenn Luc sie, ihren Tränen nach zu schließen, nicht so sonderlich glücklich zu machen scheint.

Und du? Bist du mit jemandem zusammen?, fragte ich ihn unvermittelt.

Nicht wirklich.

Nach einem Augenblick Schweigen sagte Giulio: Und du?

Nein. Nicht wirklich.

Meine Überraschung über diese Frage muss mir anzusehen gewesen sein, denn er setzte hinzu: Vielleicht bist du da nicht auf dem Laufenden, aber Lorenza und Cobalt schreiben sich ab und zu. Sie haben über die Zeit hinweg ihre Freundschaft aufrechterhalten. Oder sie haben sie vor Kurzem wieder aufgenommen, keine Ahnung.

Wir aßen gemeinsam in einer Bar an der Piazza Fiume. Dann fragte mich Giulio, ob ich noch Zeit hätte, ihn ins Zentrum zu begleiten, um einen Rucksack zu kaufen. Der, den er hatte, war zu groß. Wir gingen zu Fuß die Via Venti Settembre entlang. Unterwegs sprach fast immer er, auch wenn er dauernd einschränkte: Sag mir, wenn ich dich langweile.

Ungefähr einen Monat zuvor hatte er den Anruf eines Unbekannten erhalten. Sind Sie Giulio? Ja, der bin ich, mit wem spreche ich? Ich wollte Ihnen Bescheid geben, dass in der Rue Keller Papiere von Ihnen auf der gesamten Straße verteilt herumliegen. Sieht aus wie ziemlich persönliche Papiere. Dort habe ich auch Ihre Telefonnummer gefunden. Wenn Sie wollen, schicke ich Ihnen Fotos.

Der Unbekannte war kein Franzose und hatte eine miserable Aussprache, so dass Giulio instinktiv an Trickbetrügerei dachte: Dokumente auf der Straße? Wie war das möglich? Aber die von dem Typen erwähnte Straße stimmte mit der seiner Anwältin überein, daher hatte der Hinweis eine gewisse seltsame Glaubwürdigkeit.

Einen Moment später hatte er das Foto einer Seite seiner Scheidungsurkunde bekommen. Giulio hatte die Sprechstunde mit einem Studenten mittendrin abgebrochen, war in die Rue Keller geeilt und hatte dort tatsächlich die Dokumente am Boden gesehen. Es waren windige Tage in Paris, und eine Böe hatte den Inhalt seiner Akte Dutzende Meter weit verstreut, auf dem Gehweg und auf der Fahrbahn.

Da lag praktisch mein ganzes Leben, sagte er. Einfach ausgestreut. Kopien von Dokumenten, persönliche Mails, Fotos von Adriano, Kontonummern. Jede Art von sensiblen Daten, die du dir vorstellen kannst. Nachdem der Fall abgeschlossen war, hatte man es in der Kanzlei für gut befunden, die Akte loszuwerden und hatte sie in den Papierkorb auf der Straße geworfen. Nicht einmal in die Mülltonne: in den Papierkorb. Das war so absurd, dass ich es zunächst nicht glauben wollte. Ich habe mich davon überzeugt, ich weiß auch nicht wie, dass die Akte von allein aus dem Fenster geflogen war. Ich habe alles zusammengesucht und in der Zwischenzeit realisiert, was wirklich geschehen war. Als ich fertig war, bin ich also zur Kanzlei der Anwältin hinaufgegangen und habe eine Szene gemacht, erst der Sekretärin, dann ihr, die mich nicht einmal empfangen wollte. Wütend wie ich war, muss sie gedacht haben, dass Cobalt so unrecht nicht hatte. Jedenfalls blieb sie ungerührt. Sie sagte mir, die Akten wegzuschmeißen sei bei ihnen so üblich. Was sollte man sonst mit ihnen tun?

Wenigstens die Papiere gesondert entsorgen, sagte ich, um die Situation etwas aufzulockern.

Wenigstens die Papiere gesondert entsorgen. Genau.

Wir waren vor dem Sportartikelgeschäft, konnten uns aber noch nicht entschließen reinzugehen.

Als ich aus der Kanzlei draußen war, bin ich ein wenig herumgeirrt, sagte Giulio, wie benommen.

Du hättest mich anrufen können.

Du schienst nicht recht erreichbar in letzter Zeit.

Er sagte das nicht mit Groll, es war eine schlichte Feststellung, als geschähe das allen, dass sie von Zeit zu Zeit nicht erreichbar sind.

Am Ende beschloss er, dass er das nicht auf sich beruhen lassen konnte. Er ging zur nächsten Polizeidirektion, um Anzeige zu erstatten. Der Beamte am Eingang verstand nicht recht, was das Problem war. Oder er tat so, aber Giulio war entschlossen. Geschlagene vier Stunden wartete er, um seine Aussage zu machen. Und während er in dem Dienstraum war, umgeben von den verschiedensten Typen, an einem Tiefpunkt seines Lebens, vielleicht dem tiefsten Punkt überhaupt, alles, was ich bin, sagte er, war buchstäblich mit Füßen getreten worden, nun, in dem Moment fühlte er sich … er wusste nicht, wie er es ausdrücken sollte. Aber ziemlich gut.

Frei?

Ich weiß nicht, ob frei das richtige Wort ist. Aber da kam mir der Kruger-Nationalpark in den Sinn, wo ich vor vielen Jahren schon einmal gewesen bin. Vor allem eine Landschaft sah ich wieder, eine Lichtung, die sich plötzlich am Ende einer Straße auftut, und ich habe mir gesagt: Dort möchte ich sein. Ganz einfach. Warum konnte ich nicht dort sein statt auf diesem Polizeirevier und versuchen, einen Polizisten davon zu überzeugen, dass das Leben eines Menschen auf die Straße zu werfen in irgendeiner Weise ein Verbrechen ist? Am nächsten Tag habe ich mich für die Ausbildung zum Ranger eingeschrieben und das Sabbatical beantragt.

Und jetzt brauchst du einen neuen Rucksack, sagte ich.

Wir gingen in das Geschäft. Nach einer ersten Beratung

verglichen wir drei Modelle. Wir untersuchten das Fassungsvermögen der Taschen, die Nähte, die Reißverschlüsse, das Gestell. Giulio waren die Farben gleichgültig, aber zu bunte Modelle würden die Tiere nervös machen. Am Schluss wählten wir einen grauen Arc'teryx, kompakt und mit strengem Schnitt. Er setzte ihn gleich auf, und so gingen wir hinaus.

Wir gingen zu Fuß bis zur Via del Corso. Mit dem Rucksack wirkte Giulio wirklich wie im Aufbruch, zu Fuß vom Zentrum Roms bis nach Südafrika.

Warum kommst du nicht mit? Wir hätten unseren Spaß.

Zu viele Schlangen.

Ach ja, die Schlangen. Ich vergaß.

Okay, sagte ich, jetzt wirst du Ranger. Vorausgesetzt, dass nicht eine Kobra dich vorher anspuckt. Und dann? Bleibst du in Afrika und wirst Safariführer?

Giulio reckte sein Gesicht einen Moment lang zur Sonne. Erstmal werde ich Ranger, dann sehen wir weiter. Wie die Dinge so laufen auf der Welt, muss meiner Ansicht nach jeder einen Plan B parat haben. Ich habe Südafrika. Und du? Hast du über deinen Plan B nachgedacht?

Vorerst konnte ich zumindest seine Pariser Wohnung haben. Die Tatsache, dass ich sie in seiner Abwesenheit nutzte, nahm Giulio die moralische Last ab, sie monatelang leer stehen zu lassen. Du kannst die Nebenkosten übernehmen, sagte er zu mir, aber Miete kommt nicht infrage. Also gut. Ich würde mich opfern, um nicht den schlimmsten Kapitalisten der Welt aus ihm zu machen.

Er gab mir Anweisungen, wie die Blumen zu pflegen waren und was mit dem Boiler zu tun war, wenn er ausfiel. Mehrere Male erneuerte er seine Einladung, mit ihm zu kommen, so dass es zwischen uns ein Spiel wurde, dass ich immer paradoxere Ausreden erfand. Gemeinsam zu reisen hätte ihn ernsthaft glücklich gemacht, aber ich war nicht mit seiner inneren Autonomie ausgerüstet und auch nicht mit seiner Verachtung für die Gefahr. Diese Qualitäten hatte ich bei Giulio immer bewundert, vor allem das Fehlen von Angst, ob es nun um wilde Tiere ging, unmögliche Berechnungen der allgemeinen Relativitätstheorie oder darum, Demonstrationen anzuführen, aber als Lebensform erschien mir das auch sehr anstrengend.

Am Tag seiner Abreise begleitete ich ihn zum Flughafen Charles de Gaulle. Ich sah ihn auf die Sicherheitskontrollen zugehen, dann nahm ich den Zug zurück in die Stadt. Der Himmel war der in kontinentalen Ebenen übliche, und ich bemerkte, dass ich nichts empfand: nichts in diesem Augenblick, und nichts im Hinblick auf die Wochen, die sich leer vor mir ausdehnten.

Der Aufenthalt in Paris erregte bei den anderen weniger Misstrauen als der ständige Wechsel der Städte, in der Tat akzeptierten sie ihn bereitwillig: Bekannte und Freunde, die Zeitung, meine Eltern, Eugenio. Vielleicht stellten sie sich vor, dass ich allein in einer Metropole wie dieser ein ausschweifendes Leben führte, aber meine Gewohnheiten waren wesentlich anders: Ich stand spät auf, am Vormittag schrieb oder las ich, nachmittags machte ich lange Spaziergänge, um im Wettlauf mit der Health-App die Anzahl der Schritte vom Tag zuvor zu übertreffen, und abends ging ich manchmal in eins der Multiplex-Kinos am Montparnasse. Aber meistens blieb ich zuhause. Vom Fenster aus schaute ich auf das Leben in der Rue de la Gaîté, hypnotisiert, bis tief in die Nacht, Menschen, die in den Boulevardtheatern ein und aus gingen, die am Fernseher in den Bistros Fußballpartien ansahen, bis die Straße sich plötzlich leerte. Außerdem trank ich vor sechs Uhr nachmittags keinen Alkohol, kaufte nur zwei Mal in der Woche rotes Fleisch und dachte jeden Abend mindestens eine halbe Stunde darüber nach, ob ich Novelli kontaktieren sollte, tat es dann aber nicht.

Eines Tages, als ich von einem Spaziergang nachhause kam, traf ich vor dem Haustor Cobalt und Adriano. Adriano hatte sich auf ein Lego versteift, das er in der Wohnung des Vaters gelassen hatte. Cobalt glaubte sich rechtfertigen zu müssen: Er hat mir keine Ruhe gelassen.

Ich lud sie ein, mit hochzukommen, und es war etwas

seltsam, die zwei Treppenrampen zu dritt hintereinander hinaufzusteigen. Als ich die Wohnungstür öffnete, lief Adriano hinein, während Cobalt unsicher auf dem Treppenabsatz stehen blieb. Komm rein, sagte ich zu ihr. Sie schüttelte den Kopf: Nein, besser nicht.

Komm schon, insistierte ich, auch wenn sich in mir Zweifel regten, dass Giulio etwas dagegen haben könnte.

Cobalt sah sich mit ratlosem Gesichtsausdruck um, als ob sie sich diesen Raum oft vorgestellt hätte und die Details nun nicht mit ihrer Fantasie übereinstimmten. Sie lehnte den Rucksack des Sohnes gegen die Wand und setzte sich auf den Sessel, ohne die Jacke auszuziehen. Ich sagte, ich würde Kaffee aufsetzen. Adriano war im anderen Zimmer beschäftigt, ich hörte ihn in der Kiste mit den Spielsachen kramen.

Ich glaube ja, das war nur ein Vorwand, sagte sie.

Es ist sein Zuhause, er kann kommen, wann er will.

Sie richtete ihren Blick auf einen bestimmten Punkt, ich folgte ihm bis zu einer kleinen primitiven Statue, vielleicht aus Ebenholz, mit borstiger Haarmähne. Wir haben sie gemeinsam in Papua gekauft, erklärte sie, und sprach Papua französisch aus, mit dem Akzent auf der letzten Silbe. Giulio sagte, sie sei gefälscht. Ich hätte nicht gedacht, dass er sie behalten würde.

Ein paar Sekunden lang war sie in sich versunken. Dann fragte sie mich, ob ich mich noch mit Physik beschäftige, wenigstens in der Freizeit, und ich gestand ihr, dass ich nicht einmal imstande war, ein banales mechanisches Problem zu lösen. Pas vrai, sagte sie. Wenn du dich daranmachst, kommt es sofort wieder.

Ich verkniff mir die Bemerkung, dass ich vielleicht eine

etwas andere Auffassung von Freizeit hatte als sie. Cobalts Berufung für die Physik war ungebrochen. Das übrige Wissen interessierte sie, aber es war klar, dass es für sie nicht auf der gleichen Ebene war.

Wir hatten nicht die Gelegenheit, viel miteinander zu reden, du und ich.

Nein, wirklich nicht.

Vielleicht hast du dir von mir eine … eigenartige Vorstellung gemacht.

Ich versicherte ihr, dass ich mir überhaupt keine Vorstellung gemacht hätte, und Cobalt zog die Schultern hoch. Wir hatten unseren Spaß mit Lorenza, als wir noch alle vier zusammen waren. Schade, dass das dann so gelaufen ist.

Sie ließ den Kaffee halb ausgetrunken stehen und rief Adriano. Sie sagte einen Satz zu ihm, den ich nicht verstand. Wenn sie Französisch sprach, veränderte sie sich, sie verlor jede Spur von Unsicherheit und gewann wieder die Bestimmtheit, die ich seit dem ersten Tag unserer Summer School an ihr bemerkt hatte. Verglichen mit damals schien sie jedoch etwas erloschen. Ich sagte ihr, sie könne Adriano so oft bringen, wie sie wolle. Aber ich hatte nicht den Eindruck, dass sie das tun würde. Und so war es dann auch.

Da ich das Curie-Museum noch nicht besucht hatte, beschloss ich, die Gelegenheit jetzt zu nutzen. Es hatte nur eingeschränkte Öffnungszeiten, am frühen Nachmittag. Das kleine Palais war in einen Universitätskomplex integriert, an einer ruhigen Straße des 5. Arrondissements. Nicht, dass da viel drin gewesen wäre. Ich warf einen Blick auf die Tafeln mit Erläuterungen und auf die Instrumente in den Schaukästen, ohne Begeisterung. Es war klare Absicht der Kuratoren, die Entdeckung der Radioaktivität nur im Hinblick auf ihre positiven Auswirkungen zu präsentieren: die medizinischen Anwendungen, die Gewinnung von Energie. Kein Hinweis auf das krebserregende Potenzial der Strahlungen, und noch weniger auf die Atombombe.

Das eigentliche Labor konnte man nicht betreten. Eine Kordel versperrte den Zugang, man konnte nur hineinschauen. Ich betrachtete den weiß gefliesten Arbeitstisch, die Glasglocken, die Bechergläser und Destillierkolben, das Waschbecken an der Wand, die Keramikspulen, zwei Schalter mit großen Griffen, wie sie bei Elektroschocks verwendet werden: Obwohl keines dieser Objekte original war (die echten waren verstrahlt und würden es jahrhundertelang bleiben), vermittelte alles zusammen ein Gefühl von Heiligkeit. An einer Schaufensterpuppe hing ein schwarzes Gewand, der schlichte Arbeitskittel der Maria Skłodowska, als ob in diesen Räumen immer noch ihr Geist anwesend wäre. Ich dachte an das, was Giulio mir von seinem Besuch in Karabasch im Ural erzählt hatte, wo die Strahlungsbelastung extrem hoch war, an die Tatsache, dass die Gefahr ihn verlockt hatte. Mit dem Handy nahm ich eine sehr langsame Totale auf, in der Hoffnung, diese Irritation einfangen und später verwerten zu können.

Bevor ich ging, kaufte ich eine Ansichtskarte mit der schon alten Marie Curie, an das Gelände zum Hof gelehnt, und ein Buch mit den Briefen, die sie ein Leben lang mit ihren Töchtern Irène und Ève gewechselt hatte. Ich hatte noch keine Lust heimzugehen, also setzte ich mich auf eine Bank im Campus. Es war ein Kommen und Gehen von Studenten. In einer Ecke standen hohe, schmale Stahlflaschen nebeneinander, mit einer Kette zusammengebunden: Argon, Kohlenstoffdioxid. Ich erinnerte mich an das erste Mal, als ich in einem Kurs an der Universität flüssigen Stickstoff als Kühlmittel verwendete, das Gefühl von Verantwortung, das ich verspürte, als ich ihn aus dem Dewargefäß ausgoss, beaufsichtigt vom Laborassistenten. Das war eine Zeit, in der Giulio und ich noch die Illusion hegten, die Kräfte der Natur beherrschen zu können, das ganze Universum beherrschen zu können, wenn man nur die exakten Formeln herausfand.

In den folgenden Tagen las ich die Briefe von Marie Skłodowska und die Antworten ihrer Töchter. Briefwechsel hatten mich nie interessiert, ich fand sie langweilig und überholt, aber genau deshalb passte diese Lektüre zu meinen neuen Gewohnheiten. Mein etwas lückenhaftes Französisch ließ mich nur langsam vorankommen, und auch das war gut so. Im Vorwort war eine Botschaft wiedergegeben, die sie nach dem plötzlichen Tod ihres Mannes Pierre an eine Freundin aus Kindertagen geschrieben hatte: »Mein Leben ist zerstört.« Ich nahm an, dass man das so übersetzen konnte, auch wenn das französische Verb noch stärker war, *saccagée*, verwüstet: »Mein Leben ist verwüstet.«

Marie wusste, dass die Liebe zu ihren Töchtern niemals die zu ihrem Mann ersetzen würde, Kompensation war nicht möglich. Vielleicht im Bewusstsein der eigenen Kälte oder der Immensität ihres Schmerzes, beschloss sie, Irène selbst in Algebra und Trigonometrie zu unterrichten, als ob die Liebe auch diesen Weg nehmen könnte. Einen ihrer Briefe schloss sie mit der Konstruktion einer Ellipse, die sie vielleicht nicht kannte. Eine Anwandlung mütterlicher Zärtlichkeit, in mathematische Formeln verschlüsselt.

Ich lese die Curie-Briefe, schrieb ich an Curzia, sie sind sehr interessant.

Sind sie das?, antwortete sie mir. Das bezweifle ich.

Auf die Distanz und in der knappen Form der Nachrichten hatten wir wieder angefangen zu funktionieren. Sie sagte, sie sei in der Lage, sich den Zustand, in dem ich mich befand, ganz genau vorzustellen, in meiner neuen zwanghaften Lebensweise, und dieses Bild flöße ihr Abscheu ein. Mehrmals drohte sie, ins erstbeste Flugzeug zu steigen und hier aufzukreuzen, aber beide wussten wir, dass das eine gespielte Drohung war, eine Art, auf harmlose Weise das Große Französische Missverständnis zu beschwören und das verbleibende Minimum an gegenseitiger Anziehung wiederzubeleben.

Als ihre Freundin, die Korrespondentin, bei sich einen Cocktail veranstaltete, sorgte sie dafür, dass ich eingeladen wurde. Ein Cocktail?, antwortete ich ihr. Machst du Witze?

Geh hin und basta. Und zieh dich anständig an.

Unerklärlicherweise wurde ich immer nervöser, je näher der Abend rückte. Am Tag des Cocktails selbst packte mich sogar eine unkontrollierbare Nervosität, die sich in übertriebenen ästhetischen Eifer übersetzte: Ich ging zu Franck Provost, um mir die Haare schneiden zu lassen, und kaufte ein neues Paar Hosen, weil alle, die ich hatte, mir zu sportlich vorkamen. Lorenza dirigierte mich aus der Ferne mit lakonischen ja/nein.

Wie vorhergesehen kannte ich auf dem Cocktail niemanden. Der erste Mensch, mit dem ich ins Gespräch kam, war ein Mann meines Alters, nachdem er mich höflich nach meinem Beruf gefragt hatte, sagte er mir, dass er sich mit Investments befasse. Ich fragte ihn, für welche Bank im Besonderen, das schien mir eine naheliegende Frage, und er antwortete mir lächelnd: keine Bank, vielleicht habe er sich schlecht ausgedrückt. Er war Eigentümer eines Investmentfonds. Er zeigte mir Fotos von dem Flughafen, den er in einer ländlichen Gegend Indiens finanzierte, ein wenig, wie man es mit den Fotos eines sich in Renovierung befindlichen Hauses täte.

Ein Weilchen hielt ich mich neben dem Buffet auf, dann fasste ich wieder Mut und unternahm einen zweiten Erkundungsgang. In einem der Grüppchen wurde die Unterhaltung beherrscht von einer eher älteren Dame, Luisa T., von der ich schon zuvor gehört hatte. Sicher, sie hatte fast dreißig Jahre lang als Kulturkorrespondentin in Paris gearbeitet, hatte *die* Schriftsteller gekannt, war Teil *der* Zirkel gewesen, die üblichen Dinge des 20. Jahrhunderts, die die Gegenwart platt und oberflächlich aussehen ließen. Mir schien, dass sie meine Gegenwart kaum bemerkt hatte, und ich war schon im Begriff zu gehen, als sie mich plötzlich ansprach: Und Sie, warum rollen Sie so mit den Augen?

Als würde ich mir herausnehmen, mit den Augen zu rollen. Ich habe Grauen Star, und manchmal bewege ich deswegen die Augen.

Grauer Star in Ihrem Alter?

Sie kam näher, als ob sie meine Behauptung überprüfen und meine Pupillen untersuchen wollte. Die anderen nutzten die Gelegenheit und zerstreuten sich, und so fanden wir uns allein wieder. Wer sind Sie?, sagte Luisa. Und dann, meine Hand einen Moment länger als nötig festhaltend: Und was genau machen Sie in Paris?

Ich antwortete, dass ich das nicht recht wüsste, und sie nickte, als ob man das sähe.

Es gelang mir, sie abzuschütteln, aber ich traf sie später auf dem Treppenabsatz wieder. Mit herrischer Geste verlangte sie, dass ich ihr in den Mantel half. In der Zwischenzeit habe ich Sie gegoogelt, sagte sie. Sie müssen mir verzeihen, ich lese keine zeitgenössische Literatur mehr. Prosa im Allgemeinen langweilt mich. Ja, sie verstört mich. Aber ich weiß, dass mein Sohn Sie schätzt. Gehen wir hinaus?

Draußen fragte ich sie, ob sie ein Taxi benötige, aber sie wohnte bei der U-Bahn-Station Solférino, da kam man zu Fuß hin. Und hören Sie auf, so förmlich zu sein!

Vielmehr, setzte sie dann hinzu, und berührte auf beredte Weise den linken Ringfinger, wo ist Ihre Frau? In Rom. Seid ihr geschieden? Nein, nein. Getrennt? Auch nicht. Himmel, machen Sie es kompliziert!

Nach diesem Wortwechsel gingen wir mit einer anderen Spannung dahin, ich jedenfalls, bis Luisa vor einem Haustor Halt machte und den Zugangscode eingab. Kommen Sie, ich lade Sie auf einen Tee ein. Bitten Sie mich nicht um Alkoholisches, denn ich habe keinerlei Alkohol im Haus.

Sie wohnte im Erdgeschoss eines historischen Gebäudes, in der vormaligen Concierge-Wohnung. Man gelangte durch einen Hof zur Tür unter einer Treppe. Wie der Eingang zu einem Speakeasy, sagte ich.

Ja, aber bewundern Sie das nicht zu sehr. Am Anfang sind alle beeindruckt, aber damit ist das Wunder auch schon vorbei.

In der Tat bestand die Wohnung aus einem einzigen Raum mit einem fensterlosen Bad und einer Kochnische, die klein zu nennen untertrieben war. Aber es gab zwei große Fenster, die auf den Garten gingen. Der Rest des Palazzos war Eigentum eines Schweizer Unternehmers, der nie da war, in der Tat war nirgendwo Licht. Ich kann so tun, als gehörte das alles mir, sagte Luisa.

Ich setzte mich, während sie Tee machte. Der Raum war sehr hoch, ich bemerkte es, nur um irgendetwas zu sagen. Sie sah nach oben, dann sagte sie, dass man zum Abnehmen der Gardinen die Feuerwehr holen müsse, also habe sie darauf verzichtet. Sie waren voller Staub, und so würden sie bleiben.

Sie gab mir eine Zusammenfassung ihres Gefühlslebens: zwei Exmänner, vier Kinder und acht Enkel, in perfekt geometrischer Progression. Zum Glück lebten sie alle anderswo. Wie an diesem Punkt unausweichlich, fragte sie, ob ich auch Kinder hätte, und ich gab meine Standard-Antwort, nämlich dass meine Frau aus einer vorhergehenden Beziehung einen Sohn habe. Sie ist älter als ich, präzisierte ich.

Ich verstehe. Fühlen Sie sich dadurch etwas heroisch?

Ich weiß nicht. Kann sein, räumte ich ein.

Ich widmete mich dem Tee, wobei ich überlegte, wie ich die Rede wieder auf die Gardinen bringen konnte, aber Luisa kam mir zuvor: Mir fehlen meine zwei Ehemänner nicht, weder der eine noch der andere. Aber manchmal fehlen mir die Dinge, die ich von ihnen wusste. Denn ich wusste alles von ihnen. Jahre um Jahre des Einsatzes, um diese Informationen zusammenzutragen. Und dann … nichts. Eine große Verschwendung. Sagen Sie mir, woran Sie arbeiten.

Ich erzählte ihr von dem Buch über die Bombe, wie ich versuchte, Archivmaterial und direkte Zeugenaussagen miteinander zu kombinieren, von der Schwierigkeit, an Dokumente aus erster Hand zu kommen wegen des Japanischen. Luisa hörte mir ungerührt zu.

Als ich zu reden aufhörte, stand sie auf und nahm mir die

Tasse aus der Hand, als ob unsere improvisierte Begegnung nun beendet wäre.

Nicht, dass ich vorgeben würde, tiefere Kenntnis von Ihnen zu haben, sagte sie, wie Sie wissen, habe ich Sie eben erst gegoogelt. Aber nach dem, was ich erahne, durchleben Sie eine Art ... Krise. Können wir das so nennen? Währenddessen arbeiten Sie an einem Buch über Dinge, die vor siebzig Jahren in Japan passiert sind, für die sich niemand mehr interessiert. Ich bin neugierig: Nach welchem Kriterium wählen Sie das Thema aus, über das Sie schreiben wollen?

Nachdem ich diesen Mondänitätstest gut oder schlecht bestanden hatte, kehrte ich wieder in meinen einsamen Biorhythmus zurück. Gleichförmig, wie sie waren, erschienen die Tage von Paris kürzer. Ich könnte auf ewig so leben, sagte ich mir, alles anhalten, jedwede Einmischung vermeiden.

Aber es gab die anderen noch. Eines Tages erhielt ich einen Anruf von Marina. Es war nicht ihre Art, mich von sich aus zu kontaktieren, in der Tat fragte sie gleich zu Beginn, ob sie mich in einem schlechten Moment erwische. Ich antwortete ihr mit der größten Ehrlichkeit, dass sie mich in keinem irgendwie gearteten Moment erwische.

Ich wollte dir die Nachricht persönlich geben: Dieser Student, dessen Zweitgutachter du warst, Christian … Christian, genau. Nun, dieses Mal ist es ihm gelungen.

In Giulios Wohnung gab es eine Fußstütze in Form eines Kubus. Adriano kletterte immer darauf herum. In diesem Moment setzte ich mich auf den Würfel.

Ich fragte Marina, auf welche Weise es Christian gelungen sei – ich wollte den Euphemismus beibehalten –, und sie antwortete: der Klassiker, ein Strick in der Garage. Dieses Mal war es eine durchdachte und klare Aktion gewesen, oder so hatte es ihr jedenfalls die Schwester berichtet.

Also dann hattet ihr noch Kontakt, du und er, sagte ich. Das war ein neutraler Kommentar, aber es klang wie ein Vorwurf, und tatsächlich erwiderte sie: Ich weiß, es ist seltsam, aber aus irgendeinem Grund hatte ich ihn liebgewonnen.

Marina ist eine der beherrschtesten Personen, die ich kenne, aber an diesem Punkt ließ sie sich zu einem leisen Weinen hinreißen. Es dauerte nur wenige Augenblicke, dann räusperte sie sich und setzte hinzu: Wir als Dozentenkollegium schicken einen Kranz. Wir sind alle Atheisten, und natürlich mögen wir Blumenkränze nicht, aber uns ist nichts Besseres eingefallen. Nico hat vorgeschlagen, das Motto der Universität auf die Schleife setzen zu lassen, das mit Tugend und Erkenntnis. Ich finde das schrecklich kalt, aber das ist nicht wichtig. Wenn du dich beteiligen willst, es sind fünfundzwanzig Euro. Du kannst sie mir geben, wenn du für deinen Kurs kommst.

Durch die Leere der Zeit dachte ich mehr an Christian als ich es in Rom, unter normalen Umständen getan hätte. Auf der Grundlage der wenigen Informationen, die Marina mir gegeben hatte (ein Strick, in der Garage), malte ich mir seine letzten Minuten detailreich aus. Vielleicht war ein Ziel des Selbstmords, wenn es da ein Ziel gab, genau dies: Für diejenigen, die zurückblieben, zur fixen Idee zu werden.

Auch etwas Spezielleres belastete mein Gewissen. Am Tag nach seiner Einlieferung hatte ich im Unterricht den Vorfall nicht erwähnt, wahrscheinlich hatte ich nicht einmal seinen Namen genannt, als ob man das, was geschehen war, ignorieren könnte. Aber das Merkwürdigste war, dass seine Kommilitonen das nicht zu erwarten schienen, sie gingen davon aus, dass ich dieser Situation nicht gewachsen war, oder vielleicht erwarteten sie von einem Professor keinerlei Lehren über das Leiden. Nur eine der Studentinnen in der letzten Reihe unterbrach mich an einem gewissen Punkt, sprang auf und bat mich um Erlaubnis, auf die Toilette zu gehen. Ich wies darauf hin, dass es dazu meiner Erlaubnis nicht bedürfe, woraufhin sie wiederholte: Also kann ich gehen, mit einer Aggressivität, die auf ganz anderes anspielte.

Wenn ich es an diesem Tag nicht getan hatte, bestand jetzt noch weniger Grund, mich mit Christian zu beschäftigen. Letztlich kannte ich ihn ja kaum: ein paar Unterrichtsstunden, eine Nacht unterwegs in Triest und ein Skype-Gespräch ein paar Monate später, bei dem ich mir die dürftigen Ergebnisse seiner Hausarbeit anhörte. In Absprache mit dem Dozentenkollegium hatte Marina beschlossen, ihm auf jeden Fall einen Abschluss zu geben, auch wenn er seit Mitte des akademischen Jahres nicht mehr in den Unterricht kam. Christian hatte einen Bericht über die Arbeit vorbereitet, die er im Planetarium von Modena leistete und die darin bestand, Schulklassen herumzuführen und ihnen in maximal vereinfachten Begriffen das zu vermitteln, was er jahrelang im Detail studiert hatte: die Entstehung des Universums, die stellare Nukleosynthese, Galaxienhaufen, Schwarze Löcher. Für die Abschlussarbeit brauchte er einen Zweitgutachter, und im letzten Moment hatte Marina mich gebeten. (Sei ehrlich, du brauchst Ersatz für jemanden. Eigentlich hat er selbst darum gebeten.)

Ich hatte ihm die Bestnote gegeben. In der Mail, mit der er sich bedankte, lud Christian mich ein, ihn zu besuchen, er würde sich freuen, mir eine Privatführung durch das Planetarium zu geben. Ich hatte das nicht einmal in Erwägung gezogen. Im Abstand von Monaten sehe ich mir die Mail nochmals an und muss feststellen, dass ich ihm nicht einmal geantwortet habe.

Irgendwann hat das Sehvermögen auf dem linken Auge nachgelassen. Ich ging unter die Dusche und sah wie immer, und als ich herauskam, war alles trübe. Noch heute bin ich skeptisch, einen ursächlichen Zusammenhang zwischen den beiden Ereignissen zu sehen, aber die Reihenfolge war die: Marina rief mich an, um mir Christians Selbstmord mitzuteilen, und ein paar Tage später sah ich die Welt wie verschwommen, als ob man mir einen Fausthieb versetzt hätte.

Mein Augenarzt, der zwanzig Jahre zuvor das mysteriöse Auftreten dieser Krankheit bei mir und dann ihr unterschwelliges Fortschreiten verfolgt hatte, fand die Adresse einer Spezialistin in Paris heraus, um einen Dringlichkeitstermin zu vereinbaren. Die Ärztin bestätigte, dass das Sehvermögen auf zwei Dioptrien gesunken war und fragte mich, ob ich als Kind die Röteln gehabt habe und ob ich kürzlich eine Zeit intensiver physischer Aktivität oder Stress gehabt hätte.

Das Sehvermögen konnte jeden Moment noch weiter abnehmen, denn es war typisch für diese Pathologie, dass sie in Schüben voranschritt. In diesem Fall wäre der an sich banale chirurgische Eingriff, der die Lösung bringen würde, viel schwieriger. Ich sprach mit Lorenza darüber, sie sagte, komm sofort hierher, und obwohl sie diese Worte kalt sagte, wie eine Gesundheitsvorschrift, empfand ich unerwartete Zärtlichkeit. Ich buchte einen EasyJet-Flug für den nächsten Tag. Dann, fast ohne darüber nachzudenken, schrieb ich an Novelli: Ich bin auf Durchreise in Paris, fahre aber morgen wieder. Wenn du in der Stadt bist, könnten wir uns auf ein Glas treffen.

Er verabredete sich mit mir nach dem Abendessen im Select, aber vierzig Minuten nach der vereinbarten Zeit war er noch nicht erschienen. Der Kellner ließ Zeichen von Ungeduld erkennen, als unmissverständliche Aufforderung hatte er einen Glasuntersetzer auf den Tisch geworfen, aber ich blieb hart und wiederholte jedes Mal, wenn er vorbeikam, dass ich jemanden erwarte.

Die Luft war sehr rein. Ich betrachtete die Leuchtreklamen an der gegenüberliegenden Seite, die Pracht dieses Abschnitts des Boulevards, eine Pracht, die von den Jahren des Terrorismus unberührt geblieben war. Abwechselnd kniff ich ein Auge zu: eine klare Welt auf dem rechten Auge, eine flache und verschleierte Welt auf dem linken, wie im Begriff zu verschwinden.

Ein Taxi fuhr an den Bordstein heran und blieb dort ein paar Sekunden lang stehen. Novelli öffnete die Wagentür in Richtung Fahrbahn, und sein Kopf tauchte über dem Autodach auf. Er umrundete die glänzende Limousine, um schließlich mit einer Bewegung der Augenbrauen meine Gegenwart zu bestätigen.

Er trug eine schwarze Jacke offen über dem Hemd. Sein Brustkorb wirkte geweitet, vielleicht war es der Schnitt. Die ebenfalls schwarze Hose hatte vorne eine Bügelfalte, während er an den Füßen weiße Turnschuhe trug, die so sauber waren, dass sie die Blicke auf sich zogen. In der Hand trug er einen hellbraunen, gefütterten Trenchcoat, den er nachlässig über die Rückenlehne des Stuhls warf.

Ich habe mit dem Bestellen auf dich gewartet, sagte ich.

Ich war aufgestanden, ein bisschen ungelenk, als ob wir uns umarmen wollten, aber das taten wir nicht. Wir berührten nur flüchtig unsere Hände. Der Kellner kam sofort wieder und lächelte Novelli zu, als ob sie sich kennten, und er bestellte einen Sancerre. Ist dir das auch recht? Dann zwei.

Er setzte sich so, dass er die Straße vor sich hatte. Also, murmelte er, ohne mir einen Hinweis darauf zu geben, welcher Sinn diesem Wort zu geben war.

Du hast ein bisschen den Stil gewechselt, sagte ich.

Was soll das heißen?

Mit einer Geste wies ich auf seine Kleidung und dann auf das funkelnde Innere des Bistros. Früher haben wir uns mit einfacheren Standards begnügt.

Du meinst das Select? Das ist ein Klassiker.

Der Kellner stellte die zwei Gläser Wein und zwei Metallschälchen auf den Tisch, eins mit eingelegten Oliven und eins mit Erdnüssen. Novelli ließ das mit den Oliven beiseite, zog aber das andere zu sich heran und begann mit hastigen kleinen Bewegungen davon zu nehmen. Sein Handy vibrierte in der Innentasche der Jacke, und er sagte jemandem auf Italienisch, wo er sich gerade aufhielt. Der andere musste eine lustige Bemerkung gemacht haben, denn Novelli lachte. Entschieden, sagte er, ganz entschieden.

Nachdem er aufgelegt hatte und der Rest von Amüsement aus seinem Gesicht gewichen war, sagte er: Ambrosini stößt gleich zu uns. Hast du ihn kennengelernt?

Nein. Ich glaube nicht.

Einer meiner Postdocs. Sehr tüchtig. Er war an der Caltech, ich musste kämpfen, um ihn loszueisen. Aber es hat sich gelohnt.

Also unterrichtest du noch an der Universität.

Novelli schien überrascht: Sicher unterrichte ich an der Universität. Warum?

Er klatschte in die Hände, um das Salz abzuschütteln, dann griff er wieder zum Handy: Schau mal, was für ein außergewöhnliches Foto. Er ist Autodidakt, sollte man nicht meinen, oder?

Er zeigte mir eine abendliche Landschaft: Eine Reihe von rechteckigen Gebäuden, darüber ein blauer Himmel, durchzogen von helleren Linien.

Ecuador. Du musst bedenken, dass es mitten in der Nacht aufgenommen wurde. Er musste eine enorm lange Einstellung wählen, aber er hatte den *tripod* nicht bei sich, wie heißt das noch auf Italienisch? Er fotografierte jedenfalls reglos, praktisch mit angehaltener Luft. Es ist fast gar nicht verwackelt, siehst du? Man betrachtet dieses Foto und denkt: Da wurde ein Filter verwendet, oder es ist eine Fotomontage. Aber nein.

Er vergrößerte das Bild. Das oben sind Leuchtende Nachtwolken, was wir dann auch als Titel für unser Buch gewählt haben, weil das sehr poetisch ist. Auf Englisch wäre es *noctilucent*, was meiner Meinung nach sogar noch besser wäre, aber der Verleger will nicht, er sagt, die Leute können es dann nicht aussprechen und verhunzen es in jeder Weise.

Leuchtende Nachtwolken, wiederholte ich, denn es klang wirklich poetisch.

Novelli legte das Handy auf den Tisch. Das sind Wolken, die sich in außergewöhnlicher Höhe bilden, sagte er. Wir sprechen hier von achtzig Kilometern Höhe. Ist man dicht am Äquator, steht die Sonne so tief, dass die Strahlen von unterhalb der Linie des Horizonts kommen. Aus diesem Winkel erreichen sie die untere Stratosphäre, und vom Licht bleibt nur die Komponente Blau. Das sieht dann aus, als würde die Wolke eigenes Licht ausstrahlen. Fabelhaft. In Wirklichkeit – und hier streckte er den Zeigefinger in die Höhe, wie um mich davor zu warnen, voreilige Schlüsse zu ziehen – ist die Tatsache, dass sie sich in den letzten Jahren vermehrt beobachten lassen, ein beunruhigendes Indiz. Sogar ein sehr schlechtes. Denn in dieser Höhe gibt es fast keinen Wasserdampf. Das verstehst du, nicht wahr? Hohe Wolken bilden sich nur aufgrund der Konzentration von anderen Schweinereien, vor allem Methan. Kurz, die Zunahme der Leuchtenden Nachtwolken, so großartig sie auch ist, ist direkter Maßstab der Erderwärmung.

Er lehnte sich auf seinem Stuhl zurück, von der eigenen Erklärung erschüttert. Er steckte die Finger wieder in das Schälchen mit den Erdnüssen, und als er entdeckte, dass es leer war, schob er es beiseite und machte sich über die Oliven her.

Das ist die Vermutung, von der wir ausgegangen sind, Ambrosini und ich. Eigentlich mehr ich. Er ist noch zu jung, um abstrahieren zu können.

Also schreibt ihr ein Buch, sagte ich.

Der Verleger ist auf uns zugekommen.

Er seufzte, und plötzlich schien er sich zu entspannen. Die Sache mit dem Buch hatte mich ein wenig in die Ecke gedrängt. Ich versuchte herauszukommen und fragte nach Carolina.

Carolina ist sehr beschäftigt. Sehr, sehr beschäftigt.

Ist sie hier in Paris?

Novelli schüttelte den Kopf: Genua. Seitdem die Brücke eingestürzt ist, ist sie Opfer eines Gerechtigkeitswahns. Sie sammelt Unterschriften, gibt Gutachten in Auftrag, spricht im Regionalfernsehen. Du erinnerst dich, dass sie Jura studiert hat, in ihrer Jugend, wie man so schön sagt.

Er verschlang weiterhin Oliven mit einer solchen Geschwindigkeit, dass ihm eine im Hals stecken blieb und er ein paar Sekunden lang husten musste.

Ich habe entdeckt, dass ich eine Pasionaria geheiratet habe. Wer hätte das gedacht? Sie ist überzeugt, der Wahrheit zum Durchbruch zu verhelfen. Leider ist ihr nicht bewusst, dass wir in einer Epoche leben, in der sich um die Wahrheit niemand mehr schert.

Nach einer Pause setzte er hinzu: Sicher, wenn sie sich in der Zwischenzeit etwas mehr um die Kinder kümmern würde, wäre das für alle Beteiligten besser.

Letztendlich waren die Kinder bei ihm in Paris geblieben, und seine Mutter hatte sich dort eingerichtet, um ihm beizustehen. Aus gewissen Erzählungen in der Vergangenheit hatte ich mir die Meinung gebildet, dass ihre Beziehung problematisch war, aber ich hielt mich nicht für berechtigt, nachzufragen.

Wir kehrten wieder zu dem Buchprojekt zurück. Eigentlich war er es, der das Argument wieder anschnitt. Sie planten eine Reise in sechs Etappen, darunter eine nach Patagonien, wo sie hofften, ein paar besonders seltene atmosphärische Phänomene einfangen zu können. Ich verspürte eine völlig unangebrachte Eifersucht, und Novelli musste das bemerkt haben, denn zum ersten Mal ließ er seine Augen von unten nach oben wandern, suchte meinen Blick und hielt ihm eine bedeutsame Weile lang stand.

Und du?, fragte er mich. Was hast du in Paris gemacht die ganze Zeit?

Ich war nicht lange hier.

Ich weiß, dass du auf Claudias Party warst. Der Typ, mit dem du gesprochen hast, der mit dem rötlichen Bart, ist ein Freund von mir.

Der mit dem Investmentfonds?

Er finanziert die Recherchen für das Buch. Er tut das sozusagen indirekt.

Wie, indirekt?

Er will, dass wir einen Ort für ihn finden, wo er sich eine Art … Zuflucht einrichten kann. Während wir den für ihn suchen, betreiben wir unsere Forschung.

Ist er ein Überlebender?

Sagen wir so, es gibt zwei oder drei Aspekte der Gegenwart, die ihn beunruhigen. Wer will ihm unrecht geben? Da er eine Menge Geld hat, möchte er gerüstet sein.

Und er hat dich gebeten, dich darum zu kümmern.

Überrascht dich das so sehr? Ich habe immerhin vier Artikel in *Nature* publiziert.

Er unterstrich das mit einem Minimum an Aggressivität, und ich zog mich instinktiv zurück: Nein, das überrascht mich nicht. Aber ich dachte, du hättest etwas gegen diese Dinge.

In diesem Moment kam ein junger Mann auf einem Scooter auf uns zu. Elegant gekleidet, im selben Stil wie Novelli. Da ist er ja!, rief er und stand auf.

Es war nicht nötig, dass er ihn mir vorstellte, aber er tat es trotzdem: Matteo Ambrosini, mein *partner in crime*.

Der Postdoc nahm einen Stuhl vom Nachbartisch und setzte sich zwischen mich und Novelli. Der legte ihm eine Hand auf die Schulter und ließ sie dort liegen. Seine Laune war plötzlich umgeschlagen. Eine Weile lang redeten sie unter sich über eine Arbeit, die sie am Nachmittag unterbrochen hatten. Als der Kellner kam, um die nächste Runde Bestellungen aufzunehmen, fragte Ambrosini uns beide mit Blicken: Wollt ihr hier bleiben, oder gehen wir?

Novelli sah auf die Uhr und antwortete, er wolle lieber gehen. Kommst du mit?

Wohin?

Ins Castel. Tanzen.

Ich dachte, das gäbe es gar nicht mehr, sagte ich. Aber das war vor allem eine Art, meine Ungläubigkeit darüber zum Ausdruck zu bringen, dass Novelli um Mitternacht mit seinem Postdoc in einen Club ging.

Das gibt es noch, und wie.

Samstag ist es vier Uhr geworden, ergänzte Ambrosini. Er konnte gar nicht mehr aufhören.

Man sagt mir, mein Stil sei ein bisschen *rétro*. Ich bewege die Füße zu viel. Es sieht so aus, als dürfe man die Füße nicht mehr bewegen.

Heute tanzt man mehr im Stillstand, bestätigte Ambrosini. Aber im Castel ist das jedenfalls okay.

Novelli rüttelte ihn noch einmal an der Schulter. Er sprühte vor Freude. Deine Frau lässt dich allein mit den Kindern zurück und du entdeckst wieder, wie gern du tanzt, sagte er. Also, kommst du mit oder nicht?

Am nächsten Tag befand ich mich im Flugzeug und einige Wochen später im OP-Saal des Klinikums Umberto I. Der Chirurg hatte sich nicht die Mühe gemacht, mir den Eingriff zu beschreiben, er wollte nur wissen, ob ich lieber Objekte in der Ferne oder solche in der Nähe fokussieren wolle, und ich hatte geantwortet, als ob dies etwas Tieferes über mich selbst aussagte, ich würde lieber die in der Ferne sehen.

Ich hatte das Verfahren jedenfalls auf eigene Initiative anhand von Videos studiert, die im Netz verfügbar waren, daher wusste ich, wo er die Schnitte setzen würde, mit welchem Skalpell, wie er meine Linse herausnehmen und durch eine künstliche ersetzen würde, indem er sie faltete, um sie durch die Öffnung gleiten zu lassen, die kleiner als ihr Umfang war. Trotzdem konnte ich, während ich unter dem blauen Tuch die Operation verfolgte, die einzelnen Schritte nicht nachvollziehen. Ich war wach, aber betäubt von etwas, was man mir in die Hand injiziert hatte, und ich hatte das überaus merkwürdige Gefühl, als würde jemand anderer operiert, der auf mir lag. Irgendwann ertönte ein Lied von Julio Iglesias, und der Arzt bat, es um Himmels willen umgehend abzustellen. Ich musste lachen, aber er forderte mich auf, still zu halten.

Danach fand ich mich mit vier anderen Patienten in einem Zimmer wieder, alles Männer, alle unter Beobachtung. Wie vorherzusehen, waren drei von ihnen älter, aber der vierte war sehr jung, noch keine zwanzig. Wir trugen beide eine Binde, die Rücken gegen zwei rechtwinklig aufgestellte Lehnen gestützt, und ein paar Sekunden lang unterhielten wir uns so, mit mühsamen, vom Anästhetikum verklebten Sätzen.

In diesem benommenen Warten legte sich plötzlich eine Hand auf meine unversehrte Gesichtshälfte. Ich erkannte Lorenzas Berührung. Sie fragte mich flüsternd, ob es mir gut gehe, ich antwortete, ja, ich sei nur sehr müde, da sagte sie, ruh dich aus, ich warte draußen auf dich, dann gab sie mir einen sehr zarten Kuss auf die Stirn und verschwand wieder.

Zuhause konnte ich weder lesen noch schreiben, auch Musik war zu aufdringlich, also blieb mir nichts weiter übrig, als im abgedunkelten Schlafzimmer zu sitzen. Der Schmerz kam in Wellen, dann verging er wieder. Auch Lorenza kam in Abständen ins Zimmer, aber gegen Abend nahm sie sich eine Pause von ihren Erledigungen und legte sich neben mich. Sie tippte schnell etwas am Handy, während ich mir ihre Locken um den Zeigefinger wickelte. Das wäre die richtige Gelegenheit gewesen, über uns zu sprechen, aber wir sprachen über andere.

Ich erzählte ihr von dem Abend, an dem ich Novelli getroffen hatte, wie wir uns nichts Bedeutsames gesagt hatten und wie es ihm dann gelungen war, mich ins Castel mitzuschleifen. Gibt es das noch?, fragte mich Lorenza. Das habe ich auch gesagt.

Novelli und Ambrosini hatten Frauen angebaggert, einfach so. Nach drei Uhr wollte Ambrosini gehen und ich auch, Novelli dagegen nicht, also waren wir zu zweit, der Postdoc und ich, in den Straßen von Paris, das so verlassen war wie nach den Attentaten. Wir pinkelten in den Brunnen von Saint-Sulpice, denn bei der Dringlichkeit des Bedürfnisses erschien es uns das Respektvollste, was man tun konnte, und an diesem Punkt fand ich den Mut, ihn zu fragen, was zum Teufel sie beide gepackt hätte, diese Studie zur Geschlechtergerechtigkeit durchzuführen und auf einem Kongress vorzustellen. Ambrosini hatte geschworen, es sei Novelli gewesen, der ihn da hineingezogen habe, am Anfang schien alles noch ein Spiel zu sein. Aber was für ein Spiel?, fragte ich. Er hätte jedenfalls nicht erwartet, dass Novelli die Ergebnisse wirklich publik machte. Von wegen loseisen: Caltech hatte ihn praktisch hinausgeworfen, und sicher war er sauer, wer wäre das nicht? Aber mittlerweile war das vorbei. Novelli dagegen war und blieb jedenfalls eine Koryphäe, ein Genie, und vor allem war er sein Freund.

Wir waren beide an dem sehr langen Gitter des Parks zu unserer Linken entlanggeschwankt, ich hatte gesagt, Freunde zu sein genüge in gewissen Situationen nicht, und Ambrosini nutzte die Gelegenheit, um nachzustoßen: Er hat sehr gelitten, dass du ihn alleingelassen hast.

Auf dem weiteren nächtlichen Weg hatte ich auch herausgefunden, dass das Bewerbungsverfahren in Genua nicht wirklich für Novelli bestimmt gewesen war. Wenn sie ihn gewollt hätten, hätten sie ihn direkt berufen können, findest du nicht?, bemerkte Ambrosini, als ob das selbstverständlich wäre. Sie hatten ein Standard-Bewerbungsverfahren ausgeschrieben, weil der vorgesehene Kandidat nicht er war, Schluss, aus. Aber er hatte sich aufgedrängt, hatte seine umfangreiche Publikationsliste in die Waagschale geworfen, weil er um jeden Preis nach Genua zurückwollte. Wegen Carolina, hatte ich gemurmelt. Ja, wegen Carolina, hatte er wiederholt, und das war der Moment, in dem wir uns implizit daran maßen, wer von beiden das Privileg hatte, den Professor besser zu kennen. Ich hatte wiederholt, wie zum Teufel ist euch in den Sinn gekommen, diese Untersuchung zu machen?, dann war er in die eine Richtung gegangen, ich in die andere.

Das wundert mich nicht, sagte Lorenza nach einem Moment der Stille.

Was genau?

Dass Novelli ein neues Publikum gefunden hat.

Ist es das, was du denkst? Dass ich für ihn ein Publikum war? Ich hatte zu lang geredet, und obwohl ich langsam gesprochen hatte, fühlte ich mich erschöpft.

Erinnerst du dich, in Sardinien, als er mich auf eine Tour im Ruderboot mitgenommen hat?

Ja, und?, sagte ich mit leisem Schrecken.

Nicht das, was du denkst, das wäre lächerlich. Aber in gewisser Weise ist es schlimmer. Als wir hinter den Felsen waren, fing er an, mich nach deiner Arbeit auszufragen. Ich bin ausgewichen, mir war nicht klar, worauf er hinauswollte, bis er mich direkt fragte: Wie viel verdient er denn?

Lorenza lehnte den Kopf zurück, um mir in das freie Auge zu schauen. Manchmal missverstehst du die Menschen.

Unter der Augenbinde tränte mein Auge stark, und obwohl diese postoperative Reaktion an sich nichts mit Weinen zu tun hatte, hielt mich das seit Stunden in einem latenten Zustand der Rührung. Mit einem Mal verwandelte sich die Schwäche in etwas anderes, wie ein Gefühl der extremen Verwundbarkeit. Lorenza bemerkte es. Was hast du?

Nichts, das heißt, ich weiß es nicht.

Sie stand auf, um mich aus einer gewissen Distanz zu betrachten, dann sagte sie: Das ist die Narkose.

Aber sie war doch lokal.

Atme ganz ruhig. Soll ich das Fenster aufmachen?

Nein, da kommt zu viel Licht herein.

Das ist die Narkose, wiederholte Lorenza, aber sie war etwas erschrocken.

Sie kniete sich auf die Matratze und nahm meinen Kopf mit der speziellen Sanftheit, zu der sie in diesen Stunden fähig war, und ich sagte, es täte mir leid, es täte mir sehr leid, und dass ich mich schämte.

Aber wofür denn?

Der Ehevorbereitungskurs, sagte ich.

Was hat der Ehevorbereitungskurs damit zu tun?

Sie erinnerte sich gar nicht mehr daran, aber ich wohl, ich dachte ständig daran: Im Kurs hatte Karol uns eine Übung aufgegeben, in der wir auf vier unserer fünf Sinne verzichten sollten, und ich hatte auch auf das Sehen verzichtet.

Ja und?

Ich hatte mich getäuscht. Es stimmte nicht, was ich geantwortet hatte, denn sie zu sehen, fehlte mir, sie in Gänze und dauerhaft zu sehen, hatte mir sehr gefehlt.

Aber du musst die Binde vierundzwanzig Stunden tragen, du bist doch nicht blind geworden!

Davon sprach ich nicht, sagte ich, ich sprach mehr im Allgemeinen, vom letzten Jahr und auch von davor. Ich schämte mich für die Zeit, die ich allein verplempert hatte, dafür, dass ich die anderen Menschen missverstand, das stimmte, aber auch mich selbst und meine Wünsche, ich verstand nichts von meinen Wünschen, und das mit vierzig Jahren, das war doch nicht normal, oder?

Das ist bloß die Narkose, wiederholte Lorenza, aber nein, die Narkose habe nichts damit zu tun, sie müsse mir zuhören: Ich schämte mich für das Handy, das man mir gestohlen hatte, für diese Nacht in Barcelona und die anderen Nächte, und ich schämte mich für Guadeloupe, vor allem für Guadeloupe, auch wenn wir uns das nie gesagt hatten.

Sie stand auf, und ein paar Sekunden lang wandte sie mir den Rücken zu. Wir hatten alte Jalousien, obwohl sie geschlossen waren, drang das Licht durch die Ritzen. Ich glaubte, Lorenza sei gegangen, und das wäre das Ende.

Sie aber umrundete das Bett, um sich auf meine Seite zu setzen und auf gleicher Höhe mit mir zu sein. Sie beugte sich zu mir. Jetzt waren ihre Lippen fast in Kontakt mit meinem Ohr, und was sie sagte, sagte sie flüsternd, auch wenn wir allein in der Wohnung waren: Aber ich habe dich dorthin gebracht, begreifst du das nicht? Das war ich.

Ich versuchte, sie mit dem offenen Auge durch den Schleier salzigen Sekrets in den Fokus zu nehmen, aber es gelang mir nicht. Aber warum?

Weil das nötig war. Nur mussten wir weit weg sein, sehr weit weg, unter Menschen, die nichts von uns wussten. Du und ich waren zusammen, und ich habe die ganze Zeit deine Hand gehalten, erinnerst du dich daran?

Ja, aber *warum*?

Um dir zu zeigen, dass du dich mit mir an deiner Seite gehen lassen kannst. Und dass du danach noch lebendig sein würdest, wir würden beide lebendig sein. Begreifst du es jetzt?

Mir war ein wenig schwindlig im Kopf, und ich spürte die triefnasse Gaze, ich hatte Angst, sie könne sich lösen. Ich weiß nicht, sagte ich, vielleicht ist es wirklich die Narkose. Lorenza sah mich noch immer aus großer Nähe an: Du brauchst dich vor mir nicht zu schämen. Niemals. Weil ich nichts, absolut nichts von dem, was du bist, ablehne.

Der Arzt hatte mich darauf hingewiesen, dass ich mit der neuen Linse ein Farbenfest sehen würde. Der Ausdruck – Farbenfest – war mir übertrieben vorgekommen, aber tatsächlich: Als die Binde abgenommen worden war, erschien mir unsere Wohnung leuchtender denn je. Insbesondere das Sofa, das uns als antik verkauft worden war, wobei es sich vielleicht um einen Betrug handelte, war von einem außergewöhnlich lebhaften Purpurrot. Ich fragte mich, ob das die Art und Weise war, wie Lorenza und Eugenio oder sonst irgendwer es immer gesehen hatten, oder ob es wirklich das Verdienst der künstlichen Linse war. Jedenfalls hoffte ich, dass der Effekt der Neuheit lange anhalten möge.

Am dritten Tag meiner Rekonvaleszenz kam Karol mich besuchen. Ich traf ihn vor der Haustür, und bevor wir uns umarmten, nahm ich mir einen Augenblick, um ihn anzusehen: Entweder haben sie mir eine Linse eingesetzt, die verzerrt, sagte ich schließlich, oder du bist viel kräftiger geworden.

Ich versuche mich an den Gewichten, gab er zu.

Wie hat man das in der Gemeinde aufgenommen?

Er strich sich zerstreut über den Bauch: Ein Pfarrer, der in Form ist, gefällt allen.

Wir spazierten im Viertel herum, ich mit wirklich übertriebener Vorsicht, was er jedoch tolerierte. Er fragte mich, wie ich sähe, und ich antwortete ihm, ein bisschen wässrig, ein paar Blitze. Gut.

Unser letztes persönliches Treffen war am Palmsonntag des vorherigen Jahres gewesen, aber wir waren telefonisch in Kontakt geblieben, und wenigstens bis zu einem gewissen Punkt hatte ich die Entwicklungen seines sentimentalen Abenteuers verfolgt.

Im Oktober war er ohne Vorankündigung in Padua aufgetaucht, bei Elisa, ernsthaft entschlossen, bei ihr einzuziehen. Elisa kannte ihre Mitbewohnerinnen noch wenig, weil der Unterricht im Masterstudiengang eben erst begonnen hatte, und die Ankunft des Priesters – Karol hatte es nicht für nötig befunden, über dieses Detail hinwegzugehen – hatte ein gewisses Durcheinander in der Wohngemeinschaft ausgelöst. Er hatte mich angerufen, um einen Rat zu dem seiner Ansicht nach kalten Empfang zu bekommen, den Elisa ihm bereitet hatte, und ich hatte ihm gesagt, er solle sofort dort weggehen, solle sich ein Airbnb suchen oder was auch immer, aber er solle dort weggehen. Er hatte nicht auf mich gehört.

Drei Tage und drei Nächte war er bei Elisa geblieben, in dem, was ein Crescendo an Gereiztheiten gewesen sein muss, was jedenfalls ein Crescendo an Telefonaten für mich war: Zuerst hatte Elisa ihn gebeten zu gehen, dann wollte sie ihre Beziehung beenden, dann hatte sie ihm befohlen, sie nie wieder zu besuchen, sie war sogar so weit gegangen zu sagen, dass seine Anwesenheit ihr peinlich war.

Karol war nach Rom zurückgekehrt und hatte nicht aufgehört, sie und mich zu quälen. Seine Hartnäckigkeit hatte angefangen mir lästig zu werden. Und dann war ich wer weiß wo, in einem Hotelzimmer, wo das Echo seines Leidens nur gedämpft hinkam. Meine Kommentare waren immer mehr von einem herzlosen Rationalismus durchtränkt, bis ich aufhörte, zu antworten, und er, mich anzurufen.

Karol schwieg ein paar Sekunden.

Ich entschuldigte mich jetzt, mit einer Verzögerung von Monaten, und Karol vergab mir sofort mit einer minimalen Bewegung der Schulter. Ich bin sehr nah an eine Art Zusammenbruch geraten, sagte er, aber ich erzähle es dir nur, wenn es dich interessiert, ich will dich nicht ermüden.

Sicher interessiert es mich.

Als ich aus Padua zurückkam, war ich nicht bei mir.

Daran erinnere ich mich.

Ich hatte das Gefühl zu ersticken. Ich meine buchstäblich ersticken, auch wenn ich atmete. Ich sagte mir, morgen ist es besser, dann wachte ich am Morgen auf, und es ging mir noch schlechter. Es schien kein Ende zu nehmen. Der Leidensweg Christi war fürchterlich, aber er dauerte wenigstens nur drei Tage. Der meine Monate.

Er verwendete den Vergleich ohne erkennbare Ironie, als betrachte er ihn als legitim, und ich hielt den Mund: Das war schließlich sein Terrain.

Ich habe mich untersuchen lassen, aber da schien nichts zu sein, der Arzt bezeichnete es als banalen Lufthunger. Lufthunger: Das zieht es ins Lächerliche. Er wollte, dass ich Beruhigungsmittel nehme, aber du weißt, wie ich zu Medikamenten stehe. Dann habe ich eines Tages online ein Foto von Elisa gesehen, sie war mit einem Typen, nichts Kompromittierendes, um ehrlich zu sein, doch es hat was in mir ausgelöst. Ich hatte Termine, aber ich scherte mich nicht darum, ich nahm noch einmal den Zug nach Padua. Ich kam bei ihrem Haus an, es war schon Abend, ich hatte ihr nicht Bescheid gegeben, aber bevor ich klingelte, schaute ich einen Moment lang hoch. Die Lichter waren an, und eine ihrer Mitbewohnerinnen ging am Fenster vorbei. Sie stieß einen Schrei aus, nicht vor Schreck, einen Freudenschrei, so was wie hu-huu. Es schien, als liefe da drinnen eine sehr unbekümmerte Szene ab. Ich begriff sofort, dass das eine Mahnung an mich war. Ich konnte nicht in diese Unbeschwertheit hineinplatzen und sie ruinieren. Ich musste mich bremsen.

Wir waren bei Santa Maria Maggiore angekommen, und Karol zögerte, welche Richtung wir einschlagen sollten. Es machte keinen Unterschied, wir gingen, um zu gehen.

Ich war die ganze Nacht in Padua unterwegs, fuhr er fort, denn es gab keine Züge mehr. Auf dem Bahnhofsvorplatz habe ich einen jungen Kolumbianer kennengelernt, Winston. Wir kamen ins Gespräch. Im Sommer arbeitete er an den Stränden und legte so viel Geld beiseite, wie er konnte, den Rest des Jahres über lebte er auf der Straße. Er machte Tuschezeichnungen, ein bisschen naiv, aber ziemlich schön, Frauengestalten, die eine oder andere konnte er verkaufen. Ich habe ihm eine abgekauft. Sein Lebensstil war hundertprozentig seine freie Entscheidung. Und durch diese Begegnung musste ich an mich denken, an den Anfang meiner Berufung. Ich kam zu der Überzeugung, dass ich den missionarischen Geist in mir wiederfinden musste, wieder beim Pilgern und beim Armutsgelübde anknüpfen musste. Als ich nach Rom kam, habe ich den ganzen heiligen Franziskus wiedergelesen, das ging so weit, ich schwör's dir, dass ich Kontakt zu Winston aufnehmen und mit ihm herumziehen wollte. So weit ging das.

Aber?

Karol machte eine wegwerfende Geste mit den Händen: Nichts. Du weißt ja, wie solche Dinge laufen.

Sprichst du noch mit ihr?

Elisa? Nicht so häufig, wie ich gerne würde. Aber wir schreiben uns fast jeden Tag. Sie hat sich verändert. Das Biologiestudium hat sie sehr – er machte eine Pause, um den passenden Ausdruck zu finden – rational gemacht. Ich bekämpfe diese Tendenz bei ihr. Ich versuche sie zu überzeugen, sich mehr mit der Poesie zu beschäftigen, und um sie zu inspirieren, schicke ich ihr Songs. Schau, hier.

Er zeigte mir das Display seines Handys und scrollte eine kilometerlange Playlist durch. Obwohl ich die Titel aus der Nähe nicht lesen konnte, erkannte ich die Cover wieder. Viele davon hatte ich auf meinen zermürbenden Gängen durch Paris gehört. Das war kein Zufall: Als ich Karol das Handy schenkte, hatte ich das Spotify-Konto drauf gelassen, daher war seine Bibliothek mit meiner synchronisiert.

Also, falls du Empfehlungen hast, sagte er. Die letzten Sachen, die du hinzugefügt hast, sind schrecklich. Vor allem das hier.

Aphex Twin?

Ich habe es wieder und wieder versucht, ich verstehe es einfach nicht. Für mich ist das bloß Lärm. Ich habe mir ein wenig Sorgen gemacht um dich.

Bewusst überging ich diese Anspielung auf seine Besorgnis. Ich sagte: Ich bin jedenfalls froh, dass du geheilt bist.

Karol blieb stehen. Nachdenklich kratzte er sich mit einer Ecke des iPhones am Kinn. Ich würde nicht von Heilung sprechen. Es hat ja keine Krankheit gegeben. Abgesehen vom Lufthunger.

Vielleicht habe ich mich falsch ausgedrückt.

Das wäre sehr undankbar Elisa gegenüber.

Ich wollte sagen, ich bin froh, dass du diese Geschichte überwunden hast. Das war keine so gute Kombination.

Da packte er mich am Unterarm und zwang mich, ihm in die Augen zu sehen: Elisa und ich sind verliebt ineinander.

Sein Ausdruck war verändert, als ob er plötzlich eingesehen hätte, dass es da ein Missverständnis zwischen uns gegeben hatte. Ich machte mich vorsichtig aus seinem Griff los, wobei ich nach den richtigen Worten suchte. Ich glaubte verstanden zu haben, dass sie mit jemandem zusammen ist. Dass sie zu ihrem Ex zurückgekehrt ist. Das hast du mir am Telefon gesagt.

Karol schwieg ein paar Sekunden lang und sah die Straße hinunter, die Hände wieder in den Taschen, dann sprach er mit sehr ruhiger Stimme: Er zählt nicht. Unsere Einheit gehört einer anderen Ordnung an. Sie ist unausweichlich. Aber ich weiß, dass das nicht leicht zu verstehen ist.

Mit einem Mal war ich mir unsicher, ob er sehr zerbrechlich oder im Gegenteil stabil war wie nie.

Elisa muss eine junge Frau ihres Alters sein dürfen, muss ausprobieren, was das heißt, es gehört zu diesem Übergang. Aber wir beide transzendieren die Zeit, das Warten hat also keine Bedeutung. Der Ausgang dieses Prozesses ist absehbar.

Und er läuft auf euch beide hinaus.

Karol warf mir einen Blick leichten Erstaunens zu: Aber sicher.

Nach einem Moment der Leere schlug er vor, sie anzurufen. Jetzt? Dann kannst du sie grüßen, das wird sie freuen. Er öffnete FaceTime, und wir schauten zusammen auf das Display.

Elisa antwortete nicht. Vielleicht ist sie im Unterricht, wehrte Karol ab. Nächsten Monat müsste sie kommen. Womöglich gehen wir wieder in das Restaurant, in dem wir schon einmal waren, diesmal alle vier, auch Lorenza.

Die ausgebliebene Antwort hinterließ ein Gefühl der Unvollkommenheit, das wir in den darauffolgenden Minuten mit uns schleppten, während wir die Via Cavour hinuntergingen. Ich betrachtete seinen Rücken von hinten und sagte: Du hebst wirklich einiges an Gewicht.

Auf der Bank stemme ich hundertdreißig.

Das kommt mir enorm viel vor.

Alles eine Frage des Trainings.

Ich begleitete ihn bis zur U-Bahn. Eine Frage geisterte mir seit einiger Zeit im Kopf herum, und ich bat ihn um Erlaubnis, sie ihm zu stellen, doch dann machte ich einen Rückzieher: Sie ist vielleicht zu persönlich.

Karol bedeutete mir, fortzufahren. Da fragte ich ihn, ob er nach seinem persönlichen Leidensweg – ich gebrauchte dieses Wort ohne Sarkasmus, nur weil er es zuerst verwendet hatte –, ob er nach allem, was er mit Elisa durchgemacht hatte, noch an Gott glaube.

Ohne jedes Zögern antwortete er: Gott hat für mich keine Bedeutung mehr. Jesus aber wohl. Im Grunde habe ich, erst seitdem ich mich nicht mehr um Gott sorge, angefangen, wirklich an Christus zu glauben. Christus zu verstehen. In Leib und Blut. Das sind Worte, die ich jahrelang wiederholt habe, ohne irgendein Recht dazu zu haben. Aber jetzt weiß ich genau, was sie bedeuten.

Klimabeobachtungen haben bestätigt, dass 2019 im Schnitt das zweitwärmste Jahr der letzten zweitausend Jahre war. Nicht der letzten zwanzig oder zweihundert: der letzten zweitausend. Im Sommer hatten vierundachtzig meteorologische Messstationen über ganz Europa verteilt absolute Höchsttemperaturen gemessen, in Grönland hatte das Tauwetter einen Monat früher eingesetzt als normal, und in Venedig war das Hochwasser höher als in der letzten Jahrhunderthälfte. Im Bericht des Klimarats wurde im üblichen abgewogenen Ton eine problematische Situation für die gesamte Kryosphäre des Planeten präsentiert, nicht nur für die Polkappen, auch für die Gletscher und den Permafrost. Ginge es in diesem Tempo weiter, war bis zum Jahr 2100 ein Anstieg der Ozeane um mindestens fünfzig Zentimeter absehbar, der über Jahrhunderte weitergehen würde.

Natürlich gab es nicht nur die globale Erderwärmung: Ein Wal war tot im Golf von Davao in den Philippinen aufgefunden worden, mit vierzig Kilo Plastik im Bauch, die Schlange, um sich auf dem Gipfel des Everest fotografieren zu lassen, hatte den Tod von zwei Bergsteigern verursacht, und der Jemen war von einer nie dagewesenen Heuschreckenplage heimgesucht worden. Der dieser Plage zugrundeliegende Mechanismus war emblematisch: Außergewöhnliche Regenfälle (die ihrerseits möglicherweise auf den Klimawandel zurückzuführen sind) hatten eine Vermehrung der Eier in sonst trockenen Wüstenregionen verursacht, die neu geborenen Heuschrecken hatten anormale Eigenschaften entwickelt – sie waren größer, stärker und imstande, weite Strecken fliegend zurückzulegen –, und während sie sich zu monströsen Schwärmen zusammenschlossen, legten sie weitere Eier, und das führte zu einem exponentiellen Wachstum.

Viele meinten, dass nur die Flucht bleibt. Deshalb hatte Elon Musk vorgeschlagen, an den Polen des Mars nukleare Sprengköpfe zu zünden und dadurch eine Kettenreaktion auszulösen, die den Planeten (vielleicht) mit einer jungfräulichen Atmosphäre versehen würde. In einigen sozialen Medien, vor allem auf Twitter, war ernsthaft darüber diskutiert worden. Aber die Bilder, die der Curiosity-Rover vom Mars übermittelte, waren entmutigend: Man sah nichts als eine monotone und staubige Oberfläche, gänzlich abweisend. Wir würden also noch lange bleiben, wo wir waren, und würden weitermachen wie immer. Schließlich beeinflussten die sich ständig häufenden Nachrichten von Kataklysmen unser Leben nicht sehr, oder sie beeinflussten zumindest das meine und das der Leute in meinem Bekanntenkreis nicht. Ja, man erwartete sich, dass das folgende Jahr schlechter würde, das darauf ebenso, und so weiter. Wenn ich heute an das Jahresende 2019 denke, kommt mir eine müde Unausweichlichkeit in den Sinn, als ob die Desillusionierung nunmehr jede Faser unseres Gehirns von Grund auf durchtränkt hätte.

Den ganzen Dezember hindurch hielten sich die Höchsttemperaturen in Rom oberhalb der zehn Grad. Auch an Silvester herrschten milde Temperaturen, eine Anomalie, über die sich niemand zu beklagen wagte, mich eingeschlossen. Lorenza und ich waren auf der Suche nach neuen Kontakten, ohne Vorgeschichte, unkompliziert. Wir luden die Nachbarn vom Stock über uns zum Abendessen ein, ein Paar, das erst kürzlich hier eingezogen war.

Nachdem wir die Wohnung vorgezeigt und uns ausführlich über die Grundrisse ausgetauscht hatten (sie waren fast identisch), setzten wir uns ins Wohnzimmer, ohne uns noch etwas zu sagen zu haben. Ernsthaft oder zum Schein interessierte sich der Nachbar, der Ingenieur war, für den Plattenspieler: War ich ein Fan von Vinyl-Platten? Eigentlich nicht. Aber ich benutzte ihn? Auch nicht. Ich hatte ihn in einer schwachen Minute gekauft, aber es gab da ein Rauschen, also war er als Möbelstück dort stehengeblieben. Der Nachbar beharrte darauf, ich solle ihm das Rauschen vorführen, und nur, um nicht unhöflich zu erscheinen, kroch ich unter das Regal, um die Kabel anzuschließen. Wir müssen ihn auseinanderbauen, verkündete er. Jetzt? Warum nicht?

Und so verging ein Gutteil des Abends damit, der Nachbar mit gekreuzten Beinen am Boden, YouTube-Lernprogramme konsultierend. Anfangs war Lorenza dagegen gewesen, ins Wohnzimmer zu gehen, mit den Tellern auf den Knien, aber schließlich hatte sie nachgegeben. Der Nachbar reinigte alle Komponenten, ölte den Mechanismus und baute am Ende wieder alles perfekt zusammen. Obwohl es niemandem wirklich darauf ankam, lag nun doch eine gewisse Erwartung in der Luft. Das Lied erklang, aber das Rauschen war noch immer da, genauso wie vorher.

Mitternacht kam wie eine Erlösung für alle. Wahrscheinlich würde es ab morgen peinlich sein, den Nachbarn im Treppenhaus zu begegnen, aber vorerst kümmerte uns das nicht.

Als sie gegangen waren, stießen Lorenza und ich noch einmal auf das soeben begonnene 2020 an, diesmal zu zweit. Dann trennten wir uns für eine Weile, und jeder schrieb an seinem Handy Glückwünsche. Mich hatte schon während des Essens eine merkwürdige Melancholie erfasst, als ich an Giulio, Karol, ja sogar an Novelli dachte. Ich fühlte mich, als wäre mit jedem von ihnen etwas ungeklärt, auch wenn ich nicht bestimmen konnte, was. Sie antworteten alle, erwiderten die Glückwünsche.

Gegen sechs weckte uns ein Anruf von Eugenio. Er war auf dem Nachhauseweg und ja, er wusste, wie spät es war, aber ich musste sofort zu ihm kommen, nein, es war nichts Schlimmes passiert. Ich warte am Anfang der Via Nazionale auf dich.

Ich zog einen Trainingsanzug und die Winterjacke an und ging hinaus.

Das musst du sehen, sagte er zu mir, als wir uns trafen. Er wies auf die Straße. Auf ihrer ganzen Länge war sie übersät mit Taubenkadavern. Auf dem Weg dorthin hatte ich schon einige gesehen, aber auf der Via Nazionale waren es Hunderte, vielleicht Tausende.

Was hat man ihnen getan?

Das Feuerwerk. Glaube ich zumindest.

Aber warum?, drängte Eugenio.

Weil Silvester war.

Dann müsste man das verbieten.

Er hatte Tränen in den Augen. Ich versuchte, die Situation zu entdramatisieren. Bei den vielen, vom Aussterben bedrohten Arten würde ich mir um die Tauben keine so großen Sorgen machen. Im Gegenteil.

Eugenio sah mich mit der ganzen kindlichen Entrüstung an, deren er noch fähig war.

Okay, okay, entschuldige.

Wir machten uns auf den Weg, die Straße runter. Wir waren allein inmitten dieser kleinen Hekatombe von Vögeln, und man musste aufpassen, wo man hintrat. Ich hätte diesen Moment als Vorausdeutung auf etwas interpretieren können, aber ich glaube nicht, dass ich das getan habe, vermutlich nicht, und es jetzt als solchen zu beschreiben, hätte keinen Wert.

War es wenigstens eine schöne Party?

Geht so.

Hast du viel getrunken?

Normal.

Trotz seiner Empörung hatte er sich schon an den Anblick der toten Tauben gewöhnt, auch wenn er das nicht zugegeben hätte. Binnen zweier Stunden würde die städtische Müllabfuhr die Spuren beseitigt haben, und er würde nicht mehr daran denken.

Mir ist klar, dass das wenig zartfühlend ist, sagte ich, aber wir könnten frühstücken.

Er erwog das, was ihm tatsächlich wie eine Taktlosigkeit erscheinen musste, dann fragte er: Wo?

Du bist hier der Nachtschwärmer.

Er sah sich um. Da lang, deutete er. Aber wir müssen bis San Lorenzo. Geht das für dich?

Ich machte kehrt und folgte ihm in Richtung Bahnhof, dabei erzählte ich davon, wie wenig inspirierend unser Abend zuhause gewesen war. Er trug die Jacke offen über einem T-Shirt, und ich verkniff es mir, ihm zu sagen, er solle den Reißverschluss zuziehen. Ich weiß nicht, wem wir in diesem Augenblick glichen, ob zwei Brüdern mit großem Altersunterschied, zwei merkwürdigen Freunden oder Vater und Sohn. Jedenfalls waren wir beide Überbleibsel dieser Nacht.

Willst du wirklich durch den Tunnel gehen?

Das ist schneller. Warum, macht dir das Angst?

Na, hör mal.

Aber in Wirklichkeit schreckte mich der Tunnel doch ein bisschen. Ich sagte: Jedenfalls ist es mir lieber, dass du nicht da durchgehst, wenn du allein bist, und er ließ diese Ermahnung außerhalb der Spielzeit großmütig ins Leere fallen.

Als er noch ein Kind war, hätte ich mir gewünscht, dass Eugenio sich für Camping oder Schach begeisterte, so wäre es leichter gewesen, Zeit mit ihm gemeinsam zu verbringen, aber keine dieser Aktivitäten entsprach seinen Neigungen. Dann hatte ich gehofft, dass Mathematik ihm gefallen würde, aber er hatte dafür keine Begabung. Lange Zeit hatte ich diese Differenzen für das Haupthindernis unserer Beziehung gehalten, außer der genetischen Fremdheit. Einige Jahre zuvor hatte ich ihn einmal vom Zug aus am Handy über die binomischen Formeln befragt, weil er am nächsten Morgen einen Test schrieb. Den Kopf ans Abteilfenster gelehnt, hörte ich ihn aufsagen: a plus b Quadrat ist gleich a Quadrat plus 2ab plus b Quadrat. Wenn er sich irrte, korrigierte ich ihn, flüsternd, um nicht die anderen Passagiere zu stören, während mich, wer weiß, warum, Niedergeschlagenheit überkam.

Erinnerst du dich an die binomische Formel hoch 3, fragte ich ihn.

Er drehte sich andeutungsweise um. Natürlich. Aber warum denkst du ausgerechnet jetzt daran?

Ich weiß nicht. Ich musste einfach daran denken.

Du bist verrückt.

In San Lorenzo steuerte er eine Pizzeria an. Wir bestellten ein Stück Pizza pro Kopf, dann eine zweite Runde, während wir das Spiel mit den guten Neujahrsvorsätzen spielten. Eugenio nahm das ernster, als ich gedacht hatte. Um ihn zufriedenzustellen, bemühte ich mich, mir selbst auch ein paar zu überlegen. Als er bemerkte, dass ich zerstreut war, und mich fragte, woran ich denke, sagte ich, an nichts, ich höre dir zu.

Angenommen, ich wäre – rein hypothetisch – offen und ehrlich zu ihm gewesen, hätte ich ihm geantwortet, dass ich noch immer an die binomischen Formeln dachte. Ich dachte an das Mal im Zug und nicht nur daran: auch an alle Teller Pasta, die ich für ihn gekocht hatte, und an das Warten im Auto draußen vor den Partys und an die ausgefüllten Formulare und an die überflüssigen Ermahnungen und den schillernden Luftbefeuchter, den er als Kind in einer Ecke seines Zimmers stehen hatte, und von dem ich jetzt nicht wusste, was daraus geworden war. Und ich dachte an all diese Dinge, zusammen mit der außertourlichen Pizza, die wir am 1. Januar 2020 zum Frühstück aßen, all diese Dinge zusammengenommen – doch sicher war ich mir da nicht, ich überlegte mir das zum ersten Mal – waren vielleicht Vaterschaft gewesen.

Giulio sandte mir Fotos vom Kruger-Park. Zugang zum Internet hatte er nur am Basis-Camp, daher kommunizierten wir immer zur selben Zeit, nach dem Abendessen. Die Bilder, die er mir schickte, waren hinsichtlich der Belichtung und der Themen so perfekt, dass sie wie von der *National Geographic*-Webseite herauskopiert wirkten. Giraffen, auftauchende Nilpferde, ein paar Schakale rings um das Gerippe eines Zebras, rennende Antilopen, majestätische Sonnenuntergänge.

Manchmal handelte es sich um nächtliche Videoaufnahmen mit der Infrarotkamera: ein Leopard, der durch das Bild lief, einsam und hypnotisch, seine Augen leuchteten einen Augenblick lang weiß auf, wenn er sie unwissentlich auf das Objektiv richtete.

Es herrscht etwas anderes hier, schrieb Giulio mir, wie eine tiefe Zusammengehörigkeit. Die Tiere erkennen dich, und du erkennst sie. Jahrtausendelang haben wir zusammengelebt, wir haben uns gegenseitig aufgefressen. Jetzt lassen wir uns nur noch von Rechtsanwälten und Psychologen auffressen.

Tatsächlich hatte er die Stunden davor damit zugebracht, einem *honey guide* zu folgen, dem Vogel, der die Menschen zu den Honigwaben führt. Er ruft dich zu sich, erzählte er und konnte dabei seine Begeisterung kaum zurückhalten, er hängte eine Datei mit dem seltsamen Ruf des Vogels an. Wenn du näher gekommen bist, fliegt der *honey guide* auf einen anderen Baum und lockt dich dorthin. Stück für Stück bringt er dich so zum Honig. Vor unvordenklichen Zeiten haben wir einen Pakt geschlossen, schrieb Giulio, nur dass wir Menschen die Erinnerung daran verloren haben.

Und am Ende war da wirklich der Honig?

Und ob.

Aber auch der Nationalpark, erklärte er mir gleich darauf, war eine Illusion: die Illusion, dass der Mensch noch immer Teil des Ökosystems ist, gleich wie die anderen Arten, dass die Natur dort noch in ihrem ursprünglichen Zustand war. Das war ganz und gar nicht der Fall. Die Naturparks wurden sorgfältig überwacht, auf unsichtbare Weise vom Menschen für den Menschen verwaltet: In Abständen wurden Brände gelegt, um die Vegetation niedrig zu halten und für die zahlenden Touristen den Anblick der Tiere zu garantieren, die Löwenpopulation wurde unter Kontrolle gehalten durch Einfuhr neuer Männchen (die mit den Welpen anderer kurzen Prozess machten), und in einigen Parks wurde den Elefanten eine Form von Empfängnisverhütung verpasst.

Kurz, es gab kein Entrinnen vor der Anthroposierung. Giulio verwendete diesen Ausdruck, »Anthroposierung«, aber er schien mir damit auf etwas viel Größeres anzuspielen als den Park: Es gab kein Entrinnen vor den Menschenwesen, es gab kein Entrinnen vor der Gegenwart.

Er erzählte mir von seiner Ausbildung. Er lernte Spuren lesen und im Fall von Gefahr das eigene Verhalten zu regulieren. In der Savanne erwies sich fast alles, was der Instinkt nahelegte, als falsch. Zum Beispiel angesichts eines Löwen suggerierte der Instinkt, schnellstmöglich zu fliehen, aber die Flucht war kein Ausweg, weil Schwäche zu zeigen den Löwen zum Angriff reizt. Also was dann?, fragte ich ihn. Dann muss man verhandeln. Und wenn die Verhandlung nicht läuft wie vorhergesehen? Dann musst du so laut wie möglich brüllen.

Das funktioniert mehr oder weniger so: Der Löwe greift an, zum Schein, zur Demonstration seiner Stärke, du musst kaltes Blut bewahren und bleiben, wo du bist, seine Aggressivität erwidern, ihn anbrüllen oder auf das Gewehr klopfen. Wenn du überzeugend genug bist, hält der Löwe inne und weicht zurück. Dann kannst auch du einen Schritt zurück tun. Dann geht alles wieder von vorne los: Der andere greift zum Schein an, du brüllst, der Löwe zieht sich zurück, und du gewinnst einen weiteren Meter. Das kann stundenlang so gehen.

Das kommt mir sehr metaphorisch vor, schrieb ich ihm.

Metaphorisch wofür?

Aber ich verzichtete darauf, diesen Gedanken zu vertiefen. Vielleicht hatte es wirklich keinen Sinn, überall Metaphern zu suchen.

In einem Exzess an Fantasie stellte ich mir Giulio vor, wie er mit seinen neuen Rangeranwärter-Kollegen das Brüllen probte. Ich stellte sie mir am Rand ihres Camps stehend vor und aus Leibeskräften gegen das Nichts des Velds anbrüllen. Das musste genau die Art von Befreiung sein, die er dort unten gesucht hatte, oder wenigstens wünschte ich mir für ihn, dass es so wäre.

DRITTER TEIL

Die Strahlungen

Wir sitzen am Rand eines Steinbeckens, Giulio und ich, nackt, denn so ist es Vorschrift, und wir blicken auf die Stadt. Der Schriftzug ASAHI an der Spitze eines Wolkenkratzers leuchtet rhythmisch immer wieder auf und bildet damit die einzige Bewegung in der Stadtlandschaft, zusammen mit dem Autoverkehr viel weiter unten. Ansonsten: Gebäude in den Farben Grau und Braun, Hügel, bewölkter Himmel. In Luftlinie befindet sich das Hypozentrum von Little Boy etwa einen Kilometer entfernt, also sind wir in der Zone der totalen Zerstörung. Am 6. August vor siebenundsiebzig Jahren wurde der Teil von Hiroshima, den wir von hier aus sehen, in einem Augenblick in einen platten Trümmerscheiterhaufen verwandelt. Und von alle dem, was wir jetzt sehen, mit Ausnahme der Hügel, existierte nichts.

Erst bei der Ankunft entdeckten wir, dass das Hotel im vierzehnten Stock ein Gemeinschaftsbad hatte. Das Mädchen an der Rezeption versicherte sich schüchtern, dass wir keine Tätowierungen aufwiesen, zeigte auf einer Illustration die Arme und Beine und schließlich die Genitalien eines Mannes: No?, dann stand uns das Bad zur Verfügung. Außer den Waschräumen umfasst der Wellnessbereich zwei Warmwasserbecken, eine sehr heiße Sauna und einen Trog mit eiskaltem Wasser für den gesundheitsfördernden Temperaturschock. In normalen Zeiten muss es hier voll von Touristen sein, auch Europäern, aber dieses Jahr ist da außer uns nur ein blinder Japaner, der sich mithilfe seines Stockes mit unvermuteter Leichtigkeit zwischen den Becken und den Umkleideräumen bewegt. Aufgrund des Gesundheitsrisikos ist Japan für Besucher noch abgeschottet, ausgenommen zwingende berufliche Gründe wie die unseren. Vorausgesetzt, man stuft als »zwingend« die vage Neugier ein, an Gedenkfeiern teilzunehmen, und das etwas willkürliche Bedürfnis, ein vor Jahren angeschnittenes und seither unvollendet gebliebenes Thema zum Abschluss zu bringen. Dem deutschen Passagier, den wir auf dem Flug kennenlernten und der sich damit befasst, Japanern Maschinen zur Schlachtung von Hühnern zu verkaufen, antwortete Giulio völlig unerschrocken: Wir dagegen sind wegen der Bomben hier.

Hierherzukommen war mühsam. Nicht nur wegen der Reise an sich – der russische Luftraum ist gesperrt, oder Air France hat jedenfalls beschlossen, ihn zu meiden: Von dort werden Raketen abgefeuert, man weiß ja nie; wir haben ihn im Süden über Georgien, Kasachstan und die Wüste Gobi umflogen –, sondern auch wegen der monatelangen Vorbereitungen: Beantragung des Visums, erbettelte Einladungsschreiben, das wiederholte und kategorische Nein auf meine Ansuchen, an den Gedenkfeiern in Hiroshima und Nagasaki teilnehmen zu dürfen. Und das, nachdem ich die Reise zum ersten Mal im Sommer 2020 und dann noch einmal 2021 aufgeschoben hatte. Da sind wir nun jedenfalls, Giulio und ich, und blicken triefnass auf Hiroshima. Wir haben uns lange nicht gesehen, seine Brusthaare sind weiß geworden, eine Veränderung, die mich nicht weiter beunruhigt, weil mir das Gleiche passiert ist. Wir schweigen gemeinsam, bis ich ihn frage: Bist du bereit? Gehen wir?

Etwa eine Stunde später kommen wir aus einer Unterführung und stehen vor dem Genbaku Dome, dem einzigen Bauwerk, das nach der Explosion der Bombe auf dem Ground Zero stehen geblieben ist. Die Druckwelle traf senkrecht darauf, wodurch die Mauern und die Stahlkuppel wenigstens teilweise erhalten geblieben sind. Sowohl Giulio als auch ich haben den Dome unzählige Male gesehen, in Büchern und im Fernsehen, aber das nimmt ihm nichts von seiner Imposanz. Wir umrunden die Ruine zweimal und betrachten sie. Jemand joggt am Flussufer entlang, so sehr gewöhnt an dieses Denkmal, dass er es keines Blickes würdigt. Die Bäume im Park sind voller Zikaden, die auf einer höheren Frequenz zirpen als die bei uns, oder so scheint es mir jedenfalls (Giulio geht es auch so). Die Fotos hatten mir immer einen anderen Eindruck vom Dome vermittelt, ich verband damit Strenge und Verlassenheit, dagegen ist er in eine Oase der Ruhe eingebettet, mitten im Stadtzentrum. Ich blicke nach oben: Der Himmel ist jetzt klar, abgesehen von einigen tiefhängenden Wolken, zitronengelb auf der Seite des Sonnenuntergangs. Ich bin nicht in der Lage einzuschätzen, wie hoch sechshundert Meter sind, aber ich möchte wetten, dass ich an einem heiteren Tag die längliche Form von Little Boy erkennen könnte, während sie herunterfällt, einen Augenblick vor dem Flash. Giulio errät meine Gedanken, und mit einer für ihn völlig ungewöhnlichen Schlichtheit sagt er: Jedenfalls ist das, was sie da gemacht haben, der reine Wahnsinn.

Wir schießen ein paar Fotos, oder vielmehr ist er es, der sie schießt. Mit ein bisschen Mogelei haben wir seine Einladung nach Japan in der Rolle des Fotoreporters erwirkt: Giulio hält sich für einen Dilettanten und schämt sich für die Ausrüstung, die er besitzt, aber im Grunde nimmt er seine Rolle ernst. Im Dunkeln kann er nicht weiterfotografieren, also machen wir uns auf die Suche nach einem Lokal zum Essen. Ich bestehe auf einem, das der Reiseführer empfiehlt, aber ihn peinigt die Idee, sich unter Touristen zu mischen, sich zu benehmen wie jeder Durchschnittsreisende, als ob das einer ewigen moralischen Verdammnis gleichkäme. Aber siehst du denn nicht, dass nur wir hier sind?, platze ich heraus. Wir sind die einzigen Fremden in ganz Japan!

Er gibt mir sofort recht. Schließlich findet er die Spieße mit Hühnerherzen und die mit Hähnchenhaut zufriedenstellend und das Ambiente authentisch genug. Beim Essen sprechen wir über einen Artikel, auf den er mich kurz vor der Abreise hingewiesen hat, in dem behauptet wird, dass das Tabu der Auslöschung der Menschheit ein für alle Mal ausgeräumt werden müsse, dass man den Mut haben müsse, offen darüber zu diskutieren, weil es sich um ein plausibles Szenario in der Klimaentwicklung handle. Die Auslöschung der Menschheit in Betracht zu ziehen, würde diesen Wissenschaftlern (und Giulio) zufolge den positiven Effekt haben, die Menschen aufzurütteln und zum Handeln zu bewegen, wie das in den achtziger Jahren mit dem Thema des nuklearen Winters war, das den Weg für die Abrüstung frei machte.

Und du, glaubst du wirklich daran?

Er wirkte überrascht. Warum, du etwa nicht?

Das heißt, du glaubst ernsthaft daran, dass wir uns angesichts der Möglichkeit unserer Auslöschung so viel anders verhalten würden?

Einen Moment lang wird er finster, als hätte ich ihn als

naiv entlarvt. Dann findet er wieder Mut und beginnt eine Rede darüber, wie jeder von uns aktiv werden muss, statt sich dem Defätismus zu überlassen. Er erzählt mir von gewissen Studien über aus dem Meer aufgetauchte vulkanische Inseln und von der Art und Weise, wie diese Inseln zunächst von anspruchslosen Pionierpflanzen besiedelt werden, dann von denen, die diese zu ihrem Nährboden machen. Kurz, er erzählt mir von Wiedergeburt, zwar auf wissenschaftliche Weise – die einzige, die ihm gegeben ist –, aber doch immerhin von Wiedergeburt. Ich höre ihm bis zum Ende zu. Dann weise ich ihn darauf hin, dass er eine solidere Hoffnungsstruktur besitzt als ich, denn er forscht, debattiert, handelt, während ich mich nur treiben lasse, und dass das immer so war, schon seit dem Studium. Ich weiß nicht, warum ich diesen Ausdruck »Hoffnungsstruktur« wähle, ich finde ihn nicht einmal so präzise, aber Giulio versteht ihn im Flug. Ich habe einen Sohn, antwortet er mir plötzlich wieder entwaffnend, was sollte ich sonst tun?

Wir kehren zurück in das Gemeinschaftsbad im vierzehnten Stock, um auf die erleuchtete Stadt zu schauen. Im Zimmer ziehen wir die Hotelpyjamas an, in denen wir aussehen wie Zwillinge. Giulio bleibt viel länger wach als ich. Die Telefongespräche mit Adriano wurden durch richterlichen Beschluss auf feste Wochenzeiten festgelegt, auch wenn sie durch die Zeitverschiebung mitten in die Nacht fallen, Abweichungen sind nicht vorgesehen, und er will auch keine Gelegenheit verpassen.

Am 6. August werden wir sehr früh wach. Der Einlass zur Gedenkzeremonie beginnt um sieben und die Veranstaltung wenig später, um den Zeitpunkt der Explosion, 8:15 Uhr, abzupassen. Wir werden in getrennte Bereiche geführt, ich zum internationalen Publikum (auf ein Minimum beschränkt), Giulio zu den Fotografen. Zur Eröffnung wird das Publikum gebeten, nicht den *Hiroshima Peace Song* zu singen, um die Verbreitung des Virus zu verhindern. Abgesehen davon vermute ich, nach dem zu urteilen, wie alles abläuft, dass die Reihenfolge jedes Jahr dieselbe ist: Den Opfern der Bombe wird Wasser gespendet, weil die Verbrannten am Tag des *pikadon* danach lechzten; es werden Blumen niedergelegt und Hymnen mit herzzerreißenden Worten gesungen; es sprechen der japanische Premierminister, der Gouverneur der Provinz Hiroshima, der UN-Generalsekretär, und zum Gebet stehen wir alle auf und hören die Schläge einer Glocke; Tauben werden freigelassen. Insgesamt aber berührt die Zeremonie mich nicht. Alles ist zu einstudiert, zu geordnet, oder vielleicht ist es die englische Übersetzung in den Kopfhörern, die mich isoliert, statt mich teilnehmen zu lassen. Beim Ausgang treffe ich Giulio wieder. Sie haben mich nicht ein Foto machen lassen, klagt er. Und warum nicht? Ich weiß es nicht, antwortet er düster, ich habe nicht die geringste Ahnung.

Es ist gerade einmal neun Uhr, und die auszufüllende Zeit dehnt sich etwas bedrohlich vor uns. Am Abend wird es, ebenfalls auf dem Ground Zero, die Laternenzeremonie geben, die sicherlich etwas gefühlvoller wird als die eben zu Ende gegangene, aber wir haben im Hotel schon ausgecheckt, daher sind wir dazu verdammt, stundenlang herrenlos durch die überhitzte Stadt zu irren. Wir beschließen, Miyajima zu besuchen, eine Insel in der Seto-Inlandsee, auch wenn das nun wirklich ein gewöhnliches Ausflugsziel ist. Hast du das bemerkt?, fragt mich Giulio auf der Fahrt mit der Fähre. Bei der Zeremonie haben sie die Amerikaner nicht erwähnt. Nie. Sie behandeln die Bombe, als wäre sie aus dem Nichts gekommen, wie eine Unwetterkatastrophe.

Oder eine göttliche Strafe.

Oder eine göttliche Strafe, richtig.

In Miyajima essen wir Aal und weiches Matchagebäck. Wir sind mit einer Horde japanischer Touristen an Land gegangen, aber nach dem Mittagessen bricht plötzlich ein Gewitter los und die Insel leert sich, also enden wir im Regen ganz allein in dem schintoistischen Tempel. Als sich der Regen legt, sieht der Himmel noch immer sehr dramatisch aus. Es gibt eine besondere Wolkenformation, ein enormer Cumulonimbus, den man hier *nyūdōgumo* nennt, von *nyūdō*, riesig und *kumo*, Wolke: Die Wolke bildet sich in dieser Jahreszeit, so dass sie in gewissen Haikus als Synonym für »Sommer« verwendet wird. Ich frage mich, ob es das ist, was ich über dem Festland dräuen sehe. Da bräuchte man Novelli.

Wir kehren zurück nach Hiroshima, es ist fast Sonnenuntergang, und die Schaulustigen haben schon den Deich und die Brücken besetzt. Die Mädchen haben tragbare Ventilatoren bei sich, die sie sich elegant vor das Gesicht oder den Hals halten. Giulio und ich setzen uns mit baumelnden Beinen auf den steinernen Deich, denselben Deich, der in den Erzählungen der Überlebenden immer wiederkehrt. Als nach und nach das Licht abnimmt, werden von den vertäuten Booten oder von der Treppe aus die ersten Papierlaternen aufs Wasser gesetzt. Es sind Kerzen, die auf einem hölzernen X schwimmen. Wenn sich aus irgendeinem Grund das Papier löst oder schlaff wird, schwimmen die X nackt weiter, wie bewegliche Ziele. Die Laternen sind Botschafter des Friedens, sie symbolisieren die Seelen der Toten auf ihrer Reise ins Jenseits, oder einfach eine wirkungsvolle Choreo-

grafie, ich weiß nicht, aber sie vermitteln etwas Sehnsüchti-
ges, aus dem einfachen Grund, weil sie sich hier und heute
auf diesem Abschnitt des Flusses bewegen. Giulio fotogra-
fiert ohne Unterlass und beklagt sich über das Objektiv, im
Kruger-Park ist ihm Sand hineingekommen, und er hat es
nie reinigen lassen. Alle fotografieren wir, die Handys in die
Höhe haltend, um eine bessere Perspektive zu haben. Ich
schicke die besten Fotos an meine Gruppe mit Lorenza und
Eugenio. In der Zwischenzeit hat die Polizei einen Mann
umstellt, der auf dem Asphalt kniend aus Leibeskräften
verzweifelt schreit.

Mit dem letzten Zug kommen wir in Fukuoka an. Es ist
sehr spät, und ich habe das Gefühl, ununterbrochen geschwitzt zu haben, so sehr, dass es mir wie eine Reinigung
erscheint, aber Giulio will unbedingt das Street Food der
Stadt probieren. Nachdem wir das Gepäck abgestellt haben, schleppen wir uns also bis zum Fluss, einem anderen
Fluss in einer anderen Provinz. Es ist nach zwei Uhr, als wir
schließlich schlafen gehen, uns nuschelnd gute Nacht wünschen, weil wir beide eine Beißschiene benutzen, um nachts
nicht zu knirschen. Als Giulio zu schnarchen anfängt, setze
ich die Kopfhörer auf, was den Lärm beseitigt, und wähle die
Notfallplaylist: Naturlaute, die den Schlaf begünstigen, Was-
serfälle, Regentropfen, Gewitter. In diesem weißen Klang-
teppich sehe ich die brennenden Lampions wieder, die sich
entfernen, und jetzt habe ich keine Zweifel mehr, dass es
Seelen sind, die Seelen der Toten, die von der sehr langsa-
men Strömung zum Meer getragen werden.

Ich erinnere mich, dass es im August 2020 eine Polemik gab,
weil der amtierende japanische Premierminister, Shinzo

Abe, in seiner Ansprache bei der Gedenkfeier für die Opfer der Bombe in Nagasaki die Rede wiederholte, die er wenige Tage zuvor in Hiroshima gehalten hatte. Laut einer App zur Erkennung von Plagiaten stimmten seine Vorträge zu dreiundneunzig Prozent überein. Vor einem Monat ist Shinzo Abe bei einer Wahlkampfveranstaltung in Nara ermordet worden. Der Mann, der ihn mit zwei aufgesetzten Schüssen tötete, Tetsuya Yamagami, hatte sich selbst einen Revolver mit abgeschnittenem Lauf gebastelt, mit Gummi und Isolierband: Er wusste, wie das geht, und hatte jedenfalls anderthalb Jahre lang trainiert. Bevor ich nach Japan kam, erwartete ich mir, vielleicht etwas naiv, das Land im Schock zu erleben, verbreitete Trauer mit erhöhter Alarmbereitschaft, davon konnte aber nicht die Rede sein. Von Shinzo Abe keine Spur, oder ich sehe sie nicht. Bei der Gedenkfeier in Hiroshima wurde von der Ukraine gesprochen und sogar vom Klimawandel, er aber wurde mit keinem Wort erwähnt. Die einzige Person, der ich eine direkte Frage zu stellen wage, eine Frau um die fünfzig, sagt mir: Very sad, I cried, und nichts weiter.

In Fukuoka verpassen Giulio und ich die Mittagessenszeit und gehen in eine Bar, die keine Abbildungen auf der Speisekarte hat. Zum Glück hat er auf dem Handy eine App, mit der man die Schriftzeichen, wenn man sie abfotografiert, auf Englisch übersetzen lassen kann. Wir benutzen sie zum Bestellen und um die Sinnsprüche der Glückskekse zu entziffern, die wir gestern im Tempel von Miyajima mitgenommen haben. Die Übersetzung meines Spruches ist grob, aber verständlich. Sie lautet: Correct your mind and happiness will come soon. Und: Marriage is difficult, but if we work together, later good. Und: Now flowers didn't bring fruit, but flowers are still ready. Blumen sind noch bereit. Bereit wozu?, frage ich mich. Von Giulios Spruch versteht man nichts, außer dass an einem gewissen Punkt der Begriff »Bitternis« vorkommt.

Am Bahnhof Hakata mieten wir einen Toyota. Als wir Giulios Handy mit dem Bordcomputer verbinden, entdecke ich, dass er nur einen Song auf der Playlist hat, *The Lion Sleeps Tonight*. Du hast nur einen Song, bemerke ich etwas ungläubig. Ach ja, stimmt. Warum? Weil er schön ist.

Zwei Tage lang fahren wir fast ununterbrochen, oder vielmehr ist er am Steuer, während ich ihm Anweisungen gebe. Das Innere der Insel Kyūshū ist grün, die Hänge sind bedeckt von Nadelbäumen, die Wipfel alle gleich hoch. Wir verbringen lange Zeiten der stillen Kontemplation, aber die Stunden im Auto und die Distanz von Europa reizen uns auch zu kurzen, gegenseitigen Bekenntnissen. Giulio fragt mich, wie es am Anfang mit Eugenio war, auch wenn er mich eigentlich fragen möchte, warum ich mir, wo wir doch beide so jung waren, eine derart komplizierte Situation ausgesucht habe. Eine Weile sprechen wir über Blutsbande und deren Bedeutung, trotz allem. Die Knöpfe am Lenkrad sind umgekehrt angeordnet wie bei europäischen Autos, der Blinker anstelle der Scheibenwischer, und Giulio verwechselt sie ständig.

In Yufuin genehmigen wir uns einen Spaziergang bis zu dem See, der sich als schlammiger Tümpel entpuppt, auf dem Weg dahin begegnen wir Libellen mit schwarzen Flügeln und schillerndem Leib. Giulio meint, die Reflexe kämen von den Chitin-Schichten, auch wenn er sich da nicht sicher ist. Als ich ihn auf die Farbe der Ahornblätter hinweise, gibt er mir auch dazu eine chemische Erklärung. Giulio hat Antworten auf alles, als ob er es nicht ertragen könnte, Phänomenen ausgeliefert zu sein, ohne sie zu verstehen. Wo ihm die Antworten fehlen, füllt er die Leere mit Fragen: Er will wissen, welche Bedeutung die Rhomben haben, die auf der Fahrbahn aufgezeichnet sind, er will wissen, woraus die Ponzu-Sauce besteht, er will wissen, welcher Art die Vögel angehören, die wir am Morgen haben singen hören, und, wenn es tatsächlich Schwalben waren, wohin sie in Japan im Winter ziehen. Er will von allem alles wissen, während ich von nichts etwas wissen will. Du bist nicht neugierig, wirft er mir, nicht ganz wohlwollend, vor. Und mit demselben Mangel an Sympathie entgegne ich ihm: Nein, nicht sehr, nicht mehr. Die Wahrheit ist, dass wir es nicht gewohnt sind, so viel Zeit mit jemand anderem zu verbringen, in meinem Fall mit jemand anderem als Lorenza, im Falle Giulios jemand anderem ganz allgemein. Immer öfter und abwechselnd werden wir von plötzlichen Unduldsamkeitsanwandlungen erfasst, auch wenn wir unser Bestes tun, sie zu unterdrücken. Außerdem sitze ich auf Nadeln. Ich erwarte mir etwas von diesen Tagen. Aber ich bin mir nicht sicher, worum es dabei geht. Und wenn ich es nicht finden sollte?

Am Abend des 8. kommen wir später als vorgesehen in Nagasaki an. Das Hotel liegt erhöht an einem Hang des Berges Konpira, das Zimmer hat einen atemberaubenden Ausblick auf den Hafen und das Viertel Hamamachi. Die Straße, auf der wir eben hergekommen sind, könnte diejenige sein, auf der Tanaka-san drei Tage nach der Explosion zu Fuß mit seiner Mutter gegangen ist, zwischen Leichen und Trümmern, ja, mit aller Wahrscheinlichkeit ist sie es. Einen Moment lang befällt mich Bedauern, dass ich kein Treffen mit ihm organisiert habe. Ich habe ein paar Mails mit der

Gesellschaft gewechselt, der er vorsteht, aber Tanaka scheint wegen des Jahrestages sehr beschäftigt, und die Verständigung auf Englisch war mühsam und voller Missverständnisse. Trotzdem habe ich am Flughafen als Geschenk für ihn eine Duftkerze gekauft, während Giulio sich erkundigte, ob Kerzen in Japan nicht womöglich eine fluchbeladene oder sogar todbringende Bedeutung haben. Jetzt, da er sieht, dass ich versunken bin, insistiert er zum wiederholten Mal: Dann schreib ihm doch!

Ich weiß nicht, vielleicht morgen.

Morgen, morgen.

Brummelnd verschwindet er im Bad. Er versteht die Gründe für meine Zurückhaltung nicht, und um ehrlich zu sein, verstehe ich sie selbst auch nicht.

Da die Bombe in Nagasaki später explodierte als die von Hiroshima, ist auch der Beginn der Gedenkfeier später. Das lässt uns am Morgen Zeit, den Friedenspark zu durchqueren, wo ein schwarzer Monolith das Hypozentrum der Explosion markiert, und das Museum nebenan zu besichtigen. In den abgedunkelten Räumen sehen wir in den Schaukästen von der Atomkraft deformierte Gegenstände: von Bläschen überzogene Dachziegel, wo die Hitzewelle den Stein buchstäblich zum Kochen gebracht hat, die an die Wand tätowierten Schatten eines Mannes und einer Leiter, eine zu einem Knäuel zusammengeschmolzene Rolle Stacheldraht, verknüllter Stahl, zerfetzte Kleider – und natürlich die Körper, organisches Material inmitten alles Übrigen, die Gesichter glatt von den Verbrennungen, versiegelte Augen, aufgelöste Münder. Auf dem Weg zum Ausgang eine Kopie von Fat Man in Naturgröße. Die Bombe ist gelb, ein schönes, leuchtendes Gelb, die Nähte in der Mitte rot bemalt. Das hätte ich nicht gedacht: Ich hatte mir die Bombe immer grau vorgestellt: Kann eine Bombe denn anders sein als grau? Ein Video neben der Kopie bestätigt es: Eine Gruppe amerikanischer Soldaten, alle sehr jung und mit nacktem Oberkörper, holen Fat Man aus einem Hangar, da ist die Bombe schon in diesem fröhlichen Gelb bemalt. Sie behandeln sie freundlich und ehrfurchtsvoll, ohne jeden Sinn für Geheimnis, als ob die Bombe ein großes, wertvolles Spielzeug wäre.

Nach Hiroshima erwarte ich mir von der Gedenkfeier nicht viel, auch wegen der Tatsache, dass das Programm fast gleich ist: wieder die Gabe von Wasser und Blumen, wieder Aufrufe zu Frieden und Abrüstung, wieder das Gebet in Schweigen und die Freilassung von Tauben. Ich bin mehr auf die Hitze konzentriert, die heute unerträglich ist, und auf die Unangemessenheit meiner Sportschuhe. In den ersten Reihen, wo man mir einen Platz reserviert hat (während für Giulio keine Eintrittskarte zu bekommen gewesen war), tragen die Männer alle schwarze Krawatte, tadellos. Auch die Frau neben mir, eine Journalistin aus Chicago, die seit Jahren in Japan lebt, ist elegant, dem Kontext angepasst. Neugierig fragt sie mich, was ich da mache, ich erkläre es ihr, ohne überzeugend zu wirken, und sie informiert mich, dass in normalen Jahren zehn Mal so viele Menschen da wären wie heute Vormittag. Ich halte den Jungen auf, der kleine, eisgekühlte Handtücher verteilt, und bitte ihn um zwei weitere, auch wenn man das vielleicht nicht sollte. Ich leere eine Halbliterflasche Wasser in einem einzigen Zug, weil man nicht dehydrieren soll. Dann, fast, wie um die Zeit auszufüllen, fast ohne darüber nachzudenken, schreibe ich an die Gesellschaft von Tanaka-san, um ihnen meine Platznummer mitzuteilen. Aber es ist zu spät, und ich weiß, mit den Masken und nach nur einer Zoom-Unterhaltung gibt es keine Hoffnung, ihn wiederzuerkennen, also gebe ich das Vorhaben auf. Die Mail ist nur ein Mittel, mir später nicht vorwerfen zu müssen, etwas unversucht gelassen zu haben.

Fast alle sitzen nun. Der Gehörlosendolmetscher macht eine letzte Textprobe mit Gebärden in der Luft. In dem Moment sehe ich ihn, einen Augenblick, bevor er mich sieht. Er trägt einen schwarzen Anzug, weißes Hemd und Krawatte, wie alle anderen auch, aber er hat einen hellen Fischerhut auf, der ihn freundlicher wirken lässt. Man sagt ihm etwas am Handy, und ich verstehe, dass er mich sucht. Als Terumi Tanaka die Reihen zählend zu meinem Platz kommt, stehe ich bereits.

Paolo-san?, sagt er zu mir.

Ja, der bin ich.

Ich weiß nicht, warum, aber als ich ihm die Hand schüttle, bin ich sehr gerührt. Nur mit Mühe kann ich die Tränen zurückhalten. Wir können nicht miteinander kommunizieren, ich müsste die Amerikanerin um Hilfe bitten, die hinter mir steht und die Szene beobachtet, aber das wäre eine Unterbrechung des Moments, daher wiederhole ich Tanaka-san nur immer wieder: Thank you, thank you. Er neigt den Kopf und lächelt, eine extreme Freundlichkeit verströmend. Da hebe ich den Rucksack vom Boden auf, krame darin herum und hole das Geschenk hervor, das mir plötzlich ungenügend erscheint, mit der Duty-Free-Aufschrift auf der Tüte. Ich reiche es ihm trotzdem, mit beiden Händen, wie es die Höflichkeit, so habe ich gelernt, hier gebietet. Ich hätte gern wenigstens ein Foto mit ihm zusammen, aber die Zeremonie beginnt, und ein Mädchen der Crew bittet Tanaka-san, seinen Platz einzunehmen.

Nach dieser Begegnung, glaube ich, erlangt jeder Moment der Gedenkfeier in Nagasaki eine tiefere Bedeutung, auch wenn es nicht einmal eine Übersetzung gibt. Die anmutige Choreografie mit ihren simultanen Verbeugungen, den symmetrischen Geometrien, die Offerte von Wasser und Blumen, die Chöre und die freigelassenen Tauben, die mir heute mehr vorkommen, viel mehr. Ab und zu schaue ich zu Tanaka-san hinüber, der ein paar Reihen weiter vorn sitzt. Ich frage mich, was er sieht, nur eine Abfolge von Ritualen, die er auswendig kennt und mittlerweile zerstreut verfolgt, oder ob er die Minuten vor der Explosion vor Augen hat, sich selbst als Kind in dem Zimmer im ersten Stock, das sich träge zwischen Bett und Fenster bewegt. Es ist 10:58 Uhr, noch vier Minuten, und ich habe einen Kloß in der Kehle, der sich nicht löst. Ich formuliere einen Gedanken, den ich spontan am Handy festhalte und jetzt hier wiedergebe: Man kann in einem einzigen Kind das Schicksal der ganzen Menschheit beweinen, und mir ist es mit ihm so ergangen.

Eine Minute vor dem *pikadon* stehen wir auf zum Gebet. Jetzt hört man nur das Glockengeläut und das Klicken der Fotografen, die die *hibakusha* porträtieren: In wenigen Jahren wird keiner von ihnen mehr am Leben sein, und alles wird sich verändern. Tanaka-sans Gesicht unter dem Fischerhut ist unergründlich. Und so schlägt es 11:02 Uhr.

Giulio ist im Friedenspark geblieben. Er hat die ersten Symptome eines Sonnenstichs. Es tut mir leid, dass du hier warten musstest, sage ich zu ihm.

Aber hier war es interessant. Es gab hier so eine Art Gegenzeremonie. Mönche, Gruppen radikaler Pazifisten, Atomkraftgegner. Das erinnerte ein bisschen an die Jahre des World Social Forum.

Also ganz nach deinem Geschmack.

In der Tat.

Wir sind verabredet mit Tsukie Tagami, einer Überlebenden der zweiten Generation. Den Kontakt hat mir mein japanischer Übersetzer Ryosuke vermittelt, und vor ein paar Monaten habe ich sie auf Zoom interviewt. Tsukie arbeitet als Finanzberaterin in Nagasaki, und ihre beiden Eltern sind *hibakusha*. Wohl sind sie noch am Leben, aber ihr Vater hat dreimal Krebs gehabt, am Magen, am Dickdarm und am Kolon. Als Kind war Tsukie sehr anfällig, ihr Schulbesuch war von langen Fehlzeiten unterbrochen. In der Grundschule waren zwei ihrer Lehrerinnen Überlebende, eine davon bewegte den Kopf auf seltsame Weise, sie wackelte damit hin und her, als ob der Hals sein Gewicht nicht tragen könnte. Eines Tages, in der ersten Klasse Grundschule, als Tsukie und andere Kinder gerade den Flur putzten, fing die andere Lehrerin an, Blut zu spucken, dann brach sie zusammen. Tsukie hat sie so sterben sehen.

Sie erblickt uns in der Menge (das ist nicht schwierig) und macht uns angestrengt Zeichen, wir sollten ihr zum Auto folgen. Moon, stellt sie sich vor, call me Moon. Giulio und ich setzen uns auf den Rücksitz, sie ist am Steuer. Sie trägt schwarze Handschuhe, die ihr bis zum Ellbogen reichen, passend zum Kleid für die Gedenkfeier. Neben ihr ist ein Junge, vielleicht hat Tsukie ihn mitgebracht, damit er ihr mit dem Englischen hilft, oder sie sind einfach Freunde, jedenfalls ist er sehr schüchtern. Wir fahren in einen anderen Teil der Stadt, wo das Naturwissenschaftliche Museum ist. Über Tsukie weiß ich auch, dass sie den Sohn von Überlebenden geheiratet hat und dass sie lange versucht haben, Kinder zu bekommen, aber eine Schwangerschaft war extrauterin, und am Ende der zweiten stand eine Totgeburt. Ihr Mann sagte ihr einmal: Am Ende hat uns die Bombe doch irgendwie erwischt. Und sie sagte mir: Am Ende bleiben die Strahlungen.

Wir essen Tofu in verschiedenen Zubereitungsarten, wir essen in Essig Eingelegtes, wir essen Algen, während die Unterhaltung aufgrund der Sprache extrem vereinfacht ist. Wir sind gezwungen, unsere Fragen gut auszuwählen und, wenn nötig, mehrfach umzuformulieren. Warum Moon?, frage ich. Ich dachte Tsukie. Sie nimmt einen Anhänger in Form einer Mondsichel, den sie an einer Kette um den Hals trägt, zwischen die Finger und sagt: Tsukie, Moon: same. Dann sucht sie etwas in der Handtasche, findet einen gelben Flyer, und auf der Rückseite zeichnet sie ein *kanji*:

月

Tsukie, wiederholt sie. Ihr Vater hat den Namen ausgesucht, weil sie am Tag der Mondlandung geboren ist.

Das Essen dauert lang, und etwas später hat sie eine Frage für mich. Sie überwindet die Angst, zudringlich zu wirken, und fragt, warum ich über die Bombe auf Nagasaki schreiben will. Ich sage, das sei schwer auf Englisch auszudrücken, die Idee habe ich schon lange, ich sehe Giulio an und fühle mich schuldig, wer weiß warum, schließlich schweige ich. Tsukie lächelt mir verständnisvoll zu.

Als sie uns im Auto zum Hotel bringt, legt sie eine CD mit Bossa Nova ein. Giulio kennt sie, und sie singen den Text auf Portugiesisch mit, während wir durch die verlassene Stadt fahren. Giulio und ich wollen ein wenig ausruhen, aber die

Futons werden nur für die Nacht ausgerollt, also strecken wir uns direkt auf den Tatamis aus. Er schläft fast sofort ein, wie immer, ich bin noch bewegt vom Morgen. Ich denke an die Begegnung mit Tanaka-san und an den Satz, den Moon mir gesagt hat, dass das, was bleibt, die Strahlungen sind. Und das erscheint mir wahr, weil die Toten selbst Strahlungen sind. Der menschliche Körper ist aus Milliarden und Milliarden von Atomen gebildet, vorwiegend Wasserstoff, Sauerstoff und Kohlenstoff, aber in geringerer Konzentration findet sich da alles: Kalium, Lithium, Caesium, sogar Uran. Sind die Körper zu Staub zerfallen, existieren die Atome weiter, und die instabilen unter ihnen senden Strahlen aus: Alphastrahlen, Beta- und Gammastrahlen, Neutrinos, die die Materie ungehindert in Richtung offener Raum durchdringen, Tausend und Tausende von Jahren. Daher sind die Toten Strahlungen, und in genau diesem Moment, als ich die Hand auf die Tatami-Matte lege, scheint es mir fast, als könnte ich es fühlen, das weiche Pulsieren, das aus der Erde kommt, die freigesetzte Wärme der Toten.

Aber wenn das stimmt, sage ich mir, ist es dann möglich, dass die Strahlung ein Gedächtnis dessen bewahrt, was sie einstmals war? Den Geist ihrer Emission, der uns, mit den richtigen Instrumenten gemessen, eine kohärente Form der Person, womöglich ihrer Gedanken geben könnte? Wäre es das, was wir in anderen Zusammenhängen »Seele« nennen? Und ist es dann möglich, dass alle Toten, all jene aus der Vergangenheit und all jene aus der Gegenwart, Tante Koto und Tante Rui, Makoto und Christian, in Gestalt von Strahlungen noch existieren, dass sie eben jetzt diese Schichten von Fußboden durchdringen, und auch mich?

So ausgestreckt, stelle ich mir vor, dass ein Teleskop in

die Erdumlaufbahn geschickt wird, das in der Lage ist, die Strahlungen der Toten aufzuzeichnen. Das Bild, das es von der Erde geben würde, wäre anders als das uns bekannte: nicht mehr ein erloschener Planet, sondern eine Art Stern, der eigenes Licht in alle Richtungen verströmt, das Licht der Atome derer, die nicht mehr sind. Einen Augenblick lang versuche ich mir eine Vorstellung meiner selbst zu machen, hier neben mir, verwandelt in transparente Strahlung auch ich, während ich zusammen mit den Verstorbenen über die Grenzen des Sonnensystems hinaussause, zwischen Fragmenten von im Entstehen begriffenen Kometen. Ich bin so begeistert von dieser Fantasie, dass ich schon Giulio aufwecken und ihm davon erzählen will: Die Toten sind Strahlungen, hast du dir das je überlegt, hast du das je *begriffen*? Aber ich beschließe, es bleiben zu lassen, auch weil er sicher an der wissenschaftlichen Fundiertheit etwas auszusetzen hätte.

Dann ist es Abend, und wir trinken kalten Sake in einer Bar in Hamamachi, wo ein Mann, dem etliche Finger fehlen, uns Mädchen empfehlen will, auch wenn wir ihn nicht verstehen, bis Giulios App für uns den Satz übersetzt, den er unentwegt wiederholt: Massage new wife.

Dann sind wir noch immer zu zweit, Giulio und ich im Auto auf dem Weg nach Fukuoka, danach nehmen wir den Zug nach Osaka. Dort angekommen, will Giulio um jeden Preis das Kugelfisch-Sashimi probieren, ich aber nicht, ich habe zu viel Angst. Ich erläutere ihm den Mechanismus der Vergiftung durch Tetrodotoxin, wie die inneren Organe gelähmt werden, die Zeiten und Statistiken der Todesfälle, und als ich fertig bin, verkündet er: Das kann man machen.

Dann sind wir im Flugzeug, ein nicht enden wollender Flug, dann im Flughafen, wo wir uns verabschieden, ohne ein nächstes Treffen zu vereinbaren. Und an einem bestimmten Punkt der Reise zurück nach Europa, in der Koda unserer gemeinsamen Reise, fällt mir die – einfache, sehr einfache – Antwort auf Moons Frage ein, die ich ihr vor wenigen Stunden im Restaurant nicht geben konnte: Ich schreibe über alles, was mich zum Weinen gebracht hat.

DANKSAGUNG

Viele Personen und Organisationen haben (bisweilen ungewollt) mit ihren Auskünften und Ratschlägen zum Zustandekommen des Buches beigetragen. Ich möchte hier wenigstens einem Teil danken:

Corriere della sera, Barbara Stefanelli, Antonio Troiano, Venanzio Postiglione, Stefano Montefiori, Marco Castelnuovo;

Scuola internazionale superiore di studi avanzati (SISSA), Master in comunicazione della scienza »Franco Prattico«, Nico Pitrelli, Andrea Gambassi, Roberto Trotta, Filippo Giorgi, Davide Crepaldi, Paolo Gambino;

Nihon Hidankyo (Japan Confederation of A- and H-Bomb Sufferers Organizations), Hayakawa Publishing Corporation, City of Hiroshima, City of Nagasaki, »The Asahi Shimbun«, Terumi Tanaka, Tsukie Tagami, Keiko Ogura, alle *hibakusha*, deren Zeugnisse im Netz zu finden sind, Ryosuke Iida;

Einaudi (too many to mention), MalaTesta Literary Agency;

Ludwig Monti, Giovanni Ricco, Francesca Pierantozzi und Eva Giannotti, Lorenzo Ceccotti, Laura Testaverde, Andrea Mosconi, Maurizio Blatto.

P. G.

INHALT